黯鄉魂 2

作者／張廉
插畫／Ai×Kira

目錄

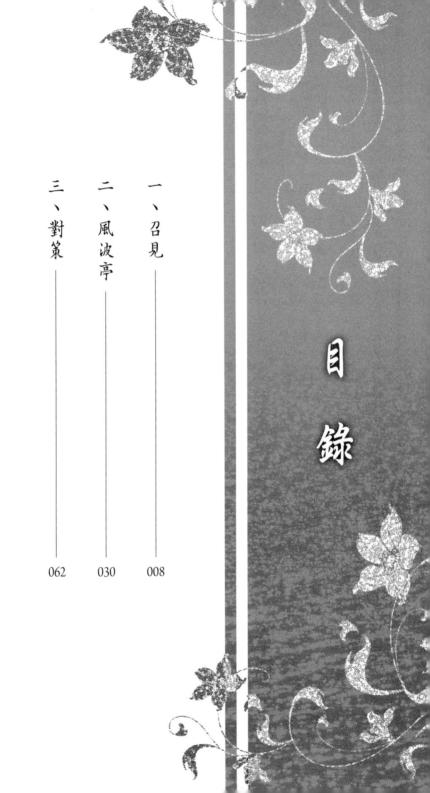

一、召見

思宇是哭著送走斐崳的，至少有歐陽緡保護他，我也安下了心。而後，宮裡的馬車就來了，接走了思宇，她帶著舞衣，是前些天讓繡姐們做的。我也做了一件，可以配合我們的舞蹈。當然是做最普通最簡約、就像舞者平時練舞時穿的那種。思宇的是白色中袖中褲，袖口都有一條牛皮筋，圍了一圈小小的荷葉邊。我的是白衣紅袖加中褲，因為是長袖，所以跟思宇的款式稍有不同，紅袖的末端綁著一個圓形的鼓槌，而且可以拆卸，因為最後幾個動作不再擊鼓，而是表現水袖的飄揚。

現在只剩下我和隨風，還有小妖，自然不能指望小妖幫忙上藥，所以這個任務就落到隨風的身上。隨風在拿到藥的時候是和斐崳一樣的驚訝，難道這藥真的很名貴？

隨風小心翼翼地替我取下紗布，看他認真的表情，我開始有點了解他，他就是嘴上不饒人。忽然，他露出噁心的表情，「呀，爛了！」

「真的？」心一驚，趕緊跑到銅鏡邊仔細觀瞧，從昨天到現在我還沒好好欣賞一下自己的傷口呢。只見一條深紅的血痕，像一條蜈蚣一樣趴在脖子上，立刻豎起一身的汗毛。不過好像沒爛啊，而且癒合得不錯。

銅鏡裡看見了隨風壞笑的臉，這小子又耍我。他甩著布巾晃到我的身邊：「是自己擦還是讓我來幫你擦？」

「哼！」我奪過他的布巾，小心地擦拭著映在一邊的血跡。

隨風在一邊又遞過一塊乾的布巾：「你好像還沒洗澡吧。」

經他一提醒，我想起了這檔子事，當時血流進了脖子，還流到了胸口，頭皮開始發麻，我昨晚居然就這麼髒兮兮地睡了。

「我先給你上藥，然後你再沐浴，小心別碰到傷口。」

既然已經拆下了紗布，就先換藥吧，過會兒小心就是了。

「那小子可真捨得。」隨風一邊為我上藥，一邊感嘆著。

「這藥真的很名貴？」

「嗯，因為裡面的一種成分很名貴。」隨風將藥瓶放在桌上，開始為我紮繃帶。

「什麼藥材？」

「雪溶。」

「那是什麼？」

「一種長在極寒之地的藻類，白色的，像一朵朵雪花，所以叫雪溶。」他最後檢查了一下繃帶，滿意地點了點頭，「好好收藏這藥，就算你被剁爛了，也能恢復。」他笑著出了門，留下我一個人鬱悶。什麼叫剁爛了，真是從他嘴裡出來沒一句好話。不過這隨風很奇怪，似乎什麼都知道，什麼都懂，絕不亞於斐崳，而且相當地聰明，僅僅七天，他就熟練了電腦操作，前些天我看見他居然玩起了《仙劍》，是不是男生對於學遊戲都特別有天分？

隨風出門的時候，淡淡地說了一句：「他喜歡你……」

什麼意思？他是說紅龍喜歡我？怎麼可能？他是水無恨啊，我從沒察覺他的電波。隨風這小屁孩肯定亂說。看見人家對我示好就說喜歡我。

在我洗澡的時候，小妖趴在我的頭頂，一副很享受的樣子，而隨風就守在門外，這讓我想起了斐崳臨走時那句話：「最近【虞美人】……」他似乎沒說完。最近【虞美人】怎麼了？是不安全嗎？可是既然水無恨答應我不再踏足【虞美人】，還會有什麼危險？

「雲非雪……」隨風淡淡的聲音飄了進來，我應了一聲：「什麼？」門外，透露著一種溫馨的靜謐。

「妳和思宇……都是女子吧……」

「嗯……」恐怕只有失憶時的歐陽緡看不出。

「雲非雪……」

今天的隨風有點不一樣，欲言又止好像不是他的風格。

「我現在開始覺得自己……也是【虞美人】的一分子了……」

我笑了，我們從此又多了一個家人。

「所以……我會好好保護大家，嗯！我會保護你們，呵呵……」輕輕的笑聲帶著一股特殊的瀟灑，傳進了房間。隨風，一個成熟的少年。

「還有，就是謝謝。」

「謝什麼？」

「謝謝妳的關心，我不是離家出走，所以在這件事上，妳也不用操心了。」

「那你幾時回家？」

「再過一陣子吧……家裡還沒讓我回去……」

這個家有點怪，居然不讓自己的孩子回去。

「掌櫃的～～啊，是隨風少爺。」是錦娘的聲音。

「什麼事？」隨風替我問著。

「外面來了輛馬車，說是接掌櫃的入宮。」

入宮？難道上官又找了些舞娘？我立刻擦身穿衣。

「知道了，妳先下去吧，雲非雪，妳快點。」

「哎……」

偏趕這節骨眼，小妖還給我搗亂，牠大尾巴一掃，就遮住了我的眼睛。

「小妖，別鬧。」我將這個八爪魚從頭頂上拔下，還損失了我N縷青絲，痛得我直掉眼淚。帶著舞衣，匆匆忙忙跑出來，小妖還一路咬扯著我的褲腿。沒辦法，只有讓隨風抱走了牠。

只見一輛馬車果然停在門口，但來接我的卻是曹公公。我忽然明白小妖的反常舉動，果然來者不善！

曹公公穿著淡褐的宦服，灰白的頭髮打理得一絲不苟，帶笑的臉上卻透露著一絲陰險。

「曹公公？」我不解地看著他，曹公公笑道：「皇上要見雲掌櫃。」

「拓……皇上？」

「正是，雲掌櫃請上車吧。」曹公公為我讓出了路，無數個問號在眼前飛翔，拓羽找我什麼事？莫不是又在上官那裡碰釘子了？

坐在車廂裡，車輪的震動通過臀部傳了上來，曹公公就坐在我的對面，依舊是一臉居心叵測的詭笑。

「曹公公，皇上找我去，是為了什麼？」

「雲掌櫃到了便知。」

「哦……」

一陣讓人窒息的沉默，喧鬧的知了聲傳進車廂，天氣可是越來越熱了，脖子後面又開始變得濕呼呼，長髮就是在夏天難熬。

「雲掌櫃的脖子怎麼回事？」

「哦，讓蜈蚣咬了。」

「蜈蚣？這蜈蚣可真會挑地方。」曹公公的眼中帶出一絲曖昧的笑。在想什麼呢，這死太監！他的目光在我身上不停地瞟，瞟得我渾身難受。

「這又是什麼？」他指了指我的包袱。

「這是舞衣。」

「舞衣？雲掌櫃還會跳舞？」曹公公色眼亂瞄，「雲掌櫃這身段若是跳起舞來……哎喲……」說著就要來摸我的腰。

老色狼，大多太監都養男寵，這傢伙肯定不例外！

我一閃身，躲過他的爪子：「雲某不會跳舞，這衣服是為柔兒準備的。」

「原來如此啊，真是可惜～～～」

死陰陽人，命根子都沒了，還想什麼，變態！死變態！超級大變態！

記得在一本心理學書上有看到過對古代太監喜歡養男寵的分析，太監一般都是童子和少年時被送進宮的，在閹割後，就用瓶子保存了自己的命根子，隨著年齡的增長，沒有命根子的缺陷，讓他們的心理漸漸扭曲，產生一種戀物癖，就是戀少年的命根子。

把自己抱緊，免得受他騷擾，戒備地看著他，如果他敢毛手毛腳我就讓他再閹一次！

拓羽這次的召見，似乎挺神祕，因為曹公公帶著我繞路，甚至有一次差點碰到夜鈺寒，他卻要我立刻從另一個門走，我被他繞得暈頭轉向。為什麼不讓我碰到夜鈺寒？我還想跟他打招呼呢。

跟著他來到一間宮殿前，殿門緊閉，門口站著四個侍衛，還有一排宮女候著，這好像不是拓羽的御書房。

「稟太后，稟皇上，雲非雪帶到。」

我一驚，太后？不是只有皇上嗎？難道是太后要見我這個親家？

「進來。」一個溫柔而低沉的女聲從裡面傳來，只聽這聲音，就知道這女人端莊威嚴，肯定是太后。

門口的侍衛為我開了門，我戰戰兢兢走了進去，曹公公走在我的前頭。

門在身後緩緩關上，帶走了些許的陽光。整個大殿是沉悶的靜謐，曹公公走路的聲音變得清晰。心裡沒底，太后不比小拓子。拓羽我還算是有點了解的，再加上又是同年、妹夫，有時沒大沒小他也不介意，但這太后就麻煩了。我不敢抬頭，怕讓太后覺得我不懂禮數。

「草民參見太后，皇上！」我對著前面鞠躬，要不要跪呢？一直沒跪過，拓羽好像也從來都不介意……算了，就跪吧，就當拜菩薩。

「大膽雲非雪，見到太后還不下跪？」寂靜的殿堂裡，是曹公公這個尖細的聲音。

急什麼，我這不是正要跪嘛。

「罷了，雲掌櫃恐怕是嚇著了。」太后慈祥的聲音再次響起，讓我感覺到一絲心安，她可真是一位體諒人的女人。

「是……是啊，草民從未見過這麼大的場面，草民惶恐……」

「呵呵呵，雲掌櫃說笑了，哀家也是人，也是一個疼愛孩子的母親，雲掌櫃無須緊張。」

「謝謝！謝謝！太謝謝了！」我哈著腰，我可不敢冒險表現出什麼桀驁不馴，這種事要看運氣，撞對了，就會博得對方的好感，撞錯了，就直接掉腦袋。

「雲掌櫃，你怎麼總是低著頭啊？」

「草民不敢，太后的容顏豈是草民能隨便看的。」

「喲～這孩子可真會說話，羽兒，你真是有眼光啊。」

「哼！」不知為何，拓羽居然輕哼了一聲，彷彿太后的話是諷刺他：「雲非雪，抬起頭來！」

拓羽的口氣裡帶著怒意，今天苗頭有點不對。

我趕忙抬頭，正對上拓羽凜冽的目光。倒真是怪了，半月未見，怎麼態度大變？我應該沒欠他錢吧？而他身邊坐著一位慈祥的婦人。說是婦人，看上去卻只有三十歲上下，遠山眉，一雙鳳目有著攝人的目光，讓人畏懼而不敢直視。朱砂巧染雙唇，不紅不豔，反而多了分肅穆。雀鳥點點的抹胸，黃色為主調的彩鳳歸巢長袍，淡金的紗罩，體現著皇家的威嚴。

這身衣服看得我眼花繚亂，總體概括就是兩個字：鳥窩。

「大膽雲非雪！你居然直視太后！」

我慌忙低垂眼眸，一滴汗珠滑落眉角，今天的氣氛很不對勁！

「小曹子，你看，你又嚇到雲掌櫃了。來來來，雲掌櫃，你坐下，今日哀家只是想跟你這個親家聊聊。」

「多謝……」這一驚一吒的，三魂七魄已經變得不穩。

拓羽到現在只說過一句話，看來今天找我的，其實是太后。

「雲掌櫃，哀家問你，你祖籍哪裡啊？」太后用她那慈祥的聲音柔聲說著。

我看著手中的包袱，小心答著：「北寒以北的一個沒落部落。」

「喲，那好遠啊，雲掌櫃帶著妹妹們來這裡開店，可真不容易啊……」太后的語氣中帶著感慨，似乎是真的感慨我們的艱難。

太后說的是妹妹們，看來她已經知道思宇是女孩了。

「是啊，那裡實在太窮，所以我們就一路南下。」

「怎會選在沐陽落腳？」

「繁榮，昌盛，人好看。」

「人好看？呵……原來雲掌櫃也喜歡美人，哀家可是聽說雲掌櫃家裡藏了不少美人啊……」

我緊緊地抓住了包袱，太后也知道了斐崳他們的存在，可是他們跟她似乎沒有關係吧。

「而且，好像還都是能人！」太后的語氣忽然轉重，重得讓我覺得窒息，她知道了什麼？她到底知道了什麼？

難道……【虞美人】……被監視了！

終於明白了斐崳臨走時說的話，他有小妖，自然知道【虞美人】被監視了。也終於明白歐陽緡擔憂的眼神，他肯定也知道。更明白了隨風說要保護我們，是因為他更加清楚【虞美人】受到監視這件事。恐怕唯一不知道的，就是我和思宇了。而太后和皇上，今天就是要盤問我這個【虞美人】的掌櫃，這看似帶頭的人：雲非雪。

心中頓時明白了一切，我換上淡淡的笑：「太后說笑了，他們都是跟草民一樣，普普通通，不值一提。」

「雲非雪！」拓羽忽然高喝了一聲，嚇了我一跳。我用餘光偷眼看他們，發現太后正用目光暗示他。隨後太后換上笑顏，我此刻也不再埋首看包袱，只是淡淡地看著他們。要跟敵人戰鬥，千萬別忽視他們的眼睛！

「雲掌櫃，看來你小瞧他們了哦，小曹子。」太后的聲音忽然冷了下來，「唸！」

「是！」

這又是唱什麼戲？

「根據鬼奴們的調查，雲非雪三人是在三個月前進入蒼泯的，他們的身分神祕，無從追查……」

一陣惡寒，他們真的調查了我們。

「兄妹三人在沐陽城富貴街十八號，開了一家名為【虞美人】的裁縫坊，一直安分守己，沒有與外界接觸的現象，直到雲非雪掌櫃從一個餅攤帶回了一位美男子，該男子已經證實，是住在佩蘭國賀嵐山的神祕隱士，遭到佩蘭國國主的騷擾，不得不離開佩蘭國，一路輾轉到了我國，並且最後留在了【虞美人】，成了【虞美人】的帳房。」

「雲掌櫃對這第一份報告有何看法？」太后微笑著，我不慌不忙道：「收留一個孤苦伶仃的人，雲某沒錯。」

太后微微點了點頭，道：「繼續唸。」

「在追捕刺殺皇上刺客的時候，一個刺客落逃，因為當夜下起了大雨，所以掩蓋了蹤跡，就在七天之後，【虞美人】突然出現了一個失憶的俊美男子，名為阿牛，在【虞美人】做打雜的，經過試探，該男子會武功。」

慘了，歐陽緡失憶的時候肯定不知道偽裝，就自然而然地暴露。

「雲掌櫃對這個阿牛又有何解釋。」太后的眼中滑過一絲寸芒，而拓羽瞇眼盯著我。

我笑道，心裡開始打鼓：「他是個失憶的江湖人，收留落魄無助的江湖人，雲某沒錯。」

太后注視著我，嘴角微揚，而我已在她的注視下漸漸冒出了汗，心裡明白已經到了承受的底線，我的眼前彷彿出現八個打字：坦白從嚴，抗拒打殘！打殘說不定還是好的，萬一半死不活怎麼辦？渾身一陣膽顫，面前的空氣開始變得稀薄。

太后的嘴唇微啟，便又是一句命令：「再唸。」

還唸？完了……

「不久前，雲掌櫃受邀前往【梨花月】為那裡的頭牌做衣服，期間因為夜宰相……咳咳……讓雲掌櫃受驚，【梨花月】七姊派一個名叫芷若的姑娘為雲掌櫃壓驚，但這位芷若其實是一名美少年。不知為何，雲掌櫃用計將此美少年救出。從此，美少年便留在了【虞美人】。」

「哼！」拓羽在聽完第三段彙報後輕聲一笑，「我倒是很感興趣鈺寒是怎麼讓雲掌櫃你受驚！」臉騰地紅了起來，我望著拓羽一時語塞。他瞇眼看著我，漸漸出現一絲笑意。

「另外，根據夜大人提供的線索，鬼奴們專門對【梨花月】做了調查，證實【梨花月】的確與水王爺有關，而這個線索也是由雲非雪提供。」

這個死夜鈺寒，有必要什麼都向拓羽彙報嗎？他到底喜歡我還是拓羽！

拓羽緩緩站起了身，我有點驚慌地看著他靠近，他在我面前俯下身，迫使我直視他的眼睛：「朕很感興趣，雲掌櫃你怎麼知道【梨花月】與水王爺有關？」

我慌亂地避過他的眼神：「我……我猜的……」

「猜的？」拓羽抬手扣住了我的下巴，再次逼我與他對視：「在去【梨花月】之前，你與水酇有過接觸，是不是他說了什麼，還是他要拉攏你？」

「沒有！絕對沒有！」我慌亂地擺著手，手中的包袱掉落地面，這樣的盤問已超出了我的底線，我被拓羽如同老鷹一般的銳利眼神逼視著，開始驚惶失措。

「你臉紅什麼？」

「我精神煥發。」我慌忙捂嘴，居然這麼順口把電影台詞說出來了，都怪以前一直這麼回答。

我瞄向太后，她居然無動於衷，天哪，妳兒子正在調戲我，妳沒看見嗎！

「是不是想起鈺寒欺負你的那個晚上？」

「沒有！絕對沒有！」

我聽出拓羽口氣中的不滿，他似乎在為夜鈺寒不值，居然喜歡上我這麼個男人。

「我跟夜大人沒什麼，什麼都沒有，都是他們謬傳！真的！」

「羽兒，放開他吧，過會兒你再問夜鈺寒那點破事吧。」

拓羽嘴角微揚：「是。」但他的手卻未鬆，他盯著我看了會兒，才放手離去，坐回他的龍椅。

「小曹子，繼續，還有許多讓雲掌櫃聽的呢。」

還有許多啊……頭有點暈，視線開始渙散……

「是。那名美少年自稱為隨風，但凡是跟蹤他的鬼奴都會被甩脫，甚至遭到伏擊，可見此少年武功絕頂，乃世外高人。」

「恭喜雲掌櫃，收留了一個世外高人。」

太后忽然提高的聲音喚回了我茫然的視線，我用袍袖擦著汗：「隨風當時被仇人點穴，扔在了街上，被七姊撿回，那晚他就如實相告，雲某便救了這個該救之人，雲某沒錯。」

我妥協，你們要聽實話我就說實話，至於你們信不信，就是你們的事了。

「嗯……至今為止，哀家一直認為雲掌櫃是個善良正義的人，雲掌櫃不必緊張，哀家也並沒懷疑什麼，只是好奇，一個小小的【虞美人】居然居住了這麼多世外高人，若為蒼泯所用，豈不是一件幸事。」

我漸漸明白了，他們是看上了斐崳他們，想讓我回去作說客，讓他們為拓羽效力。

「太后，您別急，奴才這裡還有一份剛出爐的呢。」

「哦？是嗎？」太后微笑著，「說來聽聽。」

「昨晚雲掌櫃被人擄走了呢，您瞧，他脖子上的傷就是證明。」

「喲～哀家這才瞧見。」太后故意看著我的脖子，她會沒看見？我綁得像狗項圈一樣，除非瞎子才會看不見。

「這可叫人疼的，到底誰這麼大膽，敢擄走雲掌櫃？」

「奴才也不知，鬼奴們也跟丟了，但從對方武功套路上看，似乎是紅門的人。」

「紅門！是那個可怕的殺手組織！」太后故作驚訝，我現在就像被人扒光衣服一樣，變得赤裸裸、毫無遮蔽。

曹公公瞇眼直笑，蘭花指微翹：「但奇怪的是，他們又把雲掌櫃送回來了，然後雲掌櫃的脖子上就帶著傷。」

「哦喲！哀家可從沒聽說紅門要的人能活著回來的，雲掌櫃，莫非你跟他們有交情？」

「沒有！」我立刻否認，哪敢有關係，「只是……只是……」

「只是什麼？」太后依舊慈眉善目的笑著，但我已經覺得這笑容裡，帶著尖刀，一刀，又一刀朝我劈來，讓我無法招架。

「他們也對阿牛感興趣，便將小人擄去盤問。」

「他們盤問你！」拓羽沉聲問著。

「嗯……」我嘆了口氣，「草民羞辱了他們，所以他們便……」

「用你的命作為要脅？」拓羽的語氣帶著焦急，「最後怎樣？」

「最後？」我揚起臉，哀怨地看著他們，指著自己的脖子，「他們把刀架在我的脖子上，我自己抹了脖子，興許是對我的愧疚，就又放我回來了。」我再次低下頭，這個謊，撒得有點大。

鼻子發酸，是對命運的無奈，越是躲，就越是躲不過，本來想擠出眼淚，卻沒想到此番是真的落淚了。

「在下只是一介草民……」我開始哭訴，「喜歡做衣畫美人圖，收留斐崳的時候，並不知他是柳讕楓的心頭肉，只覺得他好看，就把他帶回家……救阿牛的時候，他渾身是傷，我看著他可憐，當然也因為他好看，就救了他，他醒了也不知道自己是誰，我想這樣也好，說不定可以永遠留住他……」我用袍袖擦著眼淚，但眼淚卻猶如泉湧，源源不斷。

「在救隨風的時候，當時並非出於自願，他手裡拿著匕首，說要我帶他走，不然就殺了我，所以我只好救他。將他救出來的時候，我試圖讓他走，真的，我不想留他的！」我揚起臉，看著太后，我想我梨花帶淚的哀怨應該能喚起一個女人的同情。

「這點夜鈺寒可以作證，哪知……」我的淚水順著面頰滑落到了脖頸，「哪知思宇喜歡他，就硬是將他留下。我明白太后的意思，斐崳和阿牛，我或許可以勸他們效忠於皇上，但這個隨風，小人……小人……」

「罷了……」太后打斷了我，「真是一個惹人疼的孩子，小曹子，拿碗茶來，雲掌櫃說了那麼多，也該渴了。」

「是！」

「慢著！」拓羽忽然喚住了曹公公，神情複雜地看著太后，太后揚起一抹慈祥的笑容，拓羽皺起了眉，沉默地撇過臉，看了我一眼，便嘆了口氣。

「孩子，快把眼淚擦擦。」

我趕緊擦乾淨眼淚，垂手而立，心想這算是過關了，不知接下來會如何？

太后微笑看著我：「一個男孩子居然也會哭得如此讓人心疼，雲掌櫃這千嬌百媚的姿態，賽過了女娃兒，難怪連夜家小子也傾心不已。」

「小人惶恐，那都是謠言，小人真該死，居然汙了夜大人的名聲。」

「雲掌櫃不必難堪，這裡並不排斥男愛，記得前朝雲國的國主就是一個讓人心疼的美男子。」

「雲國？」

「雲掌櫃知道雲國的故事嗎？」

雖然不明白太后怎麼將話題轉到了歷史，但我依然答道：「不是十分了解，只知太祖皇帝推翻了雲國統治，救萬民於水火。」

「是嗎？這其實是經過加工後的歷史，雲掌櫃想知道實情嗎？」太后淡淡地看著我，她身邊的拓羽越發皺起了雙眉。

「實情？」

「其實當時雲國國主愛上了太祖皇帝，才將雲國拱手相讓的，雲掌櫃，先皇並沒強搶雲國，而是雲國國主雲亦雪拱手相讓。」太后的眼中光芒閃爍，她居然跟我講了一個偉大的ＢＬ故事……慢著，「雲亦雪」？她這是什麼意思！

我情不自禁站起身，不可思議地看著太后：「太后，原來您調查我、盤問我、試探我，全都是以為我是前朝的後人？雲國的皇族血脈？」太后的眼中滑過一絲驚訝，拓羽皺起的眉毛漸漸鬆開。

原來他們真這麼想！我忍不住輕笑，完全忘了面前是尊貴的太后和執掌生殺大權的皇帝：「以為柔兒魅惑皇上，小人勾引宰相？以為小人聚集這些能人義士是要借機復國？以為派人刺殺皇上的是小人？」我簡直快抓狂了，怎麼會有想像力這麼豐富的老太婆！

太后的眼神變得迷惑，而拓羽更是出神地看著我。

「太后，小人只是湊巧姓雲，小人來到蒼泯之前，根本不知道蒼泯的歷史，更不知道什麼雲國，是因為要參加賞花宴，怕在筵席上出醜，才特地去看了關於蒼泯的歷史，小人對蒼泯忠心耿耿，對皇上更是馬首是瞻，對夜鈺寒更是坦坦蕩蕩。柔兒想入宮，是因為在水王爺府遇到了皇上，對皇上一見鍾情，卻沒想到拓公子就是皇上，讓她猶豫不前。我看她痛苦才會助她入宮。至於我猜到【梨花月】的幕後是水王爺，是繡娘們的八卦。」

「八卦？」太后回問道。

「這世上沒有不透風的牆，就算是【梨花月】！八卦就是消息，繡娘們是市井百姓，她們才是獲得消息最快最多的人，繡娘們說【梨花月】有朝中大官撐腰，而碰巧水王爺讓我去那裡給他們的新品做衣服，而他們卻派人來試探小人到底喜歡男人還是女人。」

「為何要試探這個？」

「因為小人在水王府為嫣然郡主作畫的時候，嫣然郡主沒有站穩，跌入小人懷中，正巧被水王爺看見，這……」說到這裡，我自己都愣住了，我居然把所有的事，都連貫起來，編造了一個新的故事。

「對了……我明白了！」我激動的說著：「紅門故意讓我活著回來，就是讓你們起疑，原來……他們利用我！」心底有點發涼，你利用我，為何卻又關心我？不，不會的，他絕對不是這種人，不過這樣說倒能幫我擺脫懷疑。對不起，水無根，就讓我也利用你一下吧。

「我明白了。」拓羽淡淡地說了一聲，我望向了他，他皺著眉思索片刻，便面對太后，「母后，您看是否能利用雲掌櫃阻止水嫣然入宮？」

他們要阻止嫣然入宮，可是，為何這麼機密的事要當著我的面說？

「嗯……與別的男子有肌膚之親，怎可入宮？」太后點頭微笑著，看著我，「雲掌櫃，如今你也是這條船上的人了。哀家希望雲掌櫃可千萬不要食言，對蒼泯忠心耿耿，對皇上馬首是瞻。」

腦子嗡一下炸開了花，中計了。

曹公公托著茶盤走到我的身邊，帶來一股幽幽的茶香。曹公公笑著：「雲掌櫃，茶來了。」

茶？我看著托盤上一個精緻的鏤金茶盅，裡面翠綠的茶葉根根豎起，清明的茶水帶著誘人的芬芳。可我的心，卻像茶水裡的茶葉一樣，開始下沉，是毒藥嗎？還是不信任我嗎？

我看向拓羽，拓羽你真能這麼狠心？就算你曾經認為我是敵人，但現在我都說清楚了，難道你忘了我們在河邊嬉戲，忘了我們之間的兄弟情誼？

拓羽看著我的眼神閃爍了一下，看向太后：「母后，這已是夏天，還是上水果吧。」

心下一喜，拓羽還是講情誼的。

「羽兒，你這就不懂了，解暑還是得這涼茶，雲掌櫃，這可是上好的貢茶，涼了就不好喝了。」心一沉，再次看向拓羽，向他求救，他皺著眉，抿著唇。

「雲掌櫃，你想讓皇上為難嗎？」這一句顯然是要脅了，我垂下了臉，看著面前的茶，雙手放到茶盅邊，卻沒勇氣拿起。

算了！賭一賭，大凡電視劇裡都是沒毒的，只是試一下忠心，就算有毒，我想小拓子也不會坐視不理。迅速拿起茶盅，一口氣喝下，重重地放回托盤，整個人傻傻地站在殿堂裡，等著毒發。

太后微笑地看著我，我想我的臉色一定好不到哪兒去，恍然間，我看見太后在曹公公的攙扶下站起身：「瞧這孩子，喝碗茶臉都白了，看著就讓人心疼。好了好了，這大熱天的，哀家想回去吃水果了，皇兒你就慢慢問夜鈺寒那點破事吧。」

就這麼走了？算是問完了？我居然沒毒發！

我欣喜地摸著自己的胃：「沒毒，我沒掛，哈哈哈，沒毒啊……」笑著笑著，才想起現在還在皇宮，前面還有太后和皇上，趕緊埋首：「請恕罪，小人失態了。」

「哼！母后早就走了。」整個殿堂上只回蕩著拓羽一個人冷冷的聲音。

走了？我揚起臉看了一圈，果然此刻龍椅上只有拓羽，太后和曹公公都走了，身後的門依然關著，偌大一個殿堂只剩下拓羽和我兩個人。心一下子落回原來的地方，驚慌一過去，汗就冒了出來，不知為何，只面對拓羽一個人，我就變得輕鬆，或許是混熟了的關係。

我不客氣地坐回椅子上，撿起剛才嚇掉的包袱，拍了拍放回身邊。用袍袖擦著汗，發現脖子裡的綳帶已然濕透，最好儘快處理，免得發炎。

「嚇死我了，太后真是犀利！」是的，我敗在了太后那慈祥的笑容下，不得不服那句話：薑還是老的辣！

「雲非雪！」拓羽的聲音帶著怒意，可沒了太后，我顯然不怎麼怕他，「是不是朕一直對你太仁慈了！你居然如此有恃無恐！」

「皇上！」我瞪著他，我也生氣起來，「那碗茶明明沒毒，為何您要做出那樣的表情嚇我，您難道不知道人嚇人會嚇死人的嗎？」

「哼！」拓羽的嘴角慢慢揚起，「怎麼你也有害怕的時候？」他緩緩端起茶几上的茶輕吸著，淡淡地掃了我一眼，從茶盅茶蓋間揚起了臉，壞笑著：「不知為何，剛才朕看到非雪你嚇得面如死灰，朕心裡很是開心呢，和非雪在一起，果然能讓朕心情舒爽。」說完，再次埋首喝茶。

聽著他的話，我頓時目瞪口呆，這算什麼？拿我開刀，我沒得罪他啊，對了，我搶了他的心頭肉——夜鈺寒，我脫口道：「你不會因為夜鈺寒的事記恨我吧。」一道寒光射穿了我的心，我將他的妒意收入眼底，「你該不會喜歡夜鈺寒吧！」

「噗！」拓羽居然噴出了嘴裡的茶，還差點噴到我的臉上，我慌忙揚起袍袖，擋在自己的面前，難道我說錯話了？我用袍袖遮著自己的臉，一時不敢放下，因為放下我就會看到拓羽的臉，我剛才居然調侃蒼泯堂堂的國王，真是吃了熊心豹膽了！

「啪！」一聲重重的響聲回盪在殿堂裡。慘了，聽拓羽這放茶盅的聲音就知道他有多惱火，我舉起的手越發不敢放下了，整張臉都躲在袍袖後面，心跳開始加速。完蛋了完蛋了，要挨揍了！

「怎麼？不敢看朕？」冷得讓人發寒的聲音就在面前，我從袍袖下看見了他的衣擺，他此刻就站在我的面前。

「你給我放下！」說著，他一把按下了我的手臂，緊緊捏著，我只有尷尬地笑著：「這個……皇上……」他的臉色有點難看，「小人只是開個玩笑，您大人有大量，就別責怪小人了。」

「責怪？」拓羽的臉越發陰沉了，「朕來問你，朕幾時責怪於你？你在朕的面前一直都是如此沒有尊卑，朕可曾責怪你！哼！正因為如此，才把你寵壞了！我問你，在【梨花月】你和夜鈺寒到底發生了什麼？」他捏著我手臂的力道越發加重，彷彿我不說實話就要扁我。

「皇上，這件事已經過去，小人不想再提。而且，這也是小人和鈺寒的私事……所以……」

「你們的私事？」拓羽的口氣有點怪，可這種事讓我怎麼提？怎麼說得出口？

「好……你們的私事，呵呵……罷了。」他嘆了口氣，彷彿有種落寞的感覺，「朕把你們當朋友，你們卻拒朕於千里之外，好，雲非雪，既然你不想說私事，那朕就來問你公事，斐崳和阿牛去哪兒了！」

心頭震了一下，又要開始盤問？頭嗡嗡作響，為何自己的一舉一動都受人監視，我到底還有沒有人身自由！

「怎麼？這你也不肯說？還是……又是你的私事！」拓羽的口氣帶著不屑，「好一個雲非雪，一個魅惑男人的男人，你到底要勾引多少男人才知足！」

我驚訝地揚起臉，對著他憤怒的眼睛，他說的是人話嗎？他鄙夷的眼神彷彿在說我是一個青樓的小倌，用媚術和身體留住了身邊的男人。太過分了！侮辱我可以，但絕對不能侮辱他們！尤其是斐崳！

「你！你混蛋！」我狠狠地甩開他的手，氣得嘴唇發抖，「你讓我說什麼？我怎麼說？【梨花月】的酒菜都有催情成分，你這種風流男人會不知道？」怒火沖昏了我的頭腦，開始口不擇言，「我怎麼知道夜鈺寒那笨蛋會去那裡，還叫了一個什麼姑娘，偏偏那姑娘還特別喜歡他，就給他下了重藥。而我當時，就這麼倒楣地送上門，被他……被他……還好思宇打暈了他，這種醜事想起來就鬱悶，如果是你，你願不願意再去回憶！」我抓住了拓羽的衣襟，他怔愣地看著我。「你作為蒼泯國的國君，不好好管你的國家大事，卻來打聽這種謬聞，你到底有沒有搞錯！說我魅惑男人，那我也要有那個資本啊！你看看我，你好好看看我！」我放開他，退到他一米之外，「你見過的男人女人也不少了，你覺得我到底有什麼地方可以吸引魅惑男人？啊？我有嗎？」

一絲笑意滑過拓羽的眼睛，這個白痴一定要我自曝短處才開心嗎？發洩完畢，才想起自己居然做了這麼多可以被砍頭的事，立刻冒出一身冷汗，臉漲了個通紅，低下頭不敢看面前的拓羽，他領口的衣襟還被我抓皺了。

「說完了？」我聽出他口氣中的笑意，是啊，聽別人的醜事都很開心。

「還有。」我鼓起了臉，既然他這麼在意斐崳他們的動向，就編個理由哄哄他，「斐崳和阿牛是為我挑布料去了。我也奇怪，阿牛會武功，你們想要他正常，可斐崳什麼都不會，你們為何也想要他？」

「什麼都不會？可是柔兒怎麼說他是個神醫呢。」拓羽此刻心情似乎很好，我不可思議地看著他臉上的微笑，柔兒居然出賣了我們？不，也不能算出賣，她或許只是為了炫耀或是無意間講起斐崳會治病。

「宮中御醫各個都是高手，又何缺斐崳一個？」

拓羽幽幽地笑了：「因為聽鈺寒說，斐崳是個絕世美人，所以好奇，朕很像見識一下連柳讕楓都想得到的美人是什麼模樣。」

「原來如此……」萬惡淫為首。

「呵呵呵……原來非雪也有不知所措的時候。」拓羽緩緩走到我的身邊，俯下身體看著我木訥的臉，「一直以來，非雪都是如此冷靜沉著，朕就很好奇，不知你驚慌的時候會是如何？」

「皇上今天滿意了。」看見拓羽自然的表情，我整個人如同洩了氣的皮球，鬆軟下來，「今天小人可真是嚇壞了……」

「怕茶裡有毒？那……如果真有呢？」拓羽的神情忽然變得嚴肅，彷彿他的話是真的。我驚愕地瞪大了眼睛，心跳再次加速，汗開始爬上了背，忽然，拓羽瞇眼笑了，還拍了拍我的肩：「放心，就算有，朕也會救你，你這樣的好臣子，朕可捨不得殺你。」

說著，將我按在了椅子上，他的話讓我餘悸不淺，心跳依舊沒有恢復正常，只聽他對著外面喊道：「來人！傳御醫！」

「御醫？」

「嗯，你的紗布該換了。」

對啊，我脖子裡的紗布真是濕了又乾，乾了又濕，傷口隱隱作痛，該不會嚇裂了吧？哎……明明穿越小說裡的皇帝和太后都很白痴，ＩＱ一般都不過百，怎麼這裡的這麼厲害！這些作者真不厚道，騙人！騙人！騙人！

二、風波亭

殿堂的門一扇接著一扇敞開，原先候在外面的宮女一個個走了進來，空氣一下子流通，我的肺部終於可以呼吸到新鮮空氣，剛才真是太恐怖了，難怪人進了審訊室，都會老實交代，這心理戰術果然使人疲憊。

我就好像打了三天的通宵遊戲，可謂是身心俱疲，如果那太后此刻再來審問我，我保證全盤托出，毫無保留地將自己獻給這個蒼淚。水果和糕點一樣樣地端了上來，這一切怎能補償我的精神損失，我要吃光它們，一個不留！

于御醫低著頭從門外走了進來，後面跟著他的藥童，扛著藥箱。看見我的時候他愣了一下，還真是巧，又是他。

「微臣參見皇上。」

「罷了，給雲掌櫃換藥吧。」

「是。」

「慢著，玉膚膏帶了嗎？」

「玉膚膏？皇上，那可是……」

「去取來！」拓羽並沒讓于御醫再說下去，只是淡淡地下著命令。

「是……」于御醫對著身後的藥童揮了揮手，藥童便告退。應該是去取那個什麼玉膚膏吧。

于御醫走到我的身邊，看著我驚魂未定的樣子，大智若愚地笑著：「好巧啊，雲掌櫃。」

「是……」我嘴裡塞滿了糕點，「好巧……」我趕緊喝了口茶，才把糕點統統塞到肚子裡，受驚過度，現在極度饑餓。

于御醫大致看了看我的傷，然後讓宮女取來了清水：「雲掌櫃情緒過於激動，傷口又裂啦，以後可要注意。」

「嗯！嗯！」我也知道，可是我沒辦法啊，只怪自己修為不夠。小宮女為我取下的紗布，淡淡的紅色映在紗布上，看著都為自己心寒。

小宮女幫我清理了一下傷口，藥童就從外面走了進來，恭恭敬敬地端著一個琉璃瓶。

好漂亮的琉璃瓶，貪婪在心底甦醒，那琉璃瓶流光溢彩，變幻瑰麗。《滿城盡帶黃金甲》裡讓我一直念念難忘的，就是鞏俐喝藥的那只琉璃碗，實在……太讚了！

于御醫接過琉璃瓶，在琉璃瓶瓶頸處，還扣著著一隻銀勺，銀勺柄上鐫刻著一條游龍。只見他緩緩打開瓶蓋，一股清香立刻彌漫開來，他用銀勺小心翼翼地舀出乳白色的膏藥，擦在綢帕上，然後再給我塗抹，每個動作都是那麼細緻，那麼小心。膏藥塗抹在我的傷疤之上，立刻帶來透心的清涼，好舒服。然後，他給我纏上了紗布，將銀勺擦淨，依舊扣在琉璃瓶的身邊。我就這麼看著琉璃瓶放回藥童的手中，比起美男，金銀財寶更讓我掉口水。

「非雪好像很喜歡那個瓶子？」

「嗯！嗯！」我此刻只顧著盯著瓶子，連這句話是誰說的都不管了。

「既然如此，就送給非雪吧。」

「啊？」我立刻清醒過來，看著斜靠在龍椅上的拓羽，他的表情是那麼地隨意又慵懶。

「皇上，這玉膚膏宮裡只有兩瓶。」

「那就再做一瓶。」

「這……」于御醫臉上露出為難的神色，然後嘆了口氣，「是……」

我發現這玉膚膏似乎很特別，看著于御醫和藥童無奈而又痛苦的神色，心中有絲愧疚，其實我只是看中了那瓶子。

「皇上，小人只是喜歡而已……」

「那藥你用得著，你的傷口裂開朕也有責任，朕說送你，你就拿著。」拓羽的口氣有點強硬，我不好意思地接過琉璃瓶，藏入懷中。

「皇上……」我向拓羽行了一個禮。

「非雪還有何事？」

「小人想去看看柔妃娘娘。」

「嗯，不過……」拓羽坐直了身體，警告地看著我，「你應該知道什麼該說，什麼不該說。」

剛退下去的汗，漸漸又冒了上來，我現在開始怕他兇的樣子：「小人知道，小人告退。」

抱著包袱和于御醫一起出來，于御醫正好為我帶路。

我拿出琉璃瓶，抱歉地說著：「于御醫，我只是喜歡這瓶子，不如你把裡面的藥膏取走吧。」

「雲掌櫃有所不知，這玉膚膏只能由琉璃瓶保管，取出來就變質了。」

「真的？這麼精貴？」

「嗯，這玉膚膏裡面有一種成分十分稀少，若再做一瓶，恐怕要等到年底，而且還不一定能抓到。」

「那是什麼？」

「雪蟾。」

「雪蟾！」我驚訝地看著瓶子，「那小子可真大方！」

「呵呵……」于御醫搖頭笑了起來，「雲掌櫃居然這麼稱呼皇上，好在皇上對你寵愛有加，否則你的腦袋不知要掉幾次了。」

「嘿嘿……」我有點不好意思，「託了柔妃娘娘的福。」

「哦？是嗎？」于御醫的笑容裡似乎別有意味，隨後，他停下腳步，「老臣就送到這裡，前面便是柔妃娘娘的寢宮。」

「謝謝于御醫。」我恭送他離開，老人家還是要尊重一下的，而且還為我看了兩次病，又一直幫我隱瞞性別，這老頭真是厚道啊……

今天的天氣可謂是萬里無雲，皇宮裡更是綠意濃濃，這麼好的天氣，我卻是愁眉苦臉，實在不怎麼稱景。上官宮裡的宮女說上官用膳去了，原來現在已經是午膳時分，我居然被他們盤問了一個上午，真是恐怖的上午啊。

「雲大人好……」路過我身邊的宮女向我行禮，我有點納悶。

轉而迎面又來了兩個太監，他們看見我，也趕緊低頭行禮：「雲大人好！」

雲大人？我有點糊塗，不過還是問問他們哪裡可以找到上官和思宇：「請問柔妃娘娘在哪兒？」

「稟雲大人，柔妃娘娘用完午膳通常會在風波亭賞湖。」

風波亭，一個不吉利的地方，讓我想到了岳飛。

「您往這兒走，就可以到風波亭了。」

「哦……」

「小人告退。」兩個小太監行禮而去。

奇怪，他們怎麼這麼客氣？記得第一次入宮的時候，幾乎沒人理我，害我迷路了。

「雲大人好。」又是幾個宮女，我越來越納悶，看著她們遠去我愣在了原地。

「雲大人好……」又是一聲，我不管了，立刻拉住面前行禮的小太監，把小太監嚇了一跳：

「我問你，為什麼都叫我雲大人？」

「雲大人是出入清明殿的人，小人自要稱呼您為大人。」

清明殿？我努力回憶了一番，難道上午那個就是清明殿。靠！那也叫清明？老娘差點就死在那裡了。對啊，清明掃墓嘛，難怪叫清明！

「我問你，為什麼出入清明殿的就一定是大人！」

「出入清明殿的是否是大人小人不知，但能出入清明殿的絕對是皇上的寵臣！」小太監沉著冷靜地答著：「所以今日雲大人從清明殿出來，雲大人您的身分就今非昔比了。」

好一幫見風轉舵的傢伙。

「雲大人還有什麼要吩咐的嗎？」小太監低頭問著。

我輕哼一聲：「帶我去風波亭。」

「是！」

擁有權力的感覺原來就是這樣，只要你說一句話，下面的人都會照辦。難怪官吏都喜歡霸著自己的位置，他們已經欲罷不能。

走在青板石的大道上，來來往往的宮女太監都會向我低頭行禮，小太監帶我穿廊過殿，把我再次繞得暈呼呼，這一繞，又繞去了一個多時辰。肚子開始打鼓，鬱悶，我到現在午飯都還沒吃呢。還說是皇上的寵臣，拓羽那小子連飯都沒招呼我，就只拿了些水果糕點打發我嘛！

「雲大人，您看前面就是風波亭了，那裡不是小人能去的，小人不能為大人您引路了。」

我抬頭遙望，哇塞，還有好長一段路啊，仔細一看，那哪是什麼小亭子，分明是一座殿堂，那殿堂鄰水而立，廊柱間沒有門窗，是金色的紗簾，所以風波亭，是一個四方型的大亭子。

我朝那亭子靠近，隱約看見裡面的人還不少，還傳來絲竹的聲音，我起初以為是上官的侍女，因為我近視眼，看不太清。沿途的侍衛也沒阻攔我，我就這麼堂而皇之地走到亭子前十米的地方，然後就看見了最不想看見的人：太后和拓羽。

一看見他們兩人在，我扭頭就跑，也不再管上官是否在裡面。

亭中絲竹的聲音忽然停止，原先守在路口的侍衛就攔住了我：「雲大人，太后召您。」

死老太婆！

心有點發虛，面對那死老太婆我總是處於下風。

亭子裡其實坐了很多人，先前沒注意，現在看清了。只見太后和拓羽坐在正當中，他們的右邊坐著兩位器宇軒昂的中年人，威嚴而肅穆，一派王者風範，莫非是來參加五國會的國主？一位面帶微笑，光潔英俊的臉，讓人猜不出他的實際年齡，只是他笑的時候，才會隱隱出現幾條淺淺的皺紋。白色乾淨的長袍，袍上繡著蛟龍飛天，雙手插入袍袖中，眯眼微笑。而另一位似乎四十歲上下，也是一張光潔俊朗的臉，發現這個世界好像不流行蓄鬍。讓我留意的是他有著一頭微微帶著藍光的銀髮，並不是蒼白的白，而是閃現著特殊光彩的白，相當吸引目光。我不敢多看，迅速將目光轉移。只見太后和拓羽的左邊，都用驚訝的眼神看著我的，正是上官和夜鈺寒，思宇站在上官的身後，也瞪大了眼睛。

「小人雲非雪參見太后，參見皇上，參見……」我遲疑地看著兩位國主，他們一個冷漠，一個和藹，「兩位國主……」賭一下，然後我看到他們的眼睛都微微眯了眯，猜對了，「參見柔妃娘娘，參見夜大人……」一圈下來，我都暈了。

「呵呵，雲掌櫃怎麼才來就走啊？」太后依然慈眉善目地笑著。

我開始東南西北地亂指：「我忘了東西了。」其實這個謊撒得很不高明，因為我手中抱著包袱，還能有什麼可丟的。

「忘了東西？那叫別人去拿，來來來，雲掌櫃，你也坐下，瞧這孩子，跑得滿頭是汗……」

「是……是……」我側目看見夜鈺寒身邊有空位，立刻坐到他的身邊。

絲竹的聲音再次響起，我看著夜鈺寒桌上的糕點發愣，好餓。

「非雪妳怎麼受傷了？」夜鈺寒的口氣很是焦急，擔憂地看著我。

心底升起一絲暖意，但還是扯了個謊：「蜈蚣咬的。」

一旁的思宇愣了愣，卻沒說什麼。她坐到我的身邊，疑惑地看著我，然後我看見上官的眼神也是充滿訝異。

「非雪，妳要小心啊……」夜鈺寒放在案几下的手，輕輕握了握我的手腕，隨即鬆開。看著他漸漸變得正經的臉，我有點失落，難道在這裡他就不能體現出他的溫柔？

一旁的太后跟兩位國主聊得熱絡，拓羽和上官都靜靜地欣賞著音樂，思宇戳了我一下：「非雪，妳怎麼進來的？」

「我？」我指著自己的鼻子，思宇的眼神閃爍了一下，看著我的身後，我下意識扭頭，正好接觸到上官的眼神，看來她對我怎麼進宮也很感興趣。於是我抬眼看了一眼太后，太后還在聊天。接著我接觸到拓羽警告的眼神，他耳朵怎麼這麼好！而他身後的曹公公也是一臉陰狠毒辣的笑。

我收回視線，吃起了糕點：「我餓了，先吃會兒！」

「妳還沒吃午飯？」夜鈺寒輕聲問著，彷彿怕被別人知道他在關心我。

「嗯！嗯！」我朝著他露出哀怨的神情，希望他能疼疼我，撫平我這一上午的驚悸。

夜鈺寒的雙眼微睜，然後不自在地撇過臉不看我，乾咳兩聲，輕聲提醒道：「非雪，現在是在皇宮。」

我知道是在皇宮啊，為何他的態度變得冷淡？難道我撒個嬌都不行嗎？他可是現在唯一可以保護我的男人啊。

心有點涼，原來夜鈺寒在外人面前還是要偽裝自己。他的真性情究竟何在？

上官的目光漸漸從我身上移開，開始露出甜美的笑容，和拓羽竊竊私語，我方才那幾個眼色，她就應該明白我為何會在這兒。

第一眼看太后，向她說明我入宮與太后有關。至於後來拓羽和曹公公的眼神，我想她應該能猜到我入宮這件事，絕不簡單。

對夜鈺寒有點失望，化悲憤為食量，罷了，你做你的宰相，我吃我的飯！

「非雪，妳慢點吃。」思宇在我身邊順著背，還是思宇最可靠！我笑道：「餓壞了，這皇宮可真是大啊。」

「妳不會又迷路了吧。」

「這回還好，都有人指路。」

轉眼間，曹公公正從我面前經過，他到台階處對著其中一個宮女耳語幾句，再次回到拓羽的身後，拓羽看著我微笑，奇怪，他笑什麼？

我轉眼看那宮女，她已匆匆離去。

遠遠的，又走來幾個人，一個金光閃閃的女人走在最前面，後面跟著兩個侍女。好晃眼的首飾。她婀娜地走到亭子裡，我才看清她的樣貌。好美，好媚，這才是能魅惑男人的美人胚子，這才是能抓住男人心的女人！

看見她，我忘記了咀嚼食物。

只見她腰肢一扭，就盈盈下拜：「瑞妃見過太后，見過皇上，見過暮廖國主和幽國主。」

「瑞妃也來啦……」太后笑著，手微微揚了揚，「坐吧。」

瑞妃媚眼一掃，就衝著上官笑：「原來柔兒妹妹也在啊。」說著，蓮步輕移，就坐到了拓羽的另一邊。

「非雪！」思宇拍了我一下，我發愣地看著思宇，思宇整張臉都垮了下來，輕聲道：「妳怎麼可以這麼看著瑞妃！」

「她好看啊……」我含著糕點含糊地說著，然後就聽見身邊夜鈺寒的輕咳。

呵呵，失態了。

一群厲害的人開始在上面聊著，聊的都是皇族的家長裡短，夜鈺寒也被拓羽召過去，和那些國主級別的人大談治國之道，邊說邊笑。

他們那些屁話我也不感興趣。

「非雪，既然妳來了，過會兒就把舞跳給上官看吧。」思宇在一旁提醒著。

「嗯。」我依舊埋首吃東西。

「舞娘可聰明了，看一遍就會，不像我們，要學七天那麼久。」

「嗯。」

「非雪～妳別光吃東西啊，陪我聊聊天嘛，不然我會無聊死的。」

我抬眼看了看她，她嘛著嘴，哭喪著臉。

就在這時，我看見那個剛剛離開的宮女又回來了，手裡端著一個托盤，一陣風吹過，帶來一股鮮香，立刻勾起了我對食物的欲望。

小宮女哈著腰從一邊繞到我的身後，將一副碗筷放在我的面前，居然是麵！我真是喜出望外！

原來拓羽讓小宮女給我拿麵去了。

夜鈺寒啊夜鈺寒，你都不及拓羽！

我拿起筷子就準備開動，思宇突然握住了我的右手：「不許吃！要陪我聊天！」

「小東西別鬧，妳大哥我餓了。」

「餓了也不管！」

「好好好，那我給妳講個笑話，妳讓我把麵吃完。」

「嗯。」思宇咧嘴笑了，坐好等著我的笑話。

我舉起了筷子：「話說……」

思宇的神情越發認真。

「話說……」我拖了個長音：「吃麵！」我迅速轉身就開始吃麵，絲毫不給思宇搶我筷子的機會，當著這麼多人，她當然拿我沒辦法。但我很快就遭到了報應，因為吃得太快，居然被麵湯嗆到了：「咳……咳……」我捂著嘴，儘量別咳得太大聲，不然就是失禮於人前了。

思宇一臉的幸災樂禍，幫我順著背：「看，活該！」

因為努力憋氣，我把臉憋了個通紅，罷罷罷，反正麵也吃了，就陪思宇說說話。

「知道啦知道啦，那我繼續剛才的笑話。」既然吃了麵，就說麵條和包子的經典笑話：「某天，麵條與肉包因為細故而發生爭執，雙方便大打出手，但是肉包因為太肉腳，被麵條打得落花流水，於是在離去時，對麵條撂下一句：好膽別走，我去叫夥伴來教訓你！」

思宇的眼睛瞪得大大的：「嗯嗯，這個我知道，然後肉包就去約了煎包、饅頭、麵包。結果在路上遇到了泡麵。肉包等人於是圍住了泡麵一陣毒打，泡麵被莫名其妙打了一頓後，問肉包為何打他？肉包回答：麵條，別以為燙了頭髮，我就不認得你！」

「哈哈哈……」我和思宇都忍不住大笑，這和「馬甲」的故事有異曲同工之妙。

「之後好像還有吧……」思宇開始陷入回憶。

「有。話說泡麵被海扁完以後覺得很不爽，於是夥同米粉、烏龍麵、日本蕎麥麵和炸醬麵要去找肉包算帳，不料，在路上遇到了小籠包，泡麵仔細看了一會兒，說道：兄弟們上！泡麵扁得更是用力，在扁完小籠包後，麵族人揚長而去，後來其他人問泡麵說：你剛剛扁得好賣力，我們都不知道你那麼討厭他耶，泡麵說：本來想稍微揍一下就好，沒想到他還裝可愛，還穿童裝……越想就越氣！」

「哈哈哈……」我說得眉飛色舞，思宇笑得前仰後合，「就跟非雪一樣，老菜皮還裝可愛。」

「小屁孩說什麼！妳這麼說我，我不說了！」我陰下了臉。

「不嘛～～再說下去，後來呢？」

「後來？」我越發得意地笑了，「泡麵海扁完小籠包後，真是越想越氣，於是想來個續攤，再次夥同眾麵們再去找小籠包，沒想倒在路上遇到了割包，嘩！泡麵狂怒一聲，帶頭狂扁，打得眾麵們都有點覺得殘忍了，眾麵把泡麵拉開來，問他說：你怎麼這麼生氣呀？泡麵說：太過分了，裝可愛就算了，還給我頭髮中分！」

「哈哈哈……」這下思宇笑得倒在了我的身上，「中分哪……讓我想起我的物理老師，越看越討厭呢。」

「嘿嘿……」

「雲非雪……」

好像聽見有人叫我，我笑著隨意看了看。

「雲非雪！」這一叫，思宇立刻坐直了身體，忍住了笑容，整張臉因為憋笑而通紅。

我眨巴著眼睛，原來是小皇帝叫我。

「皇上，叫小人何事？」

拓羽無奈地嘆著氣，皺著眉直搖頭，他身後的曹公公揚起了眉：「大膽雲非雪，太后方才叫你，你居然裝沒聽見！」

我嚇得大嘴一張，傻傻地看著太后，完了，得罪這老太婆還不玩完？

太后和藹地微笑著：「罷了罷了，哀家看雲掌櫃那裡笑聲連連，好奇呢，雲掌櫃，你們在說什麼這麼好笑？」

我愣在桌子邊無法反應，思宇怯聲回道：「是……笑話。」

「笑話？哎喲，那哀家可愛聽，雲掌櫃給哀家也說一個啊。」

我依舊石化，直到思宇狠狠掐了我一下，我才應了一聲：「是！」

講笑話啊，說什麼呢？我看著面前的那些人有點緊張，腦子裡的麵條和包子全部閃人，消失無蹤。一時間想不起任何笑話，轉眼間，正看到曹公公那張討厭的臉，惡從膽邊生，決定整整他。

我說道：「在蒼泯國裡，有一位忠心耿耿的曹公公……」我頓住了口，笑著看曹公公，他果然得意洋洋。等著吧，有你好看的。

我張著嘴，不再說下去，沒有了音樂的風波亭變得靜謐，所有人都在等我的下文，而我依舊不語。太后的臉色漸漸變得難看，而兩位國主都輕笑搖頭，拓羽和夜鈺寒都疑惑地看著我，一旁瑞妃倒是得意地看著上官，帶著挑釁的味道，只這樣，就看出了所有端倪。

上官焦急地看著我，終於忍不住提醒我：「下面呢？」

我攤了攤手，面無表情：「沒啦……」

「沒了？」

上官再次問我。

「真沒了，怎麼可能還有！」我這句話剛說完，身邊的思宇就噴笑起來：「呵呵呵……哈哈哈……沒了，的確沒了……要長都長不出來！」

「呵呵……」我笑看著思宇，這麼經典的笑話上官居然沒反應過來，看來她在宮裡久了，把我們那個世界的一些精華都忘了。

「哈哈哈……」第二個笑的是拓羽，他還拍著手，「說得好，沒得好！」

拓羽這小子還真聰明。然後，夜鈺寒也輕笑起來，微微的笑容不失他的優雅，他用食指朝我點著，彷彿在說：「妳呀妳……」

終於，我看見上官也露出恍然大悟的表情，然後笑了起來。

接下來幽國的國主雙眼瞇成了線，哧笑連連。

茫。

「這……到底怎麼回事啊？哀家怎麼就沒聽出這笑話有何可笑？」太后和暮廖國主依舊一臉迷

「是啊，奴才也想不通哪。」

拓羽拍著身後的曹公公：「母后，非雪一開始說了句什麼？」

「說我國有個忠心耿耿的曹公公啊。」

「然後柔兒又問了句什麼？」

「下面呢？」太后微皺雙眉，似乎依舊不解。

「然後非雪就說沒了。兒臣這麼說您可明白了？」

「——曹公公…下面…沒……哎喲！這…這…這可太有趣了，呵呵呵呵……」太后笑得直拍手，「這笑話真個兒有趣，還要讓人琢磨琢磨啊，我說小曹子啊，要不是有你，大家今天也沒這麼開心啊……」

曹公公的臉上紅一陣，白一陣，心裡恨我恨得牙癢癢，但臉上依舊諂笑不斷：「是是是，奴才沒得好，能哄太后您開心，奴才若是有也要把它切囉。」

曹公公一句馬屁又笑翻了亭子裡所有的男人。

「雲掌櫃如此會說笑話。若是能天天給哀家說上一段就好了。」太后笑出了淚花。

我依舊不放過曹公公：「太后可真是抬愛小人，記得曹公公經常向小人提起入宮伺候太后和皇上的事，要不……小人也以曹公公為榜樣，一起沒了吧！」

「不行！」夜鈺寒失聲喊了出來，拓羽和所有人的視線都集中在他的身上，整個亭子立刻靜了下來。

「為何不行？」拓羽半瞇雙眼，盯著因為尷尬而臉紅的夜鈺寒，「朕覺得這主意不錯，朕也挺喜歡非雪的故事和笑話，如果非雪入宮跟著曹公公，他也可以時刻見到柔兒，如此一家團聚，何樂而不為？」

「這……這……」夜鈺寒居然一聲語塞，平時口若懸河，妙語連珠的夜鈺寒，也會有如此窘迫的時候，「非雪若為宦官，那麼有很多事情都無法去做了。」他淡淡地回著，氣息已經恢復如常。

他這麼說是在暗示什麼嗎？

亭子裡的氣氛有點尷尬，老太后揚了揚手：「這可不成，哀家挺喜歡雲非雪這孩子，哀家還打算給他說一門好親事呢。」

好親事！呵……我苦笑著，與其說好親事，不如說是臥底更準確吧，您老可真是送了一份大禮給水王爺啊。

太后這話一說完，夜鈺寒的臉上就出現了疑惑和擔憂，他望向我，我只有裝糊塗。現在能給什麼暗示？小命在那老太后手裡捏著呢。

將我徹底解救出來的是上官，她以多日未見我的理由，帶著我和思宇回了她的宮。她將我們直接帶到練舞房，此刻房裡就只有我們三人，上官劈頭就問：「妳怎麼進宮的！」

我懶懶地坐在了地板上：「妳婆婆邀請我來的。」

「我婆婆？」上官面帶疑惑，「她讓妳來幹什麼？」上官的口氣帶著焦慮和浮躁，思宇似乎看出了不對勁，走到上官的身邊：「上官，非雪受傷了，這些事等會兒再問吧，先讓她休息一下。」

「傷？妳怎麼受傷了？」她俯視著我，那神情更像是審問我。

「我說上官，妳該不是也要審問我吧？」我將「也」字加重，懶懶地仰視上官

「他們審問妳！」這句話同時從上官和思宇的口中吐出。

我撐著身體眯眼看著上官，張開了嘴：「Being watched（我被人監視了）」我戳著自己，上官和思宇的眼睛在我說出這句英語後，慢慢睜大。

我站起了身，拍了拍屁股，笑道：「不是要跳舞嘛，鼓呢？」

「哦，我馬上讓人準備！」上官終於反應過來，「來人，去準備鼓。」

「是！」外面的宮女應了一聲，然後整個舞房房門大開。

我在屏風後面換上了舞衣，舞衣很寬鬆，越來越得意自己的小背心設計，把胸罩設計得挺拔很困難，但設計成平胸再簡單不過。將紅綢固定在袖口上，拖著紅綢就出來了。記得斐崳說過，說我就算揮舞紅袖也未必像個女人，就像現在，我插著腰站在舞房中央，一條紅綢還被踩在腳下，怎麼看怎麼像是打群架來的。

負責指導上官的是一名二十五歲左右的舞娘，舞娘穿著亮麗的舞衫，翠綠的緊身小襟，金魚尾的袖子，飄逸而婀娜，看看她，再看看自己，呵呵，確實不是跳舞的料。

小太監將一面又一面的鼓搬了進來，然後思宇就走到舞娘身旁，解釋一些我做不到而應該存在的動作——例如那個後翻……

我撿起了鼓槌，移開了腳步，鬆開踩在腳下的紅綢，看著這群宮裡的人和上官，眼前漸漸浮現太后和曹公公的臉，我真窩囊，自己的一舉一動居然都在他們眼中！我狠狠甩出了鼓槌，鼓槌帶著

紅綢撞擊在一面有「太后」的臉的鼓上。枉我雲非雪自以為聰明，自以為可以逍遙度日，結果呢？轉身再甩，甩中了曹公公！還以為自己保護了斐嵛、歐陽緡和隨風，結果，卻是他們在保護我！一個前翻，甩中了拓羽！

我絕對不會就這麼任你們擺佈！絕對不會！

整個舞房裡迴響著隆隆的鼓聲，它們是我的憤怒，是我的吶喊，我一定能找到出路，絕對能！卸下鼓槌就扔了出去，這是原本沒有的動作，但我真的很想扔東西，鼓槌在空中翻滾著，砸中了最大的一面鼓，我仰面倒下：我的出路在哪裡？

紅綢在空中緩緩飄落，屋頂在紅綢間撲朔迷離，紅紅的影子蓋在我的身上，我迷茫地看著屋頂的樑柱，乾脆吊死算了！

「非雪……」混沌中聽見思宇的呼喚，她擔憂的神情映入我的眼簾，「非雪，妳沒事吧……」

我騰地坐了起來：「沒事！跳完！收工！回家！」我將落在身上的紅綢捲了捲，狠狠扔在地上，找到那個還在發愣的舞娘：「看清楚了沒！就這樣跳！還有，後面還有一段紅袖舞，整支舞是剛柔結合的。」舞娘痴痴地只知道點頭。

「思宇，動作都給她解釋過沒有？」思宇給我取來了外袍，幫我套上，點了點頭，臉上依舊沒有她以往燦爛的笑容。

上官站在一邊，用奇怪的表情看著我，我與她擦身而過的時候，我拍了拍她的肩膀，用只有我們兩人才能聽到的聲音對她說道：「小心太后。」然後和思宇出了舞房。

夕陽拂曉，西邊的紅日猶如火燒，就像我心頭的那團火，越燒越旺。

思宇小心地看了看周圍，身邊不時有小太監經過，她輕聲問道：「非雪，到底出了什麼事？我看得出，妳那支舞是在洩憤。」

「思宇……」我變得有氣無力，「我們有麻煩了……」

「非雪，妳可別嚇我。」思宇頓住了腳步，捉住了我的雙臂。

鼻子有點酸，我忽然想抱住思宇狠狠哭一場：「或許……從一開始……他們就已經看穿我們的伎倆了吧……」沒想到我們三個演猴戲演了那麼久，卻還在自鳴得意。

天在我說完這句話的時候，瞬間陰了下來，一大片黑雲徹底掩蓋了落日的光輝，遠處走來一行人，為首的滿臉諂笑，我拉著思宇扭頭就跑。

「雲大人且慢！雲大人且慢！」身後的人陰陽怪氣地喊著：「皇上要見寧思宇。」

見思宇？我和思宇都停下了腳步，思宇抓住我的手越發越緊。

「呼……呼……哎喲，我說雲大人，您跑什麼？」曹公公氣喘吁吁地說著，太監到底沒用，才跑了沒幾步就累成這樣，「請雲大人和寧公子御書房見駕。」

思宇莫名其妙地看著我，我莫名其妙地聳聳肩，我和思宇一路冒著泡泡（莫名其妙的樣子，頭頂上冒泡），跟著曹公公。

因為天氣的關係，御書房裡已經點亮了燈，就和以前一樣，夜鈺寒站在拓羽的身邊，他正俯身看著拓羽手中的冊子，兩人相互探討著什麼，那親密的樣子，讓我惱怒，夜鈺寒對拓羽比對我好！

心裡慌了一下，我居然在吃拓羽的醋？

那麼將心比心，拓羽一直追問我和夜鈺寒的關係，是不是也在「吃醋」？他把夜鈺寒和我都當朋友，而我和夜鈺寒卻對他都閃爍其詞，傻瓜都看得出我們對他有所隱瞞。皇帝都是多疑的，他有知道一切的權力和欲望，因此他生氣了，氣我們對他的隱瞞。

「皇上，雲非雪和寧思宇帶到。」

「嗯，知道了。」拓羽放下了冊子，夜鈺寒站在一邊看著我。

拓羽揚了揚手，一邊侍候的宮女太監都退出了御書房，候在門外。

「思宇原來還會跳舞。」拓羽和藹地笑著，就像看著一個小妹妹，刻意放柔的聲音一下子讓緊張的思宇放鬆下來。

原來小拓子一家都會用這種微笑式問話。

思宇不好意思地鼓起了臉：「其實不會，是上官……哦不，是柔妃娘娘讓我們編排舞蹈的。」

「寧姑娘真是多才多藝啊……」夜鈺寒在一旁對思宇也讚賞有佳。

我雙手插在袍袖中，站在一旁，這小拓子不知又想幹嘛。

「沒有啦，嘻嘻……」思宇被誇地臉紅起來。

「那朕現在想交給思宇妳一個任務，思宇姑娘能否擔當？」拓羽依舊用溫柔地口氣說著，就像哄一個孩子：現在叔叔想讓妳做件事情，高不高興啊？就這種樣子。

思宇睜圓了自己的眼睛，有點緊張地看著拓羽：「皇……皇上，是什麼？」

「呵呵……」拓羽幽幽地笑了起來，「思宇姑娘不必緊張，柔兒一定跟思宇姑娘說過五國會的事情了吧。」

思宇點頭。

「在五國會最後一個晚上，是各國獻藝，朕想，讓思宇也出一個節目如何？」

「我？」思宇驚叫起來，興奮地不知所措，「我可以嗎？我行嗎？」

「朕覺得妳可以。」

思宇激動地朝我望來，我微笑著，與此同時，又有一束目光投來，是小拓子的，哼！白痴，你們把思宇看扁了，這種節目她一個人就能搞定。

「那就這麼定了，鈺寒你看如何？」拓羽看著身邊的夜鈺寒。

夜鈺寒也微笑著：「微臣覺得不錯，早上看了思宇的舞蹈，真是大吃一驚呢。」

思宇愣了一下，那神情她似乎並不知道自己在跳的時候，有拓羽和夜鈺寒在場。

「哦？非雪的難道不讓你吃驚嗎？」

拓羽的話一出，頓時心底一驚，下午我們跳舞被他和夜鈺寒看見了？抬眼望去，拓羽右手枕在頰邊，瞇眼看著一旁出現窘態的夜鈺寒，夜鈺寒無意間與我的眼神相撞，臉上居然出現了一抹紅暈，不知情的人還以為是被拓羽看出來的。

可惡！拓羽又在惡作劇了！

「好……也很好……」夜鈺寒在拓羽的特殊注視下，變得結結巴巴。

拓羽面帶笑容地轉過臉，看著思宇微笑著：「思宇姑娘可以回家了……」

「謝皇上。」思宇做了一個土氣的動作，這動作很小，不容易被發現，可見她剛才也被拓羽嚇得緊張了一下。

「小人告退。」我拉著思宇準備離開。

「慢著。」拓羽懶懶的聲音從身後傳來，「朕還有其他的事要交給非雪去辦。」

拍起的腳，再次落回原地，思宇擔憂地看著我，此刻我背對著拓羽和夜鈺寒，所以我對著思宇皺緊了眉，然後朝她擺擺手：「妳先回去吧，我回家吃晚飯。」

「嗯，我等妳。」思宇悻悻地離開，由曹公公護送。

我深吸一口氣，轉身微笑著看著拓羽和夜鈺寒，夜鈺寒的臉上浮過一絲愁雲。拓羽的眼神漸漸變淡，臉上看不出任何神情變化，手中拿著冊子，似是隨意開口：「水酇那裡情況如何？」

一絲驚懼滑過夜鈺寒的臉：「皇上，非雪在此……恐怕……」

「恐怕什麼？」拓羽抬眼看了看我，我立刻撇過臉，不與他對視，只聽他道，「他是你的人，自然就是朕的人。」語氣中壓抑著不滿。我咀嚼著這話，卻看見夜鈺寒下意識地後退了一步。

「你和雲非雪夜戲【梨花月】的事以為朕不知道嗎？」拓羽摔了手中的冊子，「哼，枉我當你們是朋友，你們卻瞞著我這麼多事！」

看來拓羽是真心把我們當朋友的，氣得都不說「朕」了。

「皇上……這……」夜鈺寒變得尷尬，「這是臣和非雪的私事。」

「哼。果然心有靈犀啊，非雪也對我說，這是你們的私事。但外面的謠言嚴重影響了你們兩人的名聲，要不要乾脆給你們賜婚，讓你們名正言順？」

「好啊！」我立刻回應，倒把拓羽愣住了，「這主意不錯。」我一臉無賴地笑著，看著夜鈺寒額頭發緊。

「非雪！」夜鈺寒喝住了我，「皇上，臣跟非雪是清白的。」

拓羽揉著太陽穴直搖頭：「你們兩個人啊，居然給我惹了這麼大一個笑話。罷了罷了，陪朕出去走走，然後你們再回去吧。」

「是……」

我依舊笑著，不知外面的謠言傳成了什麼樣子？

「非雪，你也一起。」我正瞎想亂猜的時候，拓羽和夜鈺寒已經走到我身邊，我乖乖跟在他的身後。

外面小徑通幽，假山林立，拓羽在前面走著，我跟在夜鈺寒的身邊，我忍不住好奇地問道：「外面傳成什麼樣子了？」

夜鈺寒的臉一囧，看來不想說，不過他前面那個八卦皇帝倒是來了興趣，停住腳問我：「非雪想知道？」

「嗯。」我急急走到他身邊，他的臉上也是止不住的笑容：「外頭流傳的版本有很多，非雪想聽哪個？」

「都要！」

「好，那朕告訴你。」拓羽就像一個長舌婦，笑得還挺媚，「一個版本說蒼泯堂堂宰相不愛紅裙愛男裝，看上了虞美人的雲掌櫃，也就是你。」拓羽抬指點在我的鼻尖上，我和他都愣了一下，他立刻縮回手，繼續說：「但是雲掌櫃不領情，夜大宰相就把你騙進梨花月，然後灌醉，行那……」

「夠了！」身後傳來夜鈺寒不滿的聲音，他嘆了口氣，「皇上，非雪愛瞎胡鬧，您怎麼也跟著起鬨啊。」

拓羽壞笑著看著夜鈺寒，夜鈺寒的臉越來越紅。

我笑道：「我也是當事人之一啊，自然有權知道外面將我的名聲敗壞成什麼樣子？」我跑到夜鈺寒的面前，掂著腳尖逼近他紅紅的俊臉，夜鈺寒這人臉皮薄，稍微逗逗一陣紅潮就忍不住撫上他的臉頰，他驚愕地瞪大眼睛，我拍著他的臉，他的臉很有彈性，笑道：「鈺寒可別忘了，敗壞我名聲的罪魁禍首可是你哦。」然後我放過他，再次跑回拓羽身邊，逗完夜鈺寒我的心情相當好，不過看拓羽的臉好像變得很平靜，我拍了他一下：「喂，發什麼愣，繼續說啊。」

「哦，好。」拓羽回過了神，將我拉到一旁，「既然非雪那麼想知道，我們去假山後面細談，免得被某人打擾。」拓羽提高某人兩字的聲音，夜鈺寒的臉越拉越長。

「皇上！非雪！」夜鈺寒此刻急得像跳蚤。

拓羽陰下了臉，沉聲道：「現在朕命令你站在此處等候，不得離開半步！」

夜鈺寒的臉皺了又皺，無奈地垂下了臉：「臣——遵旨。」他就像洩了氣的皮球，軟綿綿地隨風飄搖。拓羽帶著我繞到假山後，回頭看了一眼外面，笑了起來：「鈺寒就是如此，有時過於刻板迂腐。」

「嗯！」我點頭，「人很溫柔，就是木頭了點。」

「看來非雪深有體會啊。」拓羽的聲音拖著奇怪的尾音，抬手就勾住了我的脖子，「是不是鈺寒為人笨拙，讓非雪你太過寂寥？」

無語……這小子在想些什麼！

「皇上，不管外界傳得如何，非雪和鈺寒，的確是清清白白，這點，非雪上午已經跟皇上說得很清楚了，請別再拿這件事逗鈺寒了。」我看得出，小拓子就是無聊，拿這件醜事逗夜鈺寒。

拓羽放開了我，靠在假山上笑著：「沒想到非雪對朕也很了解。鈺寒這人太過木訥，記得朕第一次帶他去【梨花月】，之後他好幾天都沒理朕，其實男人是不能忍的，這點非雪你也清楚。」

原來是你個圈圈叉叉害我家小夜破身的，看著他色瞇瞇的眼神，我斜睨了他一眼：「清心寡欲有何不好。」

「哈哈哈……朕明白，朕今後再也不會帶鈺寒去那種地方。」說完還用奇怪的眼神看著我，這傢伙腦子裡肯定一堆淫穢思想。不理他，我轉身就走。

「非雪不想聽傳聞了？」

「不聽了。」我跟拓羽合不來，這小子太色，「餓了，回家吃飯。」身前人影一晃，拓羽居然攔住了我的去路：「非雪可知道和珅這個故事？」

我愣了一下，怎麼突然跟我提這個？我答道：「知道，定是柔兒跟皇上說的吧。」

拓羽微微一笑，繼續道：「那朕問你，乾隆為何不殺和珅？」

拓羽背著雙手立在假山邊，眉眼帶笑地等著我的答案。天色不知不覺暗了下來，一輪明月懸掛在東邊。

他比我高出一個頭，我只有仰視他，我道：「是因為和珅是個金庫，乾隆給他的兒子即留了個金庫，然後留下罪證讓他的兒子滅和珅，又讓他做了一件大大的政績，朝堂上下一心，百姓擁戴，天下太平。」

我看著拓羽，淡淡的月光撒在他的臉上，他的神情帶上了月光的柔和：「非雪說出了大家都知道的原因。」

「莫非還有其他原因？」

「非雪不為君自不知君的苦悶。」拓羽俯視著我，「乾隆之所以不殺和珅，是因為和珅是第一弄臣，是乾隆身邊的小丑，哄乾隆開心，給孤寂的皇帝帶來快樂。」

我不解地看著拓羽，一片陰雲滑過，遮住了皎潔的月光，假山間變得黑暗，拓羽的身影漸漸消失在黑暗中。平地捲起一陣陰風，氣氛開始變得詭異，後背瞬即發麻，想起了夜黑風高殺人夜。

看看天，黑了，隱約看見拓羽在靠近，我不自主地開始後退，小拓子跟我講和珅的故事是什麼意思？弄臣？小丑？難道是讓我成為他的弄臣，逗他開心？

後背接觸到冰涼的石壁，我怔愣地靠在假山上，拓羽居然讓我做他身邊的小丑，呵，他就不怕我變質，成為跟和珅一樣的大貪官？

「看非雪的表情，似乎明白了朕的意思。」雲霧再次散去，月光撒了下來，抬眼間，卻看到近在咫尺的臉，心跳嚇漏了一拍，什麼時候，拓羽居然靠得那麼近？

他單手撐在我的耳邊，正俯下身子好玩地看著我，看著我臉紅，看著我驚慌。我慌忙避過他的眼神，垂下臉，皺眉道：「小人明白……」現在的情形，讓我想起溪邊的那個下午，拓羽爬在夜鈺寒的身上，曖昧無限。

「天色已晚，鈺寒還在等著小人，小人告退。」我轉身欲走，卻沒想到拓羽伸出另一隻攔在我的面前，臉附在我的耳邊：「怎麼，這麼快就想回去？」熱氣噴在我的脖頸，引起我一身顫慄。這個拓羽實在太邪惡了。

「雲非雪，你難道真的以為朕支開鈺寒是為了說你們的八卦？」

八卦……他學得真是快。心開始沒底，不知他又要搞什麼。

「記住，你是要娶嫣然的人。」拓羽收回了雙手，冷冷地說著：「希望你能自覺地跟鈺寒保持距離，別因為你們之間的一些情愫而破壞朕整個計畫。雲非雪，難道你認為鈺寒真能接受你這個男人嗎？」

拓羽的話讓我心寒，我憑什麼就要聽你們擺布，娶水嫣然？

看著拓羽陰沉的臉，我冷笑道：「我為何要聽從你的命令去娶一個我不愛的女人？至於鈺寒接不接受我，好像也與你無關。」拓羽的臉開始下沉，怒火在他眼中點燃，我繼續道：「你們的計畫為何要讓我們這種無辜的人受到牽連？讓我做你弄臣，還要哄你開心，休想！」我甩袖就走。

「大膽！」拓羽從身後忽然扣住了我的手腕，就狠狠拉回，我順著他的拉力，搖搖晃晃地回到他的身邊，他的雙眼是幾欲噴射的怒火，俊美的臉龐在月光下，卻透露著攝人的殺氣。皇帝的臉，六月的天，說變就變！

「是誰說要對朕忠心耿耿！」拓羽冷冷的聲音從頭而降。

「忠心是一回事！逼我做不願意做的事是另一回事！」我開始在他手中掙扎，夜鈺寒是白痴嗎，難道真的傻愣愣等在外面？我跟拓羽進來這麼久，再笨的人也該察覺到事情不對勁！

「你是朕的人，朕的臣子，朕讓你辦事豈容你不願！」拓羽憤怒地扣住了我的雙手。

我瞪著他，顯示著我的憤怒：「聽著！上官是你的人，夜鈺寒是你的人，但我雲非雪，絕對不是你的人，我是我自己的，你聽明白沒，我是我自己的！」我幾乎是喊出來的，我決不會屈服，回家就收拾包袱走人。

只覺得扣住我手腕的手越來越重，重得我呼痛：「放手！」

「放手？」拓羽的聲音彷彿帶著譏笑，「你現在倒是命令起朕來了？越來越放肆，現在居然爬到朕的頭上！」一聲咆哮震隆了我的耳朵，將我打醒。雲非雪啊雲非雪，妳沒事去惹毛這隻獅子做什麼！

我咬著下唇，看著地面，自己的身影在月光下淡淡的，淡得猶如不存在一般。罷了，妥協吧，先說兩句好話，讓他放了我。

「小人知錯了……」

「晚了！」察覺出他聲音轉柔，我立刻道：「小人願意聽從皇上的安排。」手腕的力量漸漸放鬆：「你這是在敷衍我，還是說真的？」

我偷眼看了看拓羽，他看上去似乎已經不怎麼生氣，我趕緊笑道：「小人絕不敷衍皇上，皇上對小人寵愛有佳，小人對皇上絕對忠心耿耿。」

「現在你不用『你』和『我』，知道用尊稱了嗎？」拓羽微微眯了眯雙眼，又睜開，帶出一抹冷笑：「雲非雪，你以為朕是傻子嗎？你的一言一笑，朕都知道，之前的你才是真正的你，而現在的你……」拓羽忽然拎高了我的手，將我拉近他的身體，「是虛情假意的雲非雪！」

拓羽將我狠狠一甩，我便跌坐在地上，屁股硬生生地疼啊。

「朕真是白疼你了！讓你娶個女人居然對著朕大呼小叫！」拓羽蹲下身體，扣住我的下巴，逼視著我，「朕又不是叫你去死！今天若是鈺寒，別說朕讓他娶嫣然，就算讓他去死，他絕不會說個不字！」

「你怎麼知道？」我又忍不住跟他抬槓，不過想想夜鈺寒這愚忠的傻子，難說……

「你！」拓羽的眉毛都立了起來，「你真以為鈺寒喜歡你嗎？他不過是圖個新鮮，朕是男人，朕怎會不知？鈺寒絕對不會為了一個男人而終身不娶！」

嘿嘿，這次他可猜錯了，不過算了，不再惹他，我正好順著他的意，聳聳肩：「小人明白了，小人知道怎麼做了……」先安撫這隻發怒的獅子，我也好早點回家。

「明白就好。」拓羽鬆開了手，看著我，「你接下去會如何？」

「聽從皇上的安排，迎娶水嫣然，跟夜鈺寒保持距離，做好自己的本分，定時向皇上彙報，和皇上裡應外合……」

「夠了。」拓羽阻止我繼續說下去，「那你雲非雪到底是誰的人？」

我看向拓羽，一副認命外加視死如歸的表情：「小人是皇上的人！」

拓羽看著我，滿意地笑了。漸漸地，他揚起了一根眉毛，帶出一絲邪笑，緩緩向我靠近：「你剛才說什麼？朕沒聽清楚……」

我看著他越來越近的臉，只有往後閃避，保持和他的距離：「小人說……小人是皇上的人……」終於退無可退，再下去，我就要躺在地上了。

「我的人？」拓羽並沒放過我，雙手撐在我的身側，繼續向我逼近。

「是……」我抬手抵住他的胸膛，阻止他的前進：「皇上，請別靠這麼近。」

「別靠那麼近？」拓羽輕輕扣住了我抵在他胸膛的右手，歪著腦袋看著我的窘態：「朕想起來了，非雪喜歡男人，莫非朕對非雪也有吸引力？」

別臭美了。我想抽回被他扣住的手，他卻突然將我拉至胸前，右手順勢鎖住了我的腰，心跳登時加速，臉立刻燒了起來。

「沒想到非雪的腰這麼細。莫非【梨花月】裡鈺寒就是這麼讓你受驚？」

我慌亂地在他手中掙扎，他攬住我腰的手一緊，嚇得我倒抽一口冷氣。現在這個樣子若讓人看到，如何是好！

假山後，草地上，一個男人坐著，一個男人半跪著，那個半跪的男人，將坐著的男人攔腰鎖在胸前，拉高對方的一條手臂，露出潔白的肌膚在月光下閃爍著誘人的螢光，想想就夠曖昧了。

「啊！鈺寒！」我驚訝地瞪著拓羽的身後，拓羽立刻鬆開對我所有的束縛，我從地上爬起，拔腿就跑！

慌死！還做他的弄臣？每天這樣被他惡整一下，我豈不要精神崩潰？

死夜鈺寒，我被拓羽拐到假山後面，他就一點都不擔心？

面前忽然有個身影降落，拓羽帶著他優雅的笑，落在我的面前。得，成貓抓老鼠了。

「非雪你還跑？」

「不跑了……不跑了……」我搖頭。

「朕覺得這樣很好玩，非雪你這個弄臣做得很稱職啊，朕現在覺得胃口大開，想用膳了。」拓羽笑著，月光下露出他一口森然白牙。

「多謝，多謝，臣應該的，臣應該的。」我低頭哈腰，「于御醫交代小人，不可劇烈運動，免得傷口裂開，不如非雪改天再陪皇上玩吧。」

「嗯，好，那朕就等你。」拓羽拉住了我的胳膊，我立刻心驚肉跳，「記住你說的話，你是朕的人。」他意猶未盡地看著我，將一塊金牌交到我的手中，「記得多來陪陪朕，朕會賜你茶喝。」

我立呆若木雞，這話……怎麼說得感覺我像是他的男寵？而且還專門給我一塊金牌，是為了讓我出入方便？

拓羽拉著我出了假山群，夜鈺寒果然傻傻地候在山外，他一臉苦悶，似是擔憂，又是無奈。見拓羽出來，立刻恭敬相迎：「皇上，您就別跟著非雪胡鬧了。」他看著拓羽拉住我的手，微微皺了皺眉頭。

跟著我胡鬧？我香蕉你個芭樂！

拓羽放開了我，笑道：「嗯，朕知道，朕只是交代非雪一點事情，你們回去吧。」

「臣告退。」

「小人告退。」

「非雪……」拓羽幽幽的聲音再次響起。

「小人在。」

「記得常來宮裡喝茶。」

「小人記住了。」

真是奇怪，為什麼總是提醒我進宮喝茶？早上那茶已經把我嚇得魂飛魄散，居然還要我經常來喝茶？

「皇上都跟你說了些什麼？」走在出宮的路上，夜鈺寒關心地問著，怎麼，現在知道要關心我了嗎？

「鈺寒～」我挽住了他的胳膊，他渾身一怔，「他調戲我。」救救我吧，不如你說娶我，我就可以脫離他們的掌控了。

「別亂說！皇上不是這樣的人。」

心頭一涼，他居然不信任我而信任那混蛋！

手被他剝離，他皺著眉看著我：「非雪，現在是在皇宮。」

又是這句話，我沉下了臉，不再理夜鈺寒，女生主動點有什麼錯，他那眼神好像我是蕩婦。

三、對策

出了宮門，意外看見了隨風，他心事重重地靠在宮門外的樹上，看見夜鈺寒，他露出不屑的目光，看來他對夜鈺寒印象不佳。

「非雪，我送你回去吧。」夜鈺寒發出了邀請，我冷冷地睨了他一眼，看著隨風向我走來：「不用了，我跟隨風還有點事。」

「你們……」

「再見。」我懶得跟他廢話，走向隨風。

夜，很涼，涼得讓我心寒。今天，看清了許多人。

和隨風走在延湖的柳樹大道上，身邊是散步的路人和甜蜜的情侶。

「你怎麼來了？」我隨口問著。

「是思宇。」隨風的口氣不用刻意偽裝，就能透出成年人的成熟，「妳很久沒回來，她很擔心，而且我發現小妖也坐立不安，所以決定來接妳。」

「讓你們擔心了……」心頭暖暖的，我還有我的好朋友們。

「還有，我聽到拓羽跟妳的對話了。」

這小王八蛋又是人在場卻又不救我？我瞪著他，要不是現在有人，我肯定又要扔鞋子！

「妳先別急著打我。」隨風在一邊淡然地說著，看來他已經摸清了我的脾氣，「我不出面是怕整件事更複雜，而且，我看得出拓羽只是逗妳玩，不會亂來。還有，我聽到拓羽多次要妳進宮喝茶，今天妳有吃了什麼奇怪的東西嗎？」他忽然頓下腳步，認真地看著我。

一陣微風撫過，揚起了幾根柳枝。我嘆了口氣：「上午太后賜我一杯茶。」

「妳喝了？」隨風急道。

「嗯，我想應該沒毒，而且我現在還好好的啊。」我苦笑著，回想起今天的經歷，讓我實在高興不起來。

隨風皺起了眉，忽然他拉起我就走：「走！回去讓小妖看看。」

「小妖？」他的腳步有點快。

「嗯，小妖其實是蠱獸，牠可以嗅出天下所有的毒，我擔心他們給妳吃的是慢性毒藥，所以讓妳定時進宮喝茶。」

經隨風這麼一提醒，我立刻傻眼，難怪拓羽一而再再而三囑咐我進宮喝茶，還給了我一面金牌，原來不是讓我進宮給他逗著玩，而是賜解藥。

腳開始發軟，我上當了！那個太后，怎麼可以毒辣到這種地步！

「喂！雲非雪！哎，怎麼嚇成這樣了，真是麻煩！」

朦朧中感覺被人揹起，腦中不停地閃現自己毒發的慘樣。會不會有蟲子從身體裡鑽出？會不會腸穿肚爛？該不會是什麼化屍散，最後變成一灘水吧！

不知何時回到家，清醒的時候，就看見思宇在拍我的臉，還急急地問著滿頭是汗的隨風：「隨風，到底怎麼回事？非雪怎麼傻了？」

「嚇的。」

「嚇的？是不是你又捉弄她了？」

「沒！」我抓住了思宇的手，思宇被我突然甦醒給嚇了一跳，「我很好，我只是被拓羽嚇到了。」

「拓羽？對了，他找妳到底有什麼事？」

「他……讓我娶嫣然。」小妖不知何時伏在我的腿上，擔憂地看著我。

思宇氣得臉發紅：「我就知道沒好事，哼！妳知道嗎？我出宮的路上碰到上官，她得知妳還被皇上留著，臉都綠了，叮囑我等妳回來一定要問清楚什麼事，非雪，妳不能再攙合進去了，我發覺上官好像有點不對勁！」

「是嗎……」不對勁就不對勁吧，我現在關心的是自己到底有沒有中毒，「思宇，我想休息了……」我抱住思宇，她給我帶來溫暖，「我要娶嫣然的事別告訴上官，她愛怎麼想就隨她怎麼想吧。」

「嗯，我知道，不過妳自己小心，等斐崳他們回來，我們一起想對策。」

思宇臨走前還告誡小妖，不准打擾我休息，就連隨風，都被她拖走。

我撫摸著小妖柔順的白毛，牠烏黑的眼珠裡漸漸閃出了淚光：「小妖，我中毒了嗎？」

「嗚～～嗚～～」小妖爬上我的肩膀，輕舔我的臉，就在這時，隨風整理著自己的衣襟，手上托著一個托盤，嘟囔地走進我的房間：「這個思宇，比男人還男人，真是的……」

他隨手帶上門，放下托盤，原來是晚飯。「妳還沒吃飯吧，先吃吧。」然後他就喚小妖從我身上下來，小妖躍到圓桌上。現在這情形，我怎麼吃得下飯？我嘆了口氣：「小妖已經告訴我，我中毒了。」

隨風俊逸的眉毛皺在了一起：「那我們看看是什麼毒吧。」他坐在了桌邊。

「啊？還可以知道什麼毒？」

「嗯。」隨風點了點頭，便認真地看著小妖，「小妖，此毒毒發症狀是怎樣的？」

小妖尖尖的耳朵豎起，前爪離地，居然像人一樣站了起來，然後開始用自己的前爪抓自己的身體，好像很癢，牠抓得我也覺得渾身發癢。

「嗯，然後呢？」

小妖仰天倒在桌面上，開始打滾，滾到東又滾到西，彷彿十分痛苦，最後，牠四肢僵硬，死了過去。

「可以了，你起來吧。」隨風說罷，小妖就站了起來，躍到隨風的身上。

隨風取來筆墨和紙，開始在上面不停地寫。

「是不是這個？」

小妖搖了搖頭。天哪，我驚訝無比，小妖居然識字！

不知寫了多久，只見隨風面前的紙上變得密密麻麻，終於，我看見小妖點了點頭，隨風的眉整個擰了起來。

「非雪，妳中的毒是……赤炎爆人丸。」隨風擔憂地看著我，重重嘆了口氣。

赤炎爆人丸……聽著就這麼嚇人！

「毒發的時候會奇癢無比，猶如萬隻螞蟻在妳身上爬。」

汗毛開始根根豎起，他們到底給我吃了什麼？

「而且，妳會很熱，血氣翻湧，奇熱難當，然後就是刺痛，這痛猶如針紮，而且只有在碰觸時才會出現，例如妳走路，腳心碰觸到地面，針紮感就會出現，會一直傳遞到全身，妳每走一步，都像是走在針尖上，痛不可擋。就算妳不動，我只是不當心碰了妳一下，例如這樣。」隨風將手指輕輕點在我的手背上，「此處就會出現疼痛，並蔓延至全身，所以大多數人都無法抵擋這樣一波又一波的疼痛而自殺。」

大腦已經開始嗡鳴，隨風的聲音變得縹緲，我木訥地問道：「那……最後呢？」

「最後渾身血脈爆裂而死，死狀為七竅流血……」

大腦瞬間變得空白，忘記了呼吸，忘記了心跳，整個人如同墜入萬丈深淵，失去了對一切的希望。我只覺得天旋地轉，身體搖搖欲墜，有人扶住了我，嘆了口氣：「看來妳還是定時進宮吃解藥吧，一切等斐崳回來，他會有救妳的方法。」

斐崳……眼前出現了希望，對了，我還有斐崳！

「我什麼時候毒發？」我抓住了隨風的胳膊。

「難說，看他們下的劑量來定，劑量不同，週期也不同，三天到半個月不定，希望慢點，說不定等斐崳回來，妳也沒毒發，這樣就越容易研製解藥。」

「隨風，你去偷吧，你輕功這麼好，一定能偷到解藥的。」我哀求著他，他皺起了眉：「這東西……沒有徹底的解藥。」

一句話，給我澆了一盆徹徹底底的冷水。

「放心吧，從毒發到暴斃也有一段時間，足夠妳去皇宮吃解藥了。」

這算什麼安慰的話！

「所以要等斐崳回來，沒解藥並不代表沒解毒的方法，而且斐崳那裡珍奇藥材藏了不少，說不定不需動用蠱蟲。妳現在需要冷靜，想想解毒後如何？難道妳真的要任他們擺布？」隨風看著我的臉，對視我茫然的眼神。

「妳好好休息吧，看樣子妳現在也無法冷靜下來了。」隨風嘆著氣，走出我的房間。

我無力地站起身，爬上了床，躲進被子。為什麼？為什麼會這樣？斐崳真能幫我解毒嗎？我真能逃離這一切嗎？

我不要！我不要被別人擺布，我不要陷入這場紛爭！我的頭好痛，我究竟該如何？

小腹傳來陣痛，月事居然提前了！

定是被這接二連三的驚嚇給嚇出來的，脖子的傷還沒好，月事又來了！這還不流得我貧血！

所以我決定化悲憤為食量，我不能在斐崳回來之前就掛了！

昏昏沉沉睡去，昏昏沉沉醒來。躺在床上三天，什麼都沒想，什麼都沒做，只是享受著思宇無微不至的照顧和拚命吃補血的東西。

將思宇的擔憂全部看在眼裡，我並沒告訴她中毒的事，不想讓她擔心，所以只告訴她月事來，肚子痛得不能下床，而奇怪的是，這三天居然沒看見隨風，不知他又幹什麼去了。

「非雪……」思宇抱著我，「我知道妳有事瞞著我，可是我真的好擔心妳。如果非雪妳出事了，我該怎麼辦？」

思宇在我的肩上開始嗚嗚地哭了起來，我不知該如何安慰她，更不知怎麼讓我們回到過去無憂無慮的生活。

「非雪，我想到了。」思宇擦乾了眼淚，「妳恢復女兒身吧，雖然上官建議妳做男人，但妳恢復吧，只要妳一恢復，他們還能怎麼利用妳？」

思宇的話讓我的心漸漸變得明亮，是啊，如果我恢復成女子，他們還能將我怎樣？我自然也娶不了嫣然了啊。

「妳想啊，妳是女人了，無論是拓羽還是水無恨，都不能利用妳，因為妳是女人……糟了，萬一拓羽知道妳是女人會不會看上妳？那妳不是要和上官爭後宮！」思宇急得瞪大了眼睛，搖著頭，「不好不好，上官會……還是別做女的了，男的好了。哎呀~煩死了！」思宇捂著自己的腦袋喃喃抱怨著。

看著她煩躁的表情我忍不住笑了，這些亂七八糟的事的確不該讓她操心，她只要好好排練她的節目。

「思宇。」我捧著她一臉哀怨的臉，「如果想幫我，就好好排練那個節目，明白了嗎？」

「非雪！」思宇的眼睛開始發亮，「妳想到對策了？」

我露出讓她放心的笑，其實現在腦子亂得像一團麻糬，哪有什麼對策。

思宇走了後隨風突然出現了，他看著我的眼神似乎很失望：「我一直認為妳是個很堅強的女人，怎麼只是一個小小的毒藥就把妳嚇倒了？」

沒大沒小的傢伙！開口閉口女人女人的，至少也該叫我一聲大姊。看他那副臭屁模樣，我就不想理他。

「妳被劍架在脖子上的時候，眼睛連眨都沒眨，我還真以為妳不怕死，妳是不是料準水無恨不忍心殺妳！」

我心底一驚：「你怎麼知道他是水無恨？」

「哼。」隨風冷笑一聲，「我們家有最強的情報網絡，要不是因為妳，我根本不會派人去查紅龍的底細，不過這個消息可真是讓人震驚。」

「你現在知道了會怎樣？告訴拓羽？」

「雲非雪，妳太小看我了，拓羽的破事，我管都懶得管！早知道妳這麼沒出息，我也不會來管妳！哼，白白浪費了三天。」隨風陰著一張臉，對我表現出徹底的失望。

我沉下臉，我賴床不是什麼頹廢，是月事！算了，懶得跟他解釋，就讓他誤會好了，反正再過幾天就好了。

不過看在他為了我特地去調查紅龍的份上，我決定獎賞他：「隨風。」

「幹嘛？」

「我今天教你看電影吧。」

「電影？」隨風揚起了一邊眉毛，我咧嘴笑著，他上上下下，仔仔細細地打量了我一番，「有陰謀。」

雖然隨風懷疑我有陰謀，不過他還是抵擋不住電腦對他的誘惑。他很聰明，一點就通，看著會動的人物，他很是新奇，感覺自己彷彿進入神的領域。

他靠在我的床邊看電影，我的肚子也不再疼痛，所以第二天思宇就去排練她的舞蹈，留下隨風照看我，晚上再換她。

隨風的存在畢竟有諸多不便，但我又不好意思說。

他看電影會全神貫注，但端茶送水卻不含糊，我開始懷疑他是不是察覺出什麼？我有時發現他看得入神，便要自己下床喝水，他都會阻止我，然後將水放到我床邊的凳子上，再繼續看他的電影。而小妖這鬼靈精，居然趴在床邊和隨風一起看電影。到最後，整個房間沒人理我，只有自己看書打發時間。

夜有點涼，我靠在床邊看書，雖然身體沒有什麼不適，可我還是懶得下床，又正好借此分散自己對毒藥的注意力，我無法忽視毒藥的存在，任誰都做不到。只要一閉眼，我就會想何時會毒發，這樣惶惶不安的日子真是難熬。

小妖四腳朝天地睡在我的被子上，牠對我完全的信任，讓我很感動。我忍不住撓撓牠的肚子，牠尾巴微微揚起，擋住了牠的肚子，好可愛。

寂靜的夜晚傳來一陣急切的腳步聲，這時候，思宇應該睡了。

「雲非雪！雲非雪！」原來是隨風，他拍著門，似乎有什麼急事，因為他的語氣有點急促。

「進來吧。」

隨風推門而入，手裡提著電腦，匆匆來到我的床邊，毫不忌諱地一屁股坐下：「我問你，這小子還能變大？」

隨風沒頭沒腦的話讓我一頭霧水，只見他打開了筆電，我看到了柯南！好小子，居然開始看外語片了。此刻柯南的動畫正定格著。

隨風按了一下播放，《柯南》的劇情繼續。這一集正好是柯南病變，要變成成人，不過到了結尾，他還是會變回來。

「妳看，他變了！」隨風激動地瞪大雙眼緊緊盯著螢幕，看著柯南長大，「這怎麼可能，這怎麼可能？」

「柯南變大你激動什麼？」

「我只是覺得奇怪。」

「奇怪什麼？」

「他為什麼執著於變回成人，現在這樣不是更好？又可以多活十幾年。」

「因為他有小蘭嘛。」

「小蘭？他喜歡的人？」隨風看著我，「我明白了，原來如此。」他轉而笑了，看著螢幕裡的柯南，點著頭，「嗯！這才是男人！」

看著他一本正經的樣子，我忍不住想笑，他那樣子好像肯定了柯南，柯南還會感激他似的。

隨風捧著筆電，放眼遠方：「還好我沒他那麼小，她也不介意。」

「她？」我立刻來了興趣，「哪個她？」

「我的……未婚妻……」隨風將電腦放到一邊，雙手交叉著墊在自己的下巴下，「她是個漂亮的女人。」隨風的口氣很平淡，彷彿談論的是別人的愛人。

「也對，隨風看上的，一定是天下第一的美人。」

「不是我看上的，是家裡選的。」他緩緩倒下，壓住了我床尾的被子。

看著他淡然的表情，我很疑惑：「怎麼你的樣子好像對這個女孩不滿意？」

「不，很滿意。」

「那你怎麼這樣的態度？」

「那該怎樣的態度？」隨風淡淡地看著我，表情比我還要疑惑。

「至少應該很渴望看見她，或是……有某種溫情流露。」

「我沒有嗎？」隨風認真地看著我，我點頭，他皺了皺眉，「可能整日在一起，當成妹妹了。不過，我會疼她。」他爽朗地笑了，「對了，非雪。」他側過身，正好壓在我的小腿上，「妳是女孩子，幫我想想帶什麼禮物回去給她。」

「這個啊……娃娃吧……」

「娃娃？哪裡買？」

「現在世面上的都不好玩，我做一個你給她吧。」

「做一個我？」

「她喜歡你嗎？」

隨風點頭。

我笑了，踢踢他，他移開了身體，將小妖輕輕移開，然後我下床開始找材料。

「要我幫忙嗎？」隨風問著，我擺擺手，這種針線活他怎麼會？

房間裡有的是布料，女孩子都喜歡娃娃，更別說心愛人的娃娃了。找了一塊肉色的綢布做臉，將黑色的絲線串起做成頭髮，束成一個小辮斜放在耳邊，用絲線固定，身體比較簡單，反正就是他平時穿的顏色，青黑色。自然不做成芭比那種可以脫衣服的類型，衣服全部固定，這樣我做起來也方便。燭光搖曳，針線在眼前飛舞，眼睛有點疲，決定趴在桌子上休息一會兒。忽然手上有點癢，不會要毒發吧，想著便驚出一身冷汗。房間裡好靜，靜得可以聽見外面的蟲鳴，回頭看看，隨風已閉眼安睡，小妖不知何時已窩進他的懷裡。

為他們兩個蓋好薄被，我依舊做我的娃娃。

隨風是個神祕的少年，他口中的「家裡」更為神祕，為什麼他家裡會有記載電腦的書籍？為什麼他家裡會選一個比他年紀大的未婚妻？不過這個未婚妻一定是絕世無雙的美人，因為隨風已經如此帥氣。

這段日子都是隨風在照顧我和思宇，他有縝密的思維，有一身上等的武功，他的行為完全不符合他的年紀，他到底是誰？

不過他是誰已經不再重要，因為他既然說了要給自己未婚妻帶禮物，自然是即將離去。想到這裡，心變得沉甸甸，這個【虞美人】曾經是快樂的港灣，但大家遲早都會分道揚鑣。

那麼，我又該何去何從？

失去了斐崳，失去了歐陽緡，失去了隨風，我和思宇又將變得孤零零，廣闊的天地，又要開始我們新的找尋，找尋我們的容身之處。指尖一陣刺痛，針紮進了手指，這就是開小差的代價，人只要一鬆懈，就會面臨意想不到的危險，時至今日，是我的鬆懈所造成。若是我早點洞悉拓羽的意圖，或許現在就已經在別處開著一家小店，過著逍遙的生活。這是我的錯，我應該在上官入宮的時候，就該離開，是自己的貪念，導致了自己的泥足深陷。

將棉花塞入娃娃，最後封口，這是一個Q版的隨風，我想他的未婚妻一定喜歡。Q版的隨風此刻坐在桌面上，我趴著看他一臉不羈的笑。他才是真正地置身事外，真正地運籌帷幄。

枉我自以為聰明，結果還不是入了老太后的套？這死老太婆可真厲害啊！

睏意漸漸襲來，意識開始模糊。朦朧中感覺有人走到我的身邊，為我披上了衣衫。燭光一暗，那人輕輕帶上了門。

「老頭子你來幹什麼？」是隨風的聲音。

「呵呵呵呵……」這個老頭子的聲音是好聽的男中音，「你不是最怕麻煩嘛，怎麼，講起兄弟情誼了？」

「哼！要不是你，我會到這裡？既然他們收留我，救了我，我就要為他們做點事情，而且他們很有趣。」隨風的語氣裡帶著玩心。

原來他只是抱著好玩的心態在幫我們。

「的確有趣，自己小心點，早點回家。」

「知道了，我帶他們離開就會回家。」

「這是什麼？好精緻的一個娃娃。」

「是送給青煙的，非雪說女孩子喜歡這個。」

「雲非雪啊……他的確是個人才，而且我很欣賞他的為人，如果他無處可去，就讓他來家裡吧。」

「老頭子，你別妄想了，她可是個女人。」

「女人？」中年人驚訝地說了一聲，「那不更好，陽兒還沒娶媳婦，不如……」

「嗯，可以是可以，不過雲非雪現在對夜鈺寒還有感情，我看還是順其自然吧。」

「呵呵，感情的事不能勉強，那就順其自然。對了，你這麼守護她是為了什麼？」

「怕她毒發，韓老太婆給她吃了赤炎爆人丸。」

「喲，這可是沒有解藥的毒藥，要不要讓冥聖來？」

「不用，有他徒弟在，應該沒問題。」

「嗯，這女娃我定下了，你絕對不能讓她有事，否則我再把你扔進幽冥泉！」

「死老頭子你說什麼！」

「哈哈哈，怕了吧，記住我的話……」中年人的聲音越來越模糊。

奇怪的人，奇怪的對話。中年人是隨風的什麼人？陽兒又是誰？冥聖又是誰？隨風說的徒弟難道是指斐崳？他到底是什麼人，他怎麼好像很熟悉斐崳？為什麼隨風聽到幽冥泉會那麼激動？幽冥泉又是什麼？

罷了，隨風隨風，就讓這些問號隨著他的離去而隨風飄散，一切與我雲非雪何干？

早上迷迷糊糊醒來的時候，發現自己在床上，而且月事結束，脖子的傷口又開始掉痂，心情特別好。看來是美好的一天！既然現下還沒毒發，就要好好想想後路，就像隨風說的，解毒之後我該如何？

如何？呵，自然是逃跑囉！

一出門，就碰到了思宇，思宇見我精神飽滿，也開心起來。

「太好了！我的非雪又回來了！」思宇撲在我的身上開始撒嬌，遠處的隨風也露出微微的笑容。內堂裡，我們三人的腦袋碰在了一起，面前是一副地圖。

「非雪，妳下一站要去哪裡？」思宇看著地圖雙眼發光。

「思宇妳說呢？反正我們也沒目標。」

「緋夏吧，那裡美人也挺多，而且聽說是避暑勝地。」

嗯，這點很重要，否則這夏天可難過了。於是我道：「可以，不過到底哪個城市最好？」

「這妳們不必操心。」隨風終於說話了，「其實緋夏是一個竹林國家，盛產竹子，哪裡都涼爽，不過我建議妳們是去緋夏的國都北城，我在那裡有一間竹舍，相當舒適。」

「太好了！那非雪，計畫有了嗎？」

我們三人離開書桌，各就各位。

我搖了搖頭，但得意地笑道：「妳忘啦，東西我已經全部轉移到城外那個秘密基地了。」

「哦～～非雪，原來妳這麼早就找好退路啦。」

「別忘了電腦。」隨風提醒著，這傢伙現在就知道電腦。

「你不是還要看嗎？你看完就放到那兒去。」

隨風點了點頭，他輕功這麼好，那些鬼奴自然跟不上他。

「那非雪妳決定了嗎？到底做男人還是做女人？」

「我去跟他們說，我是女人！」我站起身，想好了，我又不是萬人迷，拓羽怎麼會看上我？所以跟上官爭寵的問題根本就不存在。思宇在一旁點頭同意。

「慢著！」隨風擺了擺手，雙眉微皺，「如果太后一心想把妳弄進水王爺府，那麼妳變成女人後，她會怎樣？」

隨風眉結打開，認真地看著我，眼中傳遞著特殊的訊息，一道炸雷在耳邊炸開，心蕩啊蕩地沉到腳底，我頹然地坐回椅子：「他們……會把我……嫁給……水無恨……」

「天哪！」思宇驚呼起來，我閉目嘆息，這是必然的事，不是嗎？

「沒錯，所以非雪妳還是忍耐一下，等斐崳回來再說。」

「忍！忍！忍！」思宇衝著隨風大吼：「等到非雪娶嫣然，身分還不是要暴露！」

「斐崳會在那之前回來。」隨風冷靜地說著，口氣篤定地看著焦急的思宇。

思宇開始在大堂裡來回踱步：「那萬一呢？萬一怎麼辦？非雪。」她停在我的面前，「我看妳說妳是女人，太后未必會把妳嫁給水無恨。」

是啊，他們未必會這麼做吧？

「那如果水酇提親呢？」隨風輕描淡寫地又說出一句驚人的話。

我和思宇驚訝地看著他，他輕笑著：「先前是太后提親，讓嫣然嫁給作為男子的妳，結果，妳卻是女人，妳讓水酇的臉往哪裡放？再加上水無恨本就挺喜歡妳，妳又是那麼好的一顆棋子，水酇就會借機讓妳做兒媳婦，一來挽回他的面子，二來滿足了水無恨，三來又多了一顆棋子，一舉三得，如果是我，我也會那麼做。一旦水酇提親，太后那邊就更加不會反對，雲非雪，妳就準備做妳的王妃吧，呵呵……」

「這怎麼可以！怎麼可以！」我憤怒地拍著桌子，「我還有沒有發言權啊！」拍桌子拍得手陣陣發麻。

「沒有，在我們這個世界沒有！等妳嫁進去，米已成炊，木已成舟，我看將來事成之後，妳也再難改嫁囉。」隨風的話像一把把錘子砸著我的腦袋，砸得我頭疼。

「不會的。」思宇急道：「水無恨是個傻子，他不會對非雪做出那樣的事的。」

「他真傻嗎？」隨風輕笑著。

思宇洩了一口氣：「至少他是小王爺時是傻子，演戲應該演全套，做傻子也要做得專業，傻子是不會做那種事的。」

「我看未必。」隨風調整了一下坐姿，原本慵懶的斜靠改為端坐，「假設我是水無恨，我娶了妳雲非雪。」隨風認真地看著我，開始為我分析水無恨，「我很開心，因為娶了自己喜歡的人，洞房花燭自然不可少。就算非雪妳不同意，妳也沒辦法，因為我是妳丈夫，我是男人，男人不可能對著自己喜歡的女人無動於衷。因為愛妳，所以要妳，然後妳就是我水無恨的人，妳說，最後妳會幫誰？」

我愣住了，隨風分析得有理。就算水無恨不打算這麼做，水鄺也一定會想辦法讓他這麼做，例如下藥……

「然後，」隨風繼續說道：「水無恨再努力一下，妳懷上了孩子，妳說，妳又該如何？」

我佩服得五體投地，隨風分析得太徹底了，他到底是不是小孩啊，該不是靈魂轉移吧？我愣愣地看著隨風，忽然他眼神閃爍了一下，給我和思宇做了個噤聲的手勢：「有客人來了。」隨即，他閃身出了廳堂。

隨風前腳剛走，錦娘就領著一個身穿墨綠色斗篷的人走了進來，那斗篷下是一身粉色羅裙，應該是個女人，女人的臉埋在斗篷裡，看不清樣貌。

「掌櫃的，有位姑娘找你。」錦娘將那姑娘帶進了門，自覺離去。我和思宇對望了一眼，思宇聳了聳肩，那女子似乎因為有思宇在，而變得猶豫。我給思宇使了個眼色，便對那女子道：「姑娘可否跟雲某移步書房？」那女子點了點頭，跟著我走入一邊的書房。心想這女子膽子也算大，居然敢跟我這個陌生男子孤男寡女，共處一室。

「非雪……」

我愣了一下，是她。

女子緩緩揭開自己的帽子：「是我，非雪……」她才說完，整個人就撲入我的懷中，「謝謝……真的謝謝……」

來者正是水嫣然，她的出現的確出乎我意料之外。

「非雪，我終於不用入宮了。」

「可是妳也不能嫁給夜鈺寒哪。」想到這裡，有點心酸，為她也是為了自己。

「但我很高興能跟非雪做假夫妻啊。」水嫣然離開我的懷抱，甜美的笑著，「我昨天聽見父親說了，說太后有這個打算，真好，我到時就可以跟非雪學很多很多東西。」

我笑了笑：「這不是最好的結局。嫣然，妳放心，聖旨還沒發，只是有這麼個打算。我不會讓妳入宮，也不會讓妳嫁給我，更不會讓妳以後……受到傷害。」

「傷害？」水嫣然疑惑地看著我，我微笑著，我該怎樣將水嫣然從這蹚渾水中救出？呵……現在自身難保，哪還顧得上水嫣然呢。

送走水嫣然回到院子的時候，思宇正探頭探腦，一邊的隨風雙手環胸靠在牆上，嘴角微揚。

「怎麼樣？怎麼樣？真是水嫣然？」

「你們知道啦……」我伸了個懶腰，走回書房，思宇後腳就跟了進來：「隨風說的，他說跟著那女子的有不少是水王爺的人，所以肯定是水嫣然。」

「水王爺連自己女兒都要跟蹤，這老匹夫真是狡詐。」隨風邊說著，邊坐回椅子上。

思宇似乎想起了什麼：「對了，我現在要入宮接受特訓，正好探聽探聽情況。」

我點了點頭，目送思宇離去，她去宮裡向舞娘取經，排練【虞美人】的節目。她最近很努力，也很認真，從一開始挑選繡姊參加舞蹈，到之後的編排，服裝的設計，看得出她真的在這個節目上花了不少心思。

想起演出的那天，我靈光一閃，那天整個沐陽都是人，為何不趁那時逃脫？看來我還要做更多的準備。

思宇走後，又只剩我和隨風兩個人，老規矩，他玩電腦，我看書。

下午的時候，夜鈺寒來了，我正好午睡剛醒，他坐在我的床邊，隨風在一邊冷冷地瞪著他。終於，他似乎受不了了，轉身出了門，隨風好像相當不喜歡夜鈺寒。

「非雪，傷怎麼樣？」夜鈺寒擔憂地撫上我的脖頸，我下意識躲過了他的手，他有點焦急，「非雪，妳怎麼了？我做錯了什麼？妳為何對我如此冷淡？」

我淡淡地看著他，在心裡叮囑自己要冷靜，可最後，還是冷冷地扔出了話：「夜鈺寒，我們好像什麼關係都沒有吧，我為何不能對你冷淡？」

夜鈺寒驀然瞪大了眼睛，抓住我的雙肩：「非雪，妳在說什麼，妳知道我喜歡妳，是不是因為我最近太忙沒來看妳，妳生氣了？」

「夜鈺寒，你真的很奇怪。」胸口開始發悶，一陣又一陣的酸澀湧上心頭，「你在別人面前假正經，現在卻又要讓我對你熱情！你要求實在太高，我無法做到！」

「非雪，那是在皇宮裡，在大庭廣眾之下，我們要講禮數。」

「我明白了，就是在人前假裝我們什麼都不是！哼，反正我們本來就什麼都不是。」我從以前最討厭的就是明明是男女朋友卻在人前假裝不認識，虛偽！

夜鈺寒的臉尷尬地扭曲了一下，柔聲道：「非雪，我也不是這個意思，只是……只是妳還沒恢復女兒家身分。」

「男人就不行了嗎？」

夜鈺寒看著我，一時語塞。

心底無限委屈，現在的情況讓我力不從心，我嘆道：「你知不知道我現在騎虎難下，沒辦法恢復女兒身。」

「為什麼？」

「太后給我吃了藥，你知不知道，你到底知不知道！」我拉住他的衣襟，晃著他，「我說拓羽那混蛋要利用我，要讓我娶嫣然你知不知道！」

夜鈺寒的臉，瞬即沉了下來：「非雪，妳怎麼可以詆毀太后，而且，皇上又為何讓妳娶嫣然？」他居然還沒收到風聲。

心開始下沉，這個愚忠的白痴。

「非雪，如果皇上讓妳娶嫣然，我會去跟皇上說妳是女子，他自然就不會讓妳娶嫣然。」

「哼……」我忍不住冷哼，「你可以走了。」

「非雪？」夜鈺寒不解地看著我。

「如果你喜歡我，就請不要告訴皇上我是女子，還有，剛才都是我胡說的，我現在想休息了。」我埋下臉，不再看他。

「非雪，以後別再胡說了，知道嗎？」夜鈺寒抬起手，撫上我的面頰，我側過臉，既然不信任我，就不配做我的男人，更別想碰我！

「非雪，我跟皇上從小就在一起，他的脾氣我了解，那天妳說他調戲妳，他其實是逗妳，因為他不知道妳是女子。所以，非雪……」夜鈺寒輕柔地將我攬入懷中，「只要妳是女子，他就不會再逗妳了，知道嗎？」

我在他懷裡點了點頭，心如止水，多說無益。

「而且，太后對我也有養育之恩，她是個慈祥的老人家，是不是她做了什麼讓妳誤會的事？妳看，其實皇上一直很寵妳，妳說的那些話，夠他砍妳幾次頭，可他沒有，不是嗎？」

這話聽上去倒是像在撮合我跟拓羽。

「乖乖在家裡養傷，等五國會結束，我就好好陪著妳。」他就像哄小孩一般哄著我。

他捧起我的臉，緩緩靠近，難道想吻我？我立刻低下頭，他頓了一下，吻落在我的眉心，我感覺到他嘴角的笑容，他便起身要走。

我慌忙抓住他的袍袖，他還以為我捨不得他，拍著我的手笑道：「只是幾天而已。」

「是啊，幾天而已，所以這幾天就麻煩鈺寒別說出我的身分，謝謝了。」

夜鈺寒點了點頭，笑著離開。

他的這次離開，將成為我們之間的句號，其實我們甚至都沒開始，這樣對自己的傷害也不大。

我不知道太后是怎樣養育了夜鈺寒，但從夜鈺寒的口氣中，可以看出，他相當敬重太后，就如敬重自己的母親，而我卻在說他母親的壞話，他怎能相信？

我開始理解他為何不信我，一個是從小一起玩到大的兄弟，一個是撫養他長大的母親，一個有情，一個有恩，我和他相處才不過一個月，怎麼可能只憑我三兩句話就動搖那兩個人在他心中的地位呢？

理解歸理解，但他對我的不信任還是讓我失望透頂。

「這男人，真是氣死我了！」隨風氣呼呼地走進我屋子，一屁股坐在我的床邊，「我好心提醒他，怕他後悔，他卻說我還小，不懂！」隨風那憤怒的樣子，像是要剁了夜鈺寒。

我忍不住笑了，隨風最恨別人說他小孩子。

「這樣的男人妳還給他親，妳白痴啊！」隨風居然把火發到了我的頭上。

我火了：「我高興！我願意！我愛給誰親就給誰親！」

「妳！」隨風指著我，氣得無法言語，「哼！我再也不管妳了，妳愛跟誰就跟誰！夜鈺寒也好，水無恨也好，到時別後悔！」說罷，他氣呼呼地瞪著我，忽然，他雙眉微微皺起，輕斥道：「該死，今天怎麼這麼熱鬧！」

我起先還不明白他的意思，就在這時，外面傳來了熟悉的喊聲，汗，不由自主地冒了出來，今天果然熱鬧！

「非雪～非雪～」不見其人先聞其聲，喊聲帶著急急的跑步聲越來越近，是水無恨。我立刻躺下裝死。我也不明白自己為何要這麼做，就像自然得不能再自然的反應，潛意識就是想裝死。

耳邊傳來一蹦一跳的腳步聲，有人闖了進來。

「你是誰？」是水無恨，估計他看見了隨風。

「你就是雲非雪常常提起的小王爺水無恨？」隨風的聲音帶著戲謔，這小子估計是想要逗逗水無恨。

「你為什麼會在非雪的房間？」水無恨不答反問，「啊！非雪哥哥怎麼了？」然後聽見一陣急切的腳步聲，手忽然被人握在手心。

你這天殺的，還不都是你害的！

「嗚……非雪哥哥怎麼了？非雪你醒醒看看無恨啊，嗚……」水無恨握著我的手嗚咽著，我繼續裝死。

「喂！」又是隨風的聲音，「看樣子你很喜歡雲非雪是吧，小哥哥我比雲非雪好看，不如你喜歡我吧。」

暈，隨風來勁了！

緊握著我的手依舊沒有鬆開，然後聽見水無恨厭惡的聲音：「我娘說過，長得好看的都不是好東西！」

我差點噴笑出來，真想看看隨風現在的表情。

「而且無恨覺得非雪哥哥比你這個小孩子要漂亮百倍！」水無恨的情緒有點激動，「在無恨心中，娘親第一，非雪第二！」

心彷彿被什麼撞擊了一下，顫了一顫，他說的是真心話嗎？為什麼會有種幸福得想哭的感覺……

「哼！」隨風冷哼了一聲，「沒想到我堂堂大美男居然會敗在雲非雪妳的手上。」

「你走開！」水無恨突然放開了我的手，我的手如失去支架的房子，自由下落，水無恨好像是去趕隨風，「不許你坐在非雪的床上。」

「坐又怎麼了？我還睡呢！」很明顯，隨風逗水無恨逗得相當開心。

眼前的亮光閃爍不定，我瞇開眼看著，水無恨像老鷹一樣擋在我的床前：「娘說得沒錯，越好看的越壞！不許你再靠近非雪哥哥。」

水無恨背對著我，我看不清他的表情，不過我倒是從他手臂下的縫隙裡看到了隨風的笑臉。水無恨將他往外趕著：「壞人出去！壞人出去！」

「嘿，有趣！」隨風擠眉弄眼著，「你比夜鈺寒那小子有趣多了。喂——雲非雪——」隨風朝我喊著：「這水無恨不錯，我看好他。」

我狠狠瞪了他一眼，他已經被水無恨徹底趕出房外，水無恨反手關上房門，一副怕外敵入侵的樣子，還趴在門縫邊看了一會，才轉身，我立刻閉眼，聽見他長吁了一口氣。

說實話，做傻子時的水無恨真的很可愛。那種可愛中又帶著誘惑，挑逗著妳逗弄他的欲望。

聽他急急跑到床邊，就猛抓住我的雙肩，突然的舉動，差點嚇漏了心跳。

「非雪你醒醒啊，你醒醒啊……」他開始猛烈晃動我，我的天哪，他居然有跟思宇一樣的壞習慣——晃人。

我的腦袋隨著他的晃動前前後後，左左右右甩著，他忽然放開了手，我一下子跌回床，後腦勺重重撞在枕頭上，有點暈。

「怎麼辦？怎麼辦？非雪會不會死了？嗚……非雪你死了無恨找誰玩啊……」

愛誰找誰，總之別來找我，不然早晚被你玩死。

「有了，娘親說過，人死了，親親就醒了。」

親親？這誰教的爛招啊！我頓時汗如瀑布！

雙肩被水無恨再次輕輕包裹，感覺到他緩緩的靠近，我驀然睜開眼睛，看見的，先是他噘成雞屁股的嘴巴……「嗯…嗯…嗯…」雞屁股一邊靠近，一邊還發出讓人惡寒的聲音，冷汗一顆又一顆地爆出，黑線瞬間佈滿我的床。我抬手就擋住了他的「雞屁股」，不老實的「雞屁股」還在我手心留下細細的吻，吻得我手心癢癢。水無恨疑惑地瞪大了眼睛，放開了我，食指放到唇邊：「咦，怎麼還沒親親就醒了？」

我沉著臉，眉角不停地抽搐著，若他不是「傻子」我肯定扁他，我坐起來，硬是擠出一絲笑容，剛想開口說逗他玩，就見這個傢伙朝我飛撲而來。

「哦，非雪醒囉！」

再次重重摔回床，肺裡的空氣被這個重物壓得一乾二淨，眼前一陣金星，差點被他給活活壓死！

「一定是無恨太厲害了，不用親親就把非雪哥哥弄醒了，嘿嘿。」這傢伙還趴在我身上得意地笑著。

因為身上的東西太重的緣故，我連呼吸都變得困難，艱難地從牙縫中擠出話語：「走……開……」

「什麼？非雪說什麼？」我萬萬沒想到，水無恨居然整個身體都爬上來，徹底將我壓在他的身下，他捧住我的臉，將耳朵湊到我的唇邊，「非雪哥哥說什麼？太輕了。」

「……走……開……」太重了……這回說得比原來還要輕……

「非雪你說什麼啊！」水無恨一臉焦急，捧著我的臉又開始晃，「非雪哥哥是不是要說遺言，嗚……無恨聽不清楚啊……」

我心一橫，眼一翻，攤在床上。折騰吧，你愛怎樣就怎樣，反正我也扁了，就連不該扁的也扁了……一縷幽魂從我的嘴裡吐出，隱隱看見自己的死亡證。

姓名：雲非雪。死因：壓死……

「非雪你說話呀！」水無恨終於從我身上離開，然後又抓住我的雙肩開始猛烈搖晃。

我在搖晃中艱難地抬起了手，撫上了水無恨孩子般認真的臉，他的手瞬即停住，我終於獲得喘息的機會。

「呼……呼……」先讓自己吸夠氧氣，我雙手搭在水無恨的肩上，拚命喘息，「無恨，呼……你可真重啊……差點被你活活壓死。」

「非雪沒事了嗎？」無恨眨巴著他漂亮的眼睛，長長的睫毛閃呀閃，一臉無辜。

「沒……沒事了……剛才就逗你玩呢……」我擺著手，終於順了氣，然後笑著看他，他的眼神中帶著淡淡的憂慮。

「無恨好怕……好怕非雪會跟娘親一樣，從此不醒了呢。」無恨的眼角開始下垂，一副要哭出來的模樣，忽然他張開雙臂緊緊擁住我，雙肩開始顫抖，不知是真哭，還是假哭。

心頭有點酸，不管他是真情還是假意，他畢竟兒時就失去了生母。我輕輕擁住他，拍著他的背：「不哭不哭，非雪哥哥我是打不死的蟑螂，命長著呢。」

「真的？」水無恨幽幽的聲音從身後傳來，靜下來，我才感覺到他起伏的胸膛正緊貼著我的身體，心跳了一下，他會不會已經知道我是女人？

「真的。」先前的同情被緊張代替，說出來的話帶上了幾分假意。

他放開了我，燦爛地笑著，伸出自己的右手：「打勾勾。」

「打勾勾。」我笑著，罷了，他知不知道都不重要，我很快就會離開這裡，到時就不會再相見，水無恨對於我，也將成為一個過去式。

「勾……非雪永遠不離開無恨。」

「啊？」我頓時愣住了，心頭一窒，水無恨天真的笑容在眼前漸漸變得模糊，而他已開心地完成誓言。

「打勾勾，蓋印章，生生世世……」

「喀！」就在水無恨即將完成最後一個動作的時候，門忽然被踹開了，隨風幽幽地飄了進來，速度之快，讓水無恨的眼中，也滑過一絲驚訝。

愣神間，隨風就已經捏住了水無恨的下巴，一臉邪魅地俯視著水無恨：「無恨小朋友，要生生世世和雲非雪在一起，不如來【虞美人】，我隨風敢保證，只要你成為【虞美人】的人，雲非雪絕對這輩子都不會跟你分開。」

隨風突然出現，莫明其妙的話語，讓我怔愣在一旁，能讓隨風承認的男人很少，但水無恨卻是其中一個，這點我看得出。如果是夜鈺寒，隨風恐怕連話都懶得跟他說，更不會像現在這樣發出邀請，儘管這個邀請的姿勢有點曖昧。

只見水無恨斜坐在床上，暗紫的寬袖長袍垂落在床邊，微微抬首，粉嫩的臉帶著困惑，不用任何胭脂而依舊豔麗的紅唇半開著，柔美的下巴此刻就在隨風手中。隨風一身暗紅的緊身長衫，黑色的長髮依舊斜梳在耳邊，傾城的面容卻帶著邪氣，狹長的丹鳳此刻眼角微微上吊，更帶出了一分妖氣。妖媚和邪魅天衣無縫的結合，卻稱出了一種特殊的王者霸氣。

水無恨張了張嘴，先前玩樂的表情蕩然無存，轉為小孩子的木訥：「天天待在【虞美人】爹爹要罵的。」他緩緩垂下臉，放開了我的小拇指，「無恨該回去了，不然爹爹又要生氣說無恨貪玩。」

隨風的眼神黯了黯，收起了笑容，雙手環抱地站直身體，看著水無恨怏怏地離開我的床，就在水無恨即將跨出我房間的門檻時，隨風突然問道：「不後悔？」水無恨的身體瞬即頓了頓，便頭也不回地跑了出去。天不知怎的，沒有預警地下起了大雨……

「哎……雲非雪，完了，妳嫁不出去了。」隨風聳著肩，攤了攤雙手，一臉的惋惜。

突然的大雨驅散了初夏的悶熱，清新的泥土味飄進了房間，帶出了窒悶和煩躁，水無恨，其實隨風說的或許真能成為事實，可惜，你放棄了。你那個沒有完成的誓言，怕是永遠都無法完成了……

四、露餡

思宇那邊的進展相當喜人，她經過前兩天的琢磨，後兩天的特訓，帶著【虞美人】的繡姊們，開始編排一支特別的舞蹈。我本想去看看，但因為剛開始排練，也看不出個所以然，所以打算等她們有所成再去參觀。

不過思宇告訴我，這支舞蹈的題材是我們那裡的江南水鄉，跳時會用到傘。思鄉的情緒被勾起，懷念家鄉的小橋流水，寧靜古鎮。

那天之後，再沒人來打擾我，平靜的過了兩天，幾乎將中毒的事都忘得一乾二淨。天越來越熱，到傍晚的時候，我都覺得有點透不過氣，看著碗裡的白米飯，難以下嚥。

思宇擔憂地看著我：「非雪，妳的臉怎麼這麼紅？」

「熱。」我抹著滿頭大汗，桌下的腳被人踢了一下，隨風給我擠眉弄眼。

「幹嘛！隨風！」心情有點煩躁，要說就說，拋什麼媚眼。

「非雪，妳怎麼熱成這樣？我記得妳好像不怕熱的啊。」

「今天可能特別熱。」桌下的腳又被隨風踢了一下，我瞪了他一眼，發現他鬱悶地捂住了自己的臉，他怎麼了？終於，他爆發了：「雲非雪！我說妳怎麼就這麼笨！」

他的一聲大喊讓我發懵，隨即，火立刻上來：「臭小子你說什麼！」

「妳出來！」隨風抓住了我的胳膊。怎麼？想吵架，我奉陪。

思宇嘆著氣看著我們，她對於我跟隨風的吵架已經見怪不怪。

隨風一直把我拖到房裡，然後在我枕邊掏出了那塊金牌，一看見那塊金牌，我的大腦瞬即一片空白。

「還不去？」隨風把金牌塞進我的手裡，我想也不想就衝出了【虞美人】。並且在門口撞上一個人，這人的胸膛很結實，撞得我頭暈，我抬頭一看，當下愣住。

只見門口停著一輛華麗的馬車，六個侍衛站在兩旁，車前正站著一個人，也就是我撞到的人，居然是柳讕楓，他怎麼來了？

「我要見寧思宇！」還是那麼地霸道，還是那麼地肅殺。

我攔住了他：「休想！」

「非雪！」身後傳來隨風的聲音，我發現柳讕楓的眼睛居然瞇在了一起，莫非看上了隨風？色狼，思宇我不會給你，隨風我更不會給你！

隨風走到我的身邊：「妳去吧，這裡的事我會解決。」

我有點發愣，隨風依舊是那副跩跩的樣子，而柳讕楓瞇起的眼睛裡，卻出現了淡淡的殺氣，看這情形好像柳讕楓認識隨風，他們是舊識？

「柳讕楓，你能不能讓你的車夫送非雪去皇宮一趟啊。」隨風雙手環抱，慵懶地看著柳讕楓。

我看著柳讕楓，心裡有點驚訝，隨風跟柳讕楓說話的語氣非但沒有半點敬畏，更是直呼柳讕楓的名諱，這隨風不要命啊！心裡很是擔憂，只見柳讕楓嘴角揚了揚，露出一抹不自然的笑：「可以。來呀，送雲非雪入宮。」我登時愣住了，柳讕楓居然同意了！

「是！」門前的侍衛讓開了道，車夫將我帶上了豪華的馬車。

隨風朝我揚揚手，我依舊處於大腦失調狀態，這實在太不尋常，柳讕楓居然會答應隨風的要求，這個隨風到底是誰？

馬車緩緩跑動，舒適的軟榻絲毫感覺不到馬車的震動，我坐在馬車裡，不停地冒汗。好熱，熱得我口乾舌燥。看見軟榻前有水果，就狠狠地吃了起來。可是為什麼越吃越渴？

正吃著，馬車停下了，我立刻就直衝皇宮晚上開的正華門，門口的侍衛當即攔住了我，我掏出了金牌，一開始還有點心虛，可沒想到侍衛卻突然跪下了，高呼：「皇帝陛下萬歲！」

我還吾皇萬歲咧！看來管用，看也不看他們就闖進皇宮。

全身熱浪翻湧，汗流浹背，這什麼爛藥，毒發像淫藥！

我揪住一個太監就問：「皇上在哪兒？」

太監認出了我：「稟雲大人，皇上在碧波池。」

「帶我去！」

「啊？」小太監瞪大了眼，我掏出金牌，他嚇得腿軟：「皇……」

「皇什麼皇，快帶我去碧波池！」

「是！」

小太監瑟縮地站起身，疾步在我面前帶路。

衣服開始濕透，我邊走邊脫了外袍，實在太熱了，若不是我忍著，非脫光不可。

碧波池門前守著兩排侍衛，還有許多太監宮女，小太監看見他們就開溜，我直接往裡面衝。

「大膽！」門口的侍衛擋住了我。

我怒道：「我要進去！」

「這裡是什麼地方，是你想進就進的嗎？」侍衛眉角高挑，眼睛向上翻著。

我不理他，質問道：「我問你，皇上是不是在裡面？」

只為向上翻的眼睛立刻落回我的身上：「大膽！皇上的行蹤豈是你這等小人可隨便過問的！」

「那就是在了！我要進去！」我硬闖，他們將我推開，他們的力氣很大，我一下子就跌坐在地上。我爬起來，準備掏金牌，忽然一個尖細的女聲喊了出來：「是誰那麼大膽子敢在此喧鬧？打擾皇上和瑞妃娘娘沐浴！」抬眼間，原來是一個宮女。好你個拓羽，原來在裡面舒舒服服洗鴛鴦浴。

哼！你不讓我快活，我也不讓你快活！我扯開喉嚨就喊：「是我雲非雪！」

「雲非雪？」那宮女走到我的面前，翻著白眼打量著我，嬌笑連連，「沒聽過。」這臭丫頭故意的，不就是個小宮女，踐什麼踐，擋我喝藥者死！

「妳算什麼東西！」我當即大喝一聲，喝得她頓時怔住，「哼！敢擋我的路！皇上！」我朝裡面大喊，嚇得所有人驚慌失色，「我雲非雪來喝茶了！要嘛您出來，要嘛我就進去！」

最好那小子現在正在魚水之歡，喊得他鬱悶，從此不舉！

「你！你！你好大的膽子，膽敢！膽敢……來人，拿下他！」小宮女漲紅了臉，用力跺著她的小腳。

「誰敢！」我當即拿出金牌，眼前一排人全跪下。

面前的小宮女瑟瑟發抖，嘴唇直打哆嗦：「聖……聖……聖金牌……」她腿軟跪在我的面前，面如死灰。

這金牌有這麼大的作用？

我從他們身邊跨過，邊走邊跟裡面打招呼：「小人進來了──」走到門口的時候，裡面傳來叮噹噹的聲音，一個女人臉色難看的在宮女陪同下走了出來。

哈哈！正是瑞妃。

她走到我的面前，停下了腳步，雙眼冒火，忽然，她揚起了手，在我毫無防備的情況下狠狠賞了我一個耳光，「啪」一聲回蕩在我的耳邊，一下子打懵了我，隱約中聽見她罵我狐狸精！

右邊的臉頰火燒般地痛，本來就已經血氣上湧，被她這一打，右邊臉特別疼痛，摸了摸，居然還摸出兩道血絲，一定是被她的指甲刮出的。我越想越火，這算什麼？貴妃就了不起啊？就可以隨便打人？我打擾你們親熱就要被你們打嗎？

一怒之下，我脫了兩隻鞋子，舉起一隻就狠狠朝她摔去，正打在她後背上，她當即尖叫出聲：「啊！」然後，她身邊的宮女一個接一個尖叫，吵死了！我忍不住扔出了第二隻，那瑞妃正巧轉身，結果正中她風華絕代的漂亮臉蛋，她的臉當即綠了，我轉身就走。我管妳的，誰叫妳打我！我如果不還擊，那我還不如買塊豆腐撞死。

前腳還沒踏進那個什麼碧波池，瑞妃就哭著撞開我，先跑了進去。

「皇上，您可要為臣妾作主，嗚～～～」

我只穿著襪子走進碧波池，眼前一片明亮，光滑的大理石地磚，可以印出我的人影，而同樣是大理石壁上是雕功精美的燭台，亮麗的燭光將整個宮殿照得富麗堂皇。而面前，就是一個巨大的池子，池子用白玉石而造，池邊有案几，案几上擺著水果，池子裡是灑滿花瓣的池水，而瑞妃就跪在池邊哭泣，我看了一圈沒看見拓羽，估計被瑞妃擋住了。

「皇上～您看，他就是用這個打臣妾～～」瑞妃拿出了證據，我的鞋子。

「哼。」我冷哼一聲，不看他們，垃圾，到處都是打小報告的。

「雲非雪打你？」殿堂裡迴響著拓羽不可思議的聲音，我轉身看向池子，此刻瑞妃側坐在池邊，掩面啜泣，我低眉望去，這個角度正好看前她胸前那一抹誘人的深溝。這女人胸挺大的啊。

拓羽此刻雙手撐開依舊躺在池子裡，七彩的花瓣漂浮在他的身邊，赤裸的身上，帶著晶瑩的水珠，一顆顆水珠順著他肌理分明的線條，緩緩劃入水中。

他面帶怒容地瞪著我，忽然他似乎看見了什麼，冷聲問道：「你的臉怎麼了？」

「被野貓抓的。」

「放肆！」那瑞妃當即叫了起來，雙臂環過拓羽的脖子，將自己的身體緊緊貼在了拓羽的身後，「皇上～您看這東西多大膽，他居然叫臣妾野貓～皇上～～嗯～～臣妾不管，你不把這個雲非雪砍頭，臣妾可不依～～～」

寒風一陣又一陣，我四處看著，是不是有什麼漏風的地方？

「瑞妃，該不會是妳先打了人吧。」拓羽冷冷的聲音回蕩在碧波池裡，此番不是對著我，而是對著瑞妃。

「打他又怎麼了？我堂堂蒼泯國的妃子，為何不可以打一個小小的裁縫鋪老闆？」瑞妃對著我直翻白眼，我撇過臉不看她。此刻走進了兩個侍衛，正是先前攔我的那兩個：「卑職叩見皇上。」

「嗯，給我把雲非雪押下。」拓羽嚴肅的臉上沒有半點情誼，他只是淡淡地看著我。

我狠狠瞪著拓羽，身邊的兩個侍衛一時不敢碰我，我怕什麼！橫也是死，豎也是死！註定要死，一切都無所畏懼！

嬌媚的瑞妃在拓羽身後嘴角微勾：「你們還不把那賤人給我押下！想違抗聖旨嗎？」

兩個侍衛依舊不敢亂動，一臉為難地看著皇上：「稟娘娘，他身上有聖金牌，卑職不能動他。」

「聖金牌？」瑞妃驚吼起來，偷瞄著胸前的拓羽，拓羽依舊看著我，薄唇一開，就是一句冷語：「交出來。」我毫不猶豫地拿出那塊破金牌，就朝拓羽臉上扔去，反正都是死，我還怕什麼！眾人驚訝地看著我的舉動，拓羽只是微微抬手，就接住了那塊金牌，對著那兩個侍衛喊道：「杖刑三十！」

「是！」

兩個侍衛當即就拽住了我的胳膊，將我按在了地上：「拓羽你去死吧！」我大喊著，嚇得那個瑞妃臉都白了，池中的拓羽眼睛漸漸瞇了起來，「憑什麼我要被你老婆打，還被罵作狐狸精，我就不能還擊……啊！」我閉上了嘴。

重重的一棍子打在了我的屁股上，金星在我眼前飛舞，我絕不能在這裡、在他們的面前丟了我的尊嚴，我絕不會在你們面前哀嚎，讓你們看好戲！我們女人也是有血性的！

我咬住了自己的袍袖，不讓自己的痛呼發出，讓瑞妃和拓羽得意！我狠狠瞪著拓羽，他淡淡地看著我，右手輕輕撫摸著環繞在他脖子上瑞妃雪白的雙臂。

哼！有本事你就打死我，我看你們還怎麼利用我，怎麼跟上官和夜鈺寒交代！反正你們都是執掌生死大權的皇室，我只是一隻地上誰都能踩死的螞蟻！我絕不服輸，我雲非雪就是吃軟不吃硬！

整個碧波池裡，就只聽見棍子落在我身上沉悶的聲音，不知為什麼？那兩個侍衛似乎並沒下狠手，雖然也很痛，但沒我想像的那麼痛。汗珠染濕了我的瀏海，一滴又一滴滴落在光潔的大理石地面上。記得書上記載，一般杖刑三十，女人和老人都熬不住，五十就會被活活打死，看來今天真要被打殘了。

瑞妃在拓羽的身後得意地笑著，拓羽緩緩拉開瑞妃纏在他脖子上的手：「妳可以出去了。」

「不嘛～～我們剛才還沒盡興呢～～」瑞妃低下了頭，紅唇貼在拓羽的耳垂，拓羽的臉拉長著，高喝道：「出去！」

瑞妃當即愣住，估計她了解拓羽的脾氣，立刻站起身一聲不吭地走了，經過我的時候還瞪著我咬牙切齒，我立刻揚起一抹嘲笑，露出我一口白牙，我不痛，不痛不痛就是不痛，氣死妳這個騷貨！哼！我雲非雪絕對不會被妳這種女人看扁！

「夠了！」拓羽在瑞妃離開後，揚了揚手，「扶他過來。」

兩個侍衛小心地將我扶起，還關切地問道：「能走嗎？」

我勉強點了點頭，汗珠順著髮髻，從臉邊滑下，順著脖子滑入內裡，染濕了衣襟。

他們將我扶到水池邊，我繼續趴著，正好跟拓羽面對面，拓羽對兩個侍衛道：「去叫曹公公來，就跟他說雲非雪來喝茶了。」

「是！」兩個侍衛退了出去，打完了？我心裡可數著呢，一共打了十八下，真是痛啊，差點就熬不住了。我趴在地上喘著氣，先緩緩勁。

「哎，你這個脾氣什麼時候能改？」沒想到拓羽卻嘆氣了，看著我擔憂地皺起了眉毛，「你跟瑞妃計較什麼？現在你打了她，朕不打你怎麼顧全皇室尊嚴，朕的妃子居然被一個掌櫃的打，朕還不吭聲，講出去那朕的顏面何在？」

我將手臂枕在自己的臉下，撇過臉，不看他。

「士可殺不可辱！」我冷冷地戳了一句。

「哼，你雲非雪倒挺有骨氣！」拓羽的口氣裡似乎帶著嘲諷。

火氣一下去，毒發的症狀又開始侵襲我的身體，有點癢。

癢感漸漸佔據了身心，甚至忘記了臀部的疼痛，我吃力地爬了起來，跪在地上，開始抓癢，我抓著自己的手臂，好癢，真的好癢，為什麼會這麼癢？

拓羽疑惑地看著我：「你多久沒洗澡了？」他整張臉皺在了一起，好像我是一個大病菌。我抓著癢，冷笑道：「皇上您不知道？我不毒發能來找你嗎？」受不了了，越抓越癢，看著白質的皮膚在我的手下漸漸變紅，心酸地想哭，為什麼我要受這個罪！

「毒發？」拓羽的臉上寫著驚訝，他忽然抓住了我的胳膊，拉下了我的身體，抬手探著我的額頭，喃喃道：「怎麼這麼燙！」

「你幹嘛！」我掙脫他的手，「別妨礙我抓癢！」

「別抓了。」拓羽居然用命令的口氣，「下來！」

「下來？下哪兒？」

拓羽重重嘆了口氣，忽然雙手拉住了我，就將我往前拽，我一下子滾入清涼的池水中，他扶住了我：「泡在水裡會好點。」說著，放開我靠在一邊擰起了眉。

清涼的池水滲透了我的衣衫，降低了我全身的溫度，渾身的刺癢和屁屁的灼痛也變得可以接受，我很疑惑拓羽的神情，他似乎並不知道我中的是赤炎爆人丸，沒想到就連他，也被矇騙了。

我靜靜地靠在池邊，看著面前七彩的花瓣，空氣裡彌漫著花香，可是我的心跳卻開始加速，毒發的現象越來越嚴重，為什麼解藥還沒送來？靜謐的空氣中，是我急促的呼吸聲，我咬緊下唇，儘量不發出粗重的喘息，心臟就像要爆裂般急速收縮著，汗水不停地從額頭冒出，視線開始變得模糊。

「你這樣泡著效果不大。」

「啊？」我的視線開始向拓羽聚焦，他就在我的身邊：「把衣服脫了會更舒服點。」

「啊！」大腦立刻清醒過來，慌忙擺手，「不用了！我能忍住，解藥快來了是嗎？」

「恐怕還要過一陣子，這個解藥不好調，朕怕你熱暈過去。」他的手再次撫上我的額頭，

「哎，越來越燙了，既然你知道是赤炎爆人丸，就該清楚它的藥性，刺癢會隨著溫度越來越厲害，朕怕你抓傷了自己，血染了朕的池子。」

「那你上去。」我吃力地說著，被他這麼一說，身上又開始癢了。

我忍不住又開始抓癢，就像有千萬蚊子軍團攻擊我。

「朕叫你別抓了！」拓羽忽然扣住了我的兩隻手腕舉起，沾著水的袍袖緩緩滑落，露出被我抓紅了的手臂。

拓羽急了：「脫衣服散熱！」

「不行！」

「該死！這是為你好！」

「我說不要就不要！」我掙扎著，可是拓羽卻牢牢扣住我的手腕：「朕不會讓你再抓的！真是固執，跟鈺寒一樣！難怪你們能成一對！」拓羽忽然用右手扣住了我兩隻手腕，左手就開始扯我衣結，我嚇壞了！

人的潛能是巨大的，慌亂中，我抬起腳，就狠狠踹了他一腳，他完全沒想到我會踹他，沒對我作任何防備的他往後倒，扣住我手腕的手一時沒有鬆開，我跟著就被他拉入水中，清涼的池水瞬即灌入我的耳朵和嘴裡，領口湧入了水，撐開了裏衣和被他解開的外衣。腰間被人攬住，拓羽站直了身體，順勢帶起了我。

「咳！咳！咳！咳！」我咳嗽著，「放手！」我怒了，用力抽著自己的手，卻發現拓羽此刻並沒扣緊，害我用力過猛，水中的腳差點沒站穩。腰間的手臂緊了緊，他扶住了我，臉上沾著自己的濕髮，好像繫髮的緞帶鬆了，滿眼的水一時讓我無法睜眼。我一邊抹著滿臉的水，一邊將濕髮撥開，準備轉身離開，腰間的手卻沒放鬆。我有點驚訝，想再起身走，反而更緊，他的手往後一帶，我的背就緊緊貼在了他結實的胸膛上。

心頓了頓，無意間，我看見了自己水中的倒影，在看到的那一剎那，我頓時渾身僵硬，無法挪動腳步。只見自己髮髻散落，垂在臉邊，身上的外衣和中衣都褪落至腰間，裡面白色的裏衣暴露在空氣中，而那裏衣因為在水裡被撐開，寬大的領口滑落一邊，右邊的肩膀已經裸露，露出我小背心的細帶，完了，我只感覺一陣暈眩，猶如天崩地裂！

露餡了！小背心並不貼身，質地也很僵硬，相當於一件軟甲，若從上往下看，便可看見藏覓在小背心下若隱若現的山丘。我僵硬地撇過臉，看水中的拓羽，當對上他的眼睛時，我的大腦瞬即一片空白，忘記了呼吸。

他此刻深沉地俯視著我，視線裡正翻滾著熾熱的火焰。「非雪……真是男子？」身後傳來他慵懶的聲音，他緩緩抬起手，指尖滑過我的耳邊，將濕髮一縷一縷順在我的耳後，腰間的手傳遞著他的熱度，貼著我的裏衣，開始緩緩往上遊移。

我僵硬地站著，目瞪口呆地看著水中的他。他的手指順著我的耳後，滑過我的脖頸，帶出我一陣戰慄，最後停留在我那裸露的右肩上，輕輕包裹：「朕想，朕終於明白鈺寒為何會喜歡你了。」他緩緩俯下臉，我開始不知所措。

掙扎？有的男人是變態來的，妳越掙扎他越來勁！

順從？那我就是犯賤，自己都會看不起自己。我又不喜歡他，為什麼要跟他玩一夜情！

他靠近我的頸項，帶著欲望的臉龐擦過我的耳邊，腰間的手已經到了上腹，只要再往上，就可以摸出我實際的曲線，我頓時心慌地忘記了呼吸。

沉重的呼吸帶著他的欲望來到我的耳邊，他包裹住我右肩的手開始下滑，我的每一個毛孔在他的掌下都變得緊張。熾熱的氣息吐在我的右肩上，彷彿全身的熱量都集中在了那裡，一個滾燙的印記落下，他的唇貼在了我皮膚之上。

完了！心沉到腳底，今天算是死在這裡了。我未來的老公啊，我對不起你！

忽然，他滑落的手為我拉好了衣領，前面的手也漸漸鬆開：「自己游回去，還是要我抱你回去？」冷冷的，但有點怪怪的聲音再次從身後響起。我慌忙拉好所有的衣衫，灰溜溜地往池邊游去，然後低著頭，老老實實地靠在池邊，不敢看他。

他游了過來，依舊靠在我的左邊：「朕就說逗你會心情舒暢，哈哈哈……」他大聲笑著，笑聲有點怪。

我心中充滿了感激，他那時的欲望是真的，謝謝他放過了我，這小子總算有理智。

「怎樣？嚇壞了沒？」他抬手捏我左邊的臉蛋。

我無聲的點著頭。剛才的確嚇到了，正想著怎麼逃跑。

「你那一腳可真狠，方位再偏一點，蒼泯差點無後，到時你可要負責哦。」

「啊？」我抱歉地看著他，他瞇眼笑著，將他的眼神掩藏起來。

我只有再次低頭，心虛的不敢看他。

「剛才那樣是為了讓你轉移注意力，你在朕面前不停地抓啊抓，抓得朕都覺得渾身跟著癢了起來。」

「謝謝。」他現在這樣跟我說話也是為了轉移注意力吧。

「除了謝謝，沒別的了？」

我搖了搖頭，又點了點頭：「有，茶什麼時候到？」因為我感覺刺癢忽然消失了，臀部的疼痛再次襲來，帶出了一片刺痛，不祥的預感立刻襲來，要第三波了。

身邊的拓羽忽然不說話了，雖然不敢看他，但我卻可以感覺到他在看我，他在注視著我，他心裡一定有許多問號和驚嘆號，現在這樣的情形，連我自己都知道場景有多麼地誘人。

兩個人，一男一女，都在水池裡，他還沒穿衣服，我又不小心挑起了他的欲望，能活著站在這兒已屬萬幸，他冷靜下來就不會再對我怎樣，畢竟他又不喜歡我，所以我只要老老實實，別亂動，就會天下太平。

「非雪！」拓羽忽然叫了我一聲，我下意識地望向他：「啊？」

他望著我，雙眉擰在了一起，眉宇之間彷彿有東西在掙扎，我愣愣地看著他，他在掙扎什麼？

忽然，水中的手被他握住，他向我俯身而來，一片針紮般的痛瞬即從那裡遍佈全身，紮中了我的心臟，眼前開始發黑，漸漸失去了知覺……

我是被痛醒的，屁股就像放在火爐上烘烤著，一陣又一陣的灼痛，讓我的意識漸漸清醒。我感覺自己是趴著的，而且好像有人脫我的衣服，她的手在我腰間探索，一件一件地小心打開，然後為我褪下。

好不容易睜開了一條縫，先看見了面前的枕頭，我是趴著的，屁股受傷的人都趴著，然後我側過臉，看見了一個模糊的人影，她此刻正在床邊整理脫下的濕衣服。

忽然，眼前晃過一個黑影，小宮女無聲倒下，我嚇得趕緊拉好被子。

襲擊小宮女的身影相當快，現在他扶住正要倒下的小宮女，將她輕輕放到一邊，我側著臉看著這個黑衣人，看他的身形，我想我知道是誰了。

黑衣人拉下面罩就罵我：「我想妳怎麼喝個解藥也會沒了人影，原來在拓羽的寢宮睡覺。」忽然他愣了一下：「妳的臉怎麼了？」

「被拓羽老婆打的。」我看到面前的隨風，就有如看到親人一般，心中的苦澀立刻化作淚水，一口氣流了出來。

「拓羽的老婆打妳？那妳怎麼還在這兒？」

「我被杖刑了……」我立刻抑制不住，大哭起來，隨風趕緊捂住了我的嘴：「拜託妳別那麼大聲，我進來已經很是不容易，被他們發現就麻煩了，拓羽的鬼奴相當難纏。慢著，妳怎麼……沒穿衣服！」

隨風看見了我露在外面的手臂和肩膀，立刻放開了我，我哭得更厲害了：「給我換衣服的小宮女被你打暈了……」

一道汗滑過隨風紅紅的臉，他看見了一旁準備為我換上的乾衣服，放到我的手中，然後放下了幔帳。

「妳好端端怎麼會受杖刑？」隨意的話語裡帶著他的擔憂和關心。

我一邊忍著臀部傳來的疼痛，一邊將大致經過講述了一遍。真是鬱悶，本來有小宮女伺候，現在卻要自己穿衣服。

「什麼？」隨風幾乎要控制不住自己的聲音，「妳活該，誰讓妳打拓羽的老婆，妳這跟打拓羽有什麼兩樣？雲非雪，妳一直很機靈，這回妳發神經了啊！」

「是她先打我的，我不還擊就不是雲非雪！」臭女人，害我現在臉都在痛。

「呵，這倒是，妳連我都打，更別說一個妃子了。對了，斐崳過幾天就會回來。」

「太好了！」我終於穿好衣服，不過已經痛得我滿頭大汗，「你可以撩帳子了。」

「嗯，斐崳他們已經到了韓城。」隨風一邊將幔帳固定好，一邊說著：「是歐陽緡送來的消息，我已經將妳的情況跟歐陽緡說了，斐崳早一天知道，可以早一天找出解決的方案。」

「那我呢？」

「妳別急，現在的情形如果我把妳帶走，反而會引起他們的注意，到時就會讓找解藥這事帶來難度。」

「你讓我繼續待在火坑裡幫你們轉移視線？」

隨風點了點頭，然後他蹲下身體，好讓我與他平視：「妳再忍忍，我會想辦法。」他皺了皺眉，「或許夜鈺寒能幫上忙，他畢竟這麼愛你，絕對不會袖手旁觀。」

「夜鈺寒啊……」

「放心吧，拓羽會放妳走的。」隨風倒是輕鬆地笑了，「妳鬧出這麼大事，他卻把妳藏這裡，就說明他和太后還沒想到對策處理這突發的狀況。」說到這裡，隨風的嘴角漸漸上揚，「我們就讓這趟渾水更渾，讓拓羽那小子頭疼頭疼。」

冷汗開始爬上脊背，這小子該不是想利用我攪亂拓羽的後宮吧，如果我雲非雪躺在拓羽寢宮養傷的消息傳出去，哇塞……嘿嘿嘿嘿，我也忍不住奸笑起來：「好，就讓我來把這池水再攪和。」

心裡實在嚥不下這口氣，打皇帝和太后我還沒那麼笨，那就打亂他們的生活。

「嗯，而且皇宮條件不錯，對妳養傷也有幫助，我想不出七天，妳就能回【虞美人】。」隨風雙手交疊著放在床邊，下巴枕在上面得意地笑著。

「這個……」我輕輕抓住了隨風的胳膊，「能不能盡量別讓斐崳用蟲子？」

隨風愣愣地看著我，隨即在我床邊啞笑起來：「知道了知道了，盡量不用。」他單手枕在臉邊壞笑著。看見他的笑容，我就豎汗毛，我討厭蟲子。

「對了，柳讕楓怎樣？」我有點擔心思宇。

隨風得意地笑了笑：「放心吧，柳讕楓從此不會再騷擾思宇。」

「為什麼？」我好奇地問著。

「我說思宇是我的女人。」隨風淡笑著起身，我驚訝地看著他，他對著我眨了眨眼，然後就狠狠捏了一把我受傷的臉，痛得我差點掉眼淚。

「好好養傷，別再惹事。」說著，他在小宮女身上點了幾下，等他離開沒多久，小宮女就醒了，我眯著眼，偷看小宮女的反應，她迷惑的看著空空的房間，和換好衣服的我，然後撓了撓頭，滿臉狐疑地走了出去。

我繼續趴著，外面漸漸傳來腳步聲，我閉上眼睛裝死，不知道會是誰？

「還沒醒嗎？」是那個老太婆，哼，死老太婆，妳自己生活在權力鬥爭中也就罷了，為何一定要拖上我，我是無辜的！眼前的光被遮住，應該是老太婆站在我的床邊。

「是，還處於昏迷中，于御醫說沒三天醒不來。」是拓羽。

奇怪，于御醫說我沒三天醒不來，我怎麼這麼快就醒了？難道我體質有異？說不定我是打不死的小強呢！

「怎麼事情鬧這麼大？」

「若不是曹欽延遲送藥，也不會如此。」原來是那個死太監故意拖延送解藥，這個垃圾，小心眼的死太監！

「這個小曹子……」太后的口氣明顯在護短，「罷了，封鎖消息，免得柔妃起疑。」

柔妃？上官？老太婆的口氣怎麼好像不太信任上官？上官還說太后已經被她搞定了……呵，上官怎麼鬥得過這老太婆……

「紙包不住火，雲非雪知道該說和不該說。」

「哼。」太后輕哼一聲，「哀家不是指他受傷，哀家是指那些謠言！」太后的聲音開始變冷，「一個皇帝抱著臣子滿皇宮跑，你讓奴才們和妃子們怎麼想！在哀家跟水酇提親的時候，哀家又該如何圓話，羽兒……」

「母后，為何雲非雪不能像夜鈺寒一般？」拓羽打斷了太后的話。

「若夜鈺寒有他一半圓滑，這些事還用得著這個雲非雪去做？」

在太后說完那句話後，房間一下子變得安靜，是一種沉默的安靜。

「母后，您這次的藥下得太重了吧。」拓羽冷淡的說著，口氣中壓抑著一絲怒意。

「重？」太后冷笑起來，「哼！哀家還嫌輕呢！」

心底發寒，這老太婆是變態啊。

「哀家最痛恨狐媚胚子，這雲非雪勾引了這麼多男人，絕不是什麼好東西！他想和人親熱，就痛死他！」心跳瞬間停止，這老太婆絕對是滅絕師太穿越來的！

「可他是個男人！」咦？拓羽居然幫我隱瞞身分！

「男人也一樣！」

「母后！」拓羽居然生氣了，「您不能把對柳月華的恨加諸在雲非雪身上！」

「放肆！」太后突然大喝一聲，聲音裡帶著顫抖，「你居然為了一個雲非雪這樣對你的母后說話，哀家明白了，哀家明白了！你也被他迷住了，是嗎！」

「兒臣沒有。」拓羽的口氣開始轉弱，「兒臣只是覺得雲非雪是個無辜的人。」

「無辜？這世上誰生出來不是無辜的？若沒有柳月華，你父王能變成那樣！哀家當初一見到這個雲非雪，就看到了柳月華的影子！她的一顰一笑，尤其她哭的時候簡直和那個狐狸精一模一樣，一定是她，一定是她，她又回來了！她又回來了！」

「母后！母后！」拓羽急了，我瞇開眼睛偷瞄，哈，那老太婆居然暈了！暈得好，壞心眼的女人，一定是柳月華奪了老皇帝的愛，讓她精神錯亂，才會變成現在這般陰毒。

「御醫！御醫！」

看著拓羽焦急的樣子，我又心生同情，一個女人能恨到這種地步，可見她當時的愛有多深。可憐又可悲的女人啊，這就是後宮的畸形產物……

我再次閉上眼睛，房間慢慢靜了下來，淡淡的清香遊走在鼻尖，拓羽的床還不是一般地大，我想我橫著睡都行，疼痛漸漸被疲倦覆蓋，我再次陷入自己的黑暗。朦朧中聽見敲擊的聲音：嗒！

嗒！很輕的敲擊聲，深更半夜這樣的敲擊聲讓人恐懼。

我膽怯地睜開眼睛，只見黑暗的屋子裡坐著一個人，我的天哪，鬼啊！

淡淡的月光撒在他的身上，帶出莫名的孤寂和哀傷。他靠在窗邊，側臉看著窗外，或許是望著天空，右手隨意地放在窗台上，修長的手指在銀白的月光下敲擊著窗台，原來敲擊聲是他發出的。他緩緩俯下臉，朝我這邊望來，黑黑的房間裡，他沒發覺我睜著眼睛，不過我還是刻意瞇了起來，原來是他。

寂靜的房間裡，傳來他一聲沉悶的嘆息。他漸漸朝我這邊走來，站在床邊，這情形有點恐怖，試想，大半夜烏漆抹黑的，你床邊站著一個人，這個人還一動不動，一聲不響，你說嚇不嚇人？

「哎……」寂靜中又傳來一聲他的嘆息，「雲非雪啊雲非雪，你這回可真給朕出了一個難題啊……」

難題？哈哈，不知該怎麼辦了吧？

「你讓朕該怎麼辦？」拓羽靠在床邊坐下，側身睡在我的身邊，我緊張起來，趕緊閉上眼睛，黑暗中聽見他的話，「如果你是朕，你會怎麼辦？」

幽靜的屋子裡，傳來他陣陣輕微的嘆息，他這個樣子我也於心不忍，而且最關鍵的是，他發出這種像鬼一樣的哀嘆我實在無法入眠。我緩緩睜開眼睛，看著他，他雙手枕在腦袋之下，平躺在我的身邊，望著上方不停地嘆息。

「順其自然，皇上……」我輕聲說著，然後看見他驚訝地撇過臉：「你……」

「順其自然，非雪會自保……」我撐起了身體，將一個枕頭遞給他，昏暗中看不清他的表情，但他卻沒接話。

我將枕頭塞到他耳邊：「抬頭！」

「哦。」他乖乖撐起了身體，我將枕頭塞入。

「我知道你在擔心什麼，沒事的。」我笑了，不知他看不看得見，「總之……非雪自有對策……」我緩緩趴回自己的枕頭，只求他別再出聲。

「非雪，你不明白，朕擔心母后她……」

「知道，知道。」我打斷了他，「我累了，你別再出聲了……」

「非雪……」他刻意放低了聲音。

「嗯……」我閉上了眼睛。

「你真是女子？」

有趣，之前問我是否是男子，現在又問我是否是女子，深深的倦意讓我腦袋發沉，隱約中聽見他的聲音：「實在很難把你看作女子啊……」

「嗯……」

房間再次靜了下來，我不介意他睡在我邊上，這本來就是他的床，只要他別出聲，別亂動，最好就是扮屍體。睡意再次襲來，終於可以安然入眠。

第二次醒來的時候，又被人脫衣服，還是那個小宮女，此番她是為我上藥，看著她手中的琉璃瓶，應該是另一瓶玉膚膏。左邊的臉頰涼涼的，屁股上也涼涼的，黑線畫滿臉，渾身發涼，她居然把這藥擦完我的臉又擦屁股，雖然這很正常，可心裡難免不起疙瘩，感覺自己的臉就長在屁股上，有種彆扭的感覺。

「雲大人您醒了。」小宮女低眉行禮，看來這宮女是拓羽的人，很機靈。

「嗯，我餓了。」

「奴婢這就去為您準備。」

「慢著，現在什麼時辰？」

「未時。」小宮女說完就走了。

未時，就是下午一點，我昏睡了多久了？費力地撐起身體，屁股好像沒那麼痛。就在我想起身如廁時，門外忽然傳來喧鬧聲，我只有再次趴回，閉上眼睛。

「本宮要進去！」這聲音很熟悉啊。

「娘娘就別為難小人了……哎喲！」又是一聲耳光，哼，這女人打人打上癮了！

「哼，本宮倒要看看誰敢攔著！」

「如果是哀家呢。」是老太婆，她怎麼又來了。

「啊！臣妾叩見太后，太后千歲千歲千千歲。」

「哼！瑞妃，妳好大的膽子！」

「妾身不知。」瑞妃的口氣有點心虛。

「要不是妳，能鬧出那麼大的事？」

「太后冤枉，是那雲非雪魅惑皇上！」

「掌嘴！」

「啪！」

「啊！」瑞妃一聲哀嚎。

我的心一下子提起，這巴掌聲可真夠響，瑞妃一定被打得夠嗆。

「這雲非雪是未來的郡馬爺！那夜他找皇上有要事彙報，妳卻因為自己的臆測而打了他！妳可真是越來越放肆了！仗著皇上對妳的寵愛，妳在後宮那些破事哀家也不管妳，而今妳卻打了朝廷重臣，還是未來的郡馬！妳讓水王爺的面子往哪裡放？讓哀家的面子往哪裡放！」

「妾……妾身知錯，妾身知錯……」

「這雲非雪還擊也有錯，皇上已經杖刑雲非雪，為了顧全水王爺的面子，皇上不得不留雲非雪在宮養傷，妳到現在還不依不饒，實在可惡！哀家生平最恨的就是妳這種妒婦！」

妒婦？怎麼好像在說她自己。

「妾身知錯，妾身知錯！」

「哼！真是越看越討厭，擺駕！」

「太后起駕——」

一場鬧劇居然是老太后擺平，她這樣一番話自然是說給所有人聽的，這下我在這裡養傷倒是順理成章的事。

瑞妃因為嫉妒打了我這個堂堂郡馬爺，我為了尊嚴就打了瑞妃，拓羽為了自己的尊嚴，就打了我，然後要顧全水王爺的面子，就安排我在宮裡養傷。所有的罪名都推到瑞妃一個人身上，而我和拓羽就成了都是為了捍衛尊嚴的男子漢，曖昧關係也一夕掃除。聽說瑞妃好像是蒼泯護國大將瑞將軍的女兒，那瑞將軍下面也有不少人，這下說不定還可以動搖一下他們的地位。

哎，皇宮就是如此，芝麻綠豆般的小事，也能牽扯一大堆人的利益。

如此一來，上官在宮中的地位無形中又上升了一級。

稍頃，小宮女就帶著食物走了進來，是一碗清粥。該死，誰定的菜譜，這不是要餓死我？不過有總比沒有好。

我趴著吃很費力，小宮女細心的給我餵食，我看著她圓圓的臉蛋就想起了思宇，忍不住問道：「妳叫什麼？」

「奴婢春兒。」

「春兒，嗯，幾歲？」

「十六。」

「是皇上的人？」

春兒的手顫抖了一下，臉頓時紅了起來：「奴婢是皇上的奴婢，並不是皇上的人。」

哦，原來我問得比較曖昧，我只有不好意思的笑笑：「對不起啊，對了，瑞妃真是皇上最寵愛的妃子？」既然這春兒是皇上的人，定然套不出話，不如改用迂迴前進。

「嗯，瑞妃是皇上最寵愛的妃子，但那是在柔妃娘娘入宮之前。」

「柔兒？哎……」我裝作愁眉不展的樣子，「柔兒沒什麼後台，怕是要吃虧吧。」

「是啊。」春兒嘆了口氣，這丫頭的話匣子算是被我打開了，「柔妃娘娘剛入宮的時候，日子可真是不好過啊，時常被瑞妃為首的妃子們嘲笑、欺負謾罵、排擠，不過雲大人放心，柔妃娘娘全忍下了，而且太后還很喜歡柔妃娘娘，常去聽故事呢。」

聽到這裡，我心底泛起一絲苦澀，上官一個人在宮裡無疑是孤軍奮戰，而她都挺了過來，做女人難，做宮裡的女人更是難上加難。

「不過奇怪的是，柔妃娘娘從一週前開始把皇上趕出宮睡。」春兒一臉迷茫，我聽了也覺得奇怪，受皇上寵愛是每個妃子夢寐以求的事，怎麼上官反而把拓羽趕出房，這倒是奇了。

「所以皇上就去瑞妃那裡睡，後來發生這件事，皇上便不再去瑞妃那裡，只有跑這裡睡了。哎，皇上真是可憐……呀！掌嘴，奴婢怎麼說起皇上的家務事了。」說著春兒就趕緊拍了幾下自己的嘴巴。

無語，敢情拓羽沒地方睡就跟我擠床……不過這上官的確奇怪，難不成要以退為進？皇上跑這裡睡，也難怪那瑞妃剛才到這裡罵人了，我於是問道：「這瑞妃好像很厲害，人人都怕她。」

春兒聽了緊張的看了看身後，說話開始變得小聲：「瑞妃是護國大將軍瑞成的孫女，瑞家世代掌握兵權，蒼泯大部分兵力就掌控在瑞家和水王爺手裡，瑞家主內，水王爺主外，可憐的皇上，既要看水王爺臉色又要看瑞家的臉色。」春兒說著說著神色黯淡下去，一副憂國憂民的樣子，我猜想裡面有遊說的成分。

「幸好瑞家和水王爺並不合，他們相互牽制，相互提防，所以雲大人若是成了郡馬，柔妃娘娘將可以跟瑞妃勢均力敵，瑞妃對皇后的寶座也可以有所忌憚和收斂，就連瑞大人也不敢再用兵權來脅迫皇上立瑞妃為后，可惜現在……」春兒幽幽地嘆著氣。

原來拓羽那小子讓我成為郡馬還有這一層涵義，用女人來制約女人，好一招讓女人來為難女人，這下他倒是省了不少心，反正女人鬧起來，自有太后管。

「原本在瑞妃入宮後，水王爺就想安排水郡主入宮，卻沒想到被柔妃娘娘占了先，結果水郡主就沒入成……」春兒努了努嘴，好像對水嫣然沒入成宮覺得惋惜，我倒不覺得，甚至開始懷疑當初拓羽之所以答應封上官為后答應得這麼爽快，就是為了讓她儘快入宮，以此來拖延水嫣然入宮。

試想他身邊已經有一個來歷不明的柔妃，又怎能再多一個水嫣然，儘管水嫣然是那麼純淨，但以拓羽和太后的性格難保不提防她，原來拓羽這小子的皇座坐得這麼不穩當。

「那……」我遲疑著，我對柳月華這個女人很好奇，但怕問出來讓春兒起疑心，她畢竟是拓羽的人，她定然會將此番我醒來後與她的對話詳詳細細地回報給拓羽。

「怎麼了？雲大人？還有什麼要問春兒的嗎？」春兒端著碗好奇地看著我，彷彿在說：妳問呀，快問呀，我第一次覺得自己那麼厲害，什麼都知道呢。

我笑了笑，隨口道：「暫時沒了，謝謝春兒，我想我要休息了。」

「奴婢真是該死，說了這麼多，妨礙大人休息，奴婢這就告退。」

看著春兒匆匆離開，我嘴角微揚，今天收穫不少，說不定將來用得著，如果要鬥老太后，必須知己知彼，可惜還是沒有問關於柳月華的事。

柳月華，柳月華……月華月華，這兩個字怎麼那麼熟悉？

眼皮漸漸垮了下來，昏睡過去。

這回醒來是被壓醒的，背上如同壓了千斤巨石，壓得我喘不上氣，我緩緩睜開眼睛，面朝房間，房間裡撒著淡淡的陽光，好像是清晨，這麼早，到底什麼東西壓在我身上？

耳邊傳來均勻的呼吸聲，我心跳開始加速，該不會是……

我漸漸看見了拓羽的身體，他和那晚一樣，著衣而睡，就是這睡相，頗有問題。他上半身壓在我的後背上，頭枕在我的內側，左手自然地搭在我的左肩上，右手攬住我的身體，我有點納悶，這怎麼睡也不會睡成這樣啊。

「皇上！」外面是叫早的太監，身上的人動了一動，我立刻閉上眼，這視線若是對上可就太尷尬了。

「皇上！」又是一聲。

這下，我感覺到了他的慌亂，他幾乎是跳離我的身體，估計連他自己也沒想到醒來會是這樣的局面。然後，房間變得很靜，靜得可以聽見他有點慌亂的喘息聲，他還站在床邊，應該是在回憶或是什麼的吧，也不知他在想什麼，反正就是不走。我有點急，因為我已經無法保持冷靜，他這樣站在邊上，我很尷尬。我聽見他撐在床邊的聲音，他的手壓住了我的被單，他正在緩緩向我靠近。

他在看我！莫非被他發現了？我還想多裝幾天死，多聽一些他們皇室的秘密呢，至少我還沒發現上官柔的秘密。心跳得越來越快，我動了動，裝作自然地將臉轉了個方向，躲入了自己的臂彎，臉不受控制地紅了起來。聽見他的離開，暗自鬆了口氣，看來裝不下去了，隨風那邊到底進展得怎麼樣？

也就在這次清晨事件之後，我再也沒發現拓羽來我這裡睡覺，興許是擔心自己的睡相影響我休息，這倒讓我鬆了一大口氣。之後我繼續過著我半昏迷的生活，有幾次醒來也是匆匆吃了飯，喝了藥就再次陷入昏睡，聽小宮女說，我有點發燒，估計是屁股那裡發炎引起的。

就在這天下午，我朦朦朧朧中聽見了夜鈺寒的聲音：「您怎麼可以這樣對她！」

「鈺寒，你先冷靜一下。」是拓羽。

「冷靜！您讓我怎麼冷靜！我夜鈺寒自問沒有做任何對不起皇上您和蒼泯的事，為何您要這麼對非雪！為什麼！」

我緩緩睜開眼睛，正看見夜鈺寒揪住拓羽的衣領，拓羽緊閉著雙眼，痛苦地垂下了臉。

「皇上您真要非雪娶嫣然是不是？」

拓羽依舊垂著臉，沒做任何的回答。

「原來非雪說的都是真的，為什麼？這是為什麼！」夜鈺寒忽然大吼起來，「皇上您是不是已經知道非雪是女子？您派人給她換藥，不會不知道她的身分，您明明知道她是女子，為何還要繼續這個計畫！這是為什麼？」

整個房間都能感受到夜鈺寒的憤怒，拓羽在他的怒喊中始終沉默以對，是對他的愧疚，還是因為苦衷而無言相對？

「我要帶她走！」夜鈺寒推開了拓羽，我立刻再次閉上眼睛，我想看看真正的夜鈺寒，他也只有在我看不見的時候，才會顯露他的真性情。

急急的腳步聲越來越近，我就被人小心扶起。

「雲非雪如果是女人，你有沒有想過她會怎麼樣？」拓羽忽然說話了，平淡得沒有半絲情緒的話語顯示著他的冷靜。扶住我的手忽然顫抖起來，身體被緊緊擁住，我的臉自然而然地垂在他的肩後，長髮遮住了我面頰：「你們還是不肯放過她是嗎？」夜鈺寒低啞的聲音裡帶出了他的痛苦。

「鈺寒，你冷靜一下，無論雲非雪是男是女，都不是我和你能解救的了。」拓羽無奈地長嘆，「我們還是從長計議吧。」

「我娶她。」夜鈺寒忽然輕聲說道，心口變得窒悶，原來自己在夜鈺寒心中的地位是如此重要，「沒錯，我立刻提親，只要我娶了她，一切都將解決，不是嗎？皇上？」

「若是以前，沒問題……可是如今……」拓羽無力的話語拖著長長的尾音。

「如今又怎麼了？」

「如今她打了瑞妃啊，鈺寒。」

抱住我的身體瞬間變得僵硬，房間的空氣彷彿瞬間下降到了零點，讓身前的人將我越擁越緊。

「雲非雪只受到杖刑，是因為她身上有郡馬的身分，一旦她變成你夜鈺寒的妻子，其罪……」

「當誅……」我聽見夜鈺寒無力地吐出這兩個字，便知道了他心中的決定，是的，我無所謂，我甚至從不後悔自己打了那個囂張的瑞妃，如果上天再給我一次機會，我依舊會毫不猶豫地脫下鞋子再扔她。所以，我不能連累鈺寒，這個愛我、想保護我卻又無能為力的男人。

「所以，鈺寒，再沒想到萬全之策之前，我們還是順其自然吧，至少非雪自己也是那麼說的。」我在夜鈺寒的身後，瞇開眼睛，看見拓羽緩緩走到夜鈺寒的身邊，手搭在他的肩上，一臉的愁容。

「非雪這麼說的？」夜鈺寒似乎無法相信拓羽的話，「她醒過？」

「是的……這幾天，她時醒時睡，這樣吧，你把她帶出宮養傷吧。」我睜開眼，透過自己的髮絲看見拓羽白色的龍袍，他……是在為我著想嗎？不得不承認，他夠義氣！

空氣靜謐得讓人窒息，無論是夜鈺寒還是拓羽都沒再說話，忽然，夜鈺寒毫不猶豫地揹起了我就往外走，我在心中大呼萬歲，終於可以離開這個鬼地方，回到我心愛的小窩，見到無比美麗的斐崳，哦！這實在太幸福了。

當我沉浸在無限歡暢的時候，一聲尖細刺耳的聲音將我瞬間打入十八層地域：「太后駕到——」

變態歐巴桑來了。

「夜鈺寒，你這是做什麼？」還是那個低沉和藹但卻帶著尖刀的聲音。

夜鈺寒揹著我不方便行禮，遂趕緊將我放回床，我只有再回到死豬狀態。

「微臣參見太后。」

「罷了，夜鈺寒也是自己人，不必多禮，哀家問你，你這是要把雲非雪帶哪兒去？」

「回稟太后，微臣想帶雲非雪回【虞美人】，讓雲非雪這樣的臣子在皇上的寢宮養傷實在是不成體統。」

「體統？」太后的聲音轉冷，帶出一絲蔑笑，「一個堂堂宰相和一個裁縫鋪老闆在妓院裡嬉鬧就成體統？」

慘了，這個老太婆正說到夜鈺寒的痛處上。

「皇上，你有沒有告訴夜鈺寒這雲非雪的身分？」

「朕已經說了。」

「那讓雲非雪在這裡養傷的原因呢？」

「朕也解釋了，但朕也覺得讓雲非雪長期住在朕的寢宮裡，確實說不過去。」

「怎麼會？是皇上打了人家，讓人家在皇上您這兒養傷也是應該的。這雲非雪可鬼靈精了，就連咱們家夜鈺寒夜大宰相，也被玩得團團轉，哀家可真怕他若出去了，可就再難逮著囉。」老太后的語氣帶著戲謔，但可以清楚聽出她的潛台詞，就是要把我軟禁在宮中，以便掌控。

原來這老太婆怕我跑了。

「就是就是。」這個聲音化成灰我都認識，死曹欽，你害得我差點毒發身亡，此仇不報非君子，你等著！

「這雲非雪身邊都是能人，若他想跑，皇上您可是攔也攔不住。」不睜眼看也知道曹欽那混蛋此刻有多麼囂張。

「哀家和皇上派到水酇身邊的鬼奴，一個個全沒了消息，如今有了這雲非雪，還怕查不出水酇的異心？」

「太后。」夜鈺寒突然沉聲道：「雲非雪的個性臣了解，您若是如此逼她，她怕不會就範，即使效勞也未必真心。」

「呵呵呵……」老太后朗聲大笑，「這點夜鈺寒你不必擔心，這雲非雪絕對真心真意效忠哀家，記得柔妃跟哀家說過一個猴子的故事，那裡面是怎麼說的，小曹子？」老太后問著曹欽。

「說就算那孫猴子再厲害，也絕對逃不過如來佛的五指山。」曹欽的語氣可謂是揚揚得意。

「哎，哀家哪兒比得上佛祖啊，被小曹子你這一提醒，哀家又想聽柔妃的故事了，快扶哀家前去。」

「是！」

「夜鈺寒。」

「微臣在。」

「哀家知道你與雲非雪交情匪淺。」老太后將匪淺兩個字說得尤為突出，「但這雲非雪就要做郡馬了，哀家可不希望外界再有任何詆毀你們兩人名聲的話兒。畢竟你們都是朝廷重臣，而今又是五國會在即，各國國主也已來到沐陽，可別給人家看笑話。」

「微臣謹記。」夜鈺寒平淡地說道，心中替夜鈺寒無奈，他算是被老太后鎮壓了。

「哎，哀家是看著你長大的，哀家也一直將你當作自己的孩兒，給你找媳婦的事哀家可是一直掛在心上，最近已經相中了幾家，不如夜鈺寒明日來看看。」

「多謝太后美意，微臣現在忙於五國會的事情，此事……」

「明白明白。皇上你也真是的，夜鈺寒跟你一起長大，你也不關心關心他的婚姻大事，就知道自己一個個往宮裡帶。」

「兒臣愚鈍，多謝母后提點。」

老太后在這兒，所有人都變得噤若寒蟬。

現在清楚了事情的原委，就是水酇的確有異心，而且將太后派到他身邊小雜魚全吃了，老太后和拓羽實在沒轍，又見水嫣然挺喜歡我，乾脆借著聯姻把我塞進去。巧的是我表現出來又是那麼機靈狡猾，太后覺得我絕對可以擔當臥底重任，於是逼我吃下什麼爆人丸讓我就範，順便收編了我的「手下」。

她的如意算盤打得叮噹響，可惜她還是小看了我，我之前之所以處於被動，是因為讓他們占盡了上風，而今，我雲非雪占了先機，還不鬧一鬧，讓你們頭痛頭痛？哼，想控制我雲非雪，哪有那麼容易！

「非雪……」夜鈺寒不知何時走到我的床邊，呼喚著我的名字，「對不起，我不該不相信妳，若是早點……早點……」夜鈺寒無奈的語氣裡夾雜著他的痛苦，「若我聽隨風的話就好了，妳在這裡好好養傷吧……」

「鈺寒，別這樣，你這樣非雪看見也不會安心的。」拓羽這話說得讓我鬱悶，彷彿我已經掛了。「我們要相信非雪，相信她會從水酇那裡全身而退。」

暈，拓羽這混蛋還是要把我塞到水酇身邊去。

聽見兩人沉重的腳步聲，我的心反而變得輕鬆起來。算算日子，不知不覺在這裡待了五天，又快到喝解藥的時間，相信隨風他們一定已經找出解毒的方法，現在首要的就是解毒，否則我永遠無法恢復自由。

空蕩蕩的房間又只剩下我一個人。想到順利逃脫後，老太后那鬱悶的樣子就忍不住發笑，笑著笑著，就再次迷迷糊糊地睡去。

夢裡我狠狠地打了拓羽一頓，打得他跪地求饒，直喊我姑奶奶，說江山都可以給我，只求我別打他，然後老太后也跑了出來，跪在我的面前，哭得像殺豬一般。我得意地大笑，將得到的江山分給大家，可奇怪的是，我分的不是什麼地圖，而是烤乳豬。我分了一隻豬腿給思宇，分了另一隻給斐喻，把豬頭分給隨風，把豬屁股分給夜鈺寒，豬雜碎給了歐陽緡，豬蹄全給了水無恨，自己吃豬腹和豬背，味道真是好啊，我不停地啃啊啃，啃啊啃……

嘴中有異物流出，我心裡一驚，睜開眼睛，汗……口水流了一枕頭……

肚子開始打鼓，我翻身看著天花板，屁股疼得不是很厲害，終於可以換個姿勢躺著，之前的姿勢要不是小宮女經常給我按摩，我早僵成木頭雕塑了。人，果然還是躺著舒服。

「娘娘，皇上吩咐過，任何人不得進入。」這又是誰要來？莫非又是瑞妃？她有完沒完啊？

「滾開！」哎呀，居然是上官。

正想著，上官已闖入房間，我趕緊閉眼，且看看她什麼反應。

「她怎麼還不醒？」

「回稟娘娘，雲大人這幾日都是如此，時而醒來，時而昏迷，他現在只怕又昏睡了。」

「昏睡？知道了，妳出去！」上官好像心情不佳啊。

「非雪？非雪……」上官輕拍我的臉，擔憂地喚著我，「妳醒醒啊，妳別嚇我啊。」

嘿嘿，耍耍上官，打死也不醒。

「妳睜眼啊……非雪？」上官拍我的力道怎麼越來越重了？「雲非雪啊雲非雪，沒想到妳也會用苦肉計了！」上官忽然揪住了我的衣襟，壓低聲音狠狠說著。

大腦嗡一下，這上官怎麼說變就變？

「雲非雪，妳不是很清高自負嗎？不屑勾引男人得到榮華富貴嗎？怎麼，現在也急了？我不是已經把鈺寒送給妳了嗎？妳為什麼還不知足，為什麼還要來跟我爭這個後宮！」

什麼？送給我？不是說是試探嘛！

「哼，妳成功了，他每晚都留在妳這裡，陪妳這個死人！白痴瑞妃，居然被太后幾句話就騙住了，我上官柔可沒這麼好打發！雲非雪，我錯看妳了！這一定都是妳的詭計，都是妳的詭計！」

上官重重的放開了我的衣襟，顫抖喘息著：「為什麼？為什麼！既生瑜，何生亮！既有我，為何有妳雲非雪！我已經那麼努力地阻止妳入宮，阻止妳變成女人，阻止拓羽發現妳，可這是為什麼？為什麼？」她的聲音顫抖著，我躺在她的身邊，甚至感覺到了她身體的顫抖，她在哭泣。

「雲非雪！妳這個……」

我立刻睜開眼，看著她驚愕的臉和揚起的手：「怎麼？要打我？」我冷冷的看著她，這股冷漠是她，上官柔帶給我的。

一絲殺氣滑過上官的眼睛：「妳好卑鄙！」她揚起的手，毫不猶豫地落下，我抬手就扣住了她的手腕，狠狠一拉，上官驚愕地被我拉入懷中，我一個翻身，就將她壓在身下。

我扣住了她的雙手，拉過她的頭頂，坐騎在她的身上，我俯視著她，她發急地在我身下掙扎：「雲非雪！妳想幹什麼！」

「別掙扎了！」我調笑著：「妳以為我這二十五年飯是白吃的？妳以為就妳成熟我們都幼稚得像白痴？告訴妳！哼，我雲非雪的心理年齡測出來是五十四，所以我沒興趣跟妳這種小丫頭爭什麼後宮！」

「妳騙人！」上官高呼起來，「我承認我鬥不過妳，現在我在妳手上，妳愛怎樣就怎樣！」

「哦？我想怎樣就怎樣？」我壞笑起來，眼睛瞟向上官的抹胸。不可否認，上官有一副好身材，圓而挺拔的酥胸，深而誘人的乳溝，吹彈即破的肌膚更是激起男人的欲望。

上官的臉已經開始發白，不再是原來白裡透紅的白，而是慘白的白，渾身更是顫抖不止，結巴道：「妳……妳……妳是蕾絲邊！」

「嗯！」心底的惡意完全淹沒了對上官的怨恨，此刻只想好好整整她，一隻手扣住她雙手的虎口，虎口一旦被扣住，對方很難使上力氣，然後開始解她的衣結，把上官嚇得哭爹喊娘的。

「妳敢碰我我就讓拓羽砍了妳餵狗！」

我點頭。

「妳這個死變態，死蕾絲邊！」

我再點頭。

「非雪……我求妳……不要……」

說實話，我在解她衣結的時候，自己都直豎汗毛。

「哈哈哈……」我終於忍不住了，放開她倒在床上就笑得打滾，「哈哈哈……沒想到上官妳居然會嚇成這樣……哈哈哈……」

上官抹著眼淚跳下床，跑得遠遠的，開始繫好衣衫，指著我就破口大罵：「雲非雪，妳這個變態！死變態，妳……○#△%*◎……嘔……嘔……」上官罵著罵著居然乾嘔起來，基於身為執業藥師的職業敏感，我立刻問道：「妳懷孕了？」

上官護住自己的身體，瞪著我：「沒錯！妳別打我孩子的主意，如果妳想害他，我做鬼也不會放過妳。」

「怎麼沒聽到風聲？」我覺得很疑惑，貴妃懷孕怎會沒有半點消息？若是別人，早就敲鑼打鼓放鞭炮了。

上官的眼神變得凜冽：「雲非雪，虧妳還是和我一起來的，《金枝慾孽》妳看的會比我少嗎？就算沒看過那部妳也該看過《金枝玉葉》！妳以為我會傻到在胎兒沒穩定前就透露消息嗎！」

「原來如此……」我恍然大悟，在懷孕前三個月是妊娠初期，此時胎兒不穩，容易流產，所以有很多不想去醫院流產或不懂事的小姑娘，就會跑去舞廳蹦啊蹦的，可結果卻很諷刺，往往這種越是不想要孩子的女生，胎兒反而來得穩健。記得以前看過一則新聞，說一個女生因為懷孕而想不開，從樓上跳下來，結果她自己摔斷腿，肚子裡的孩子卻絲毫無損。不知在醫生說：「恭喜妳，妳的孩子沒事。」時，她當下的心情怎麼樣。

而上官之所以會怕成這樣，也是情有可原。她既沒強硬的後台，又沒自己的心腹，至少沒有瑞妃她們多，她的勢力在後宮甚是微弱，稍不留神，就會陷入一個又一個陰謀。這幾個月，上官究竟是怎麼熬過來的？

看著上官緊緊護著小腹，戒備地看著我的樣子，我的內心居然沒有半絲恨意，反而是一種同情，抑或是可憐。

「那麼最近妳把拓羽趕出宮，不讓他去妳那兒睡，是為了保護胎兒？」

上官立刻發狠地看著我：「妳別想借機纏住他！」

我忍不住笑了，笑上官的多疑，也笑自己的愚蠢，原來一直以來，上官從沒把我當朋友，而是競爭對手，一個她時刻防備著的競爭對手。

看著上官越擰越緊的臉，我輕笑起來，「妳怕我趁機在這個時候奪走拓羽，影響妳的大業？哈哈！上官啊上官，妳這樣戰戰兢兢地過日子，到底為了什麼？」

「為了什麼？」上官因為激動，聲音而變得低啞，「妳問我為了什麼！自然是為了後宮之首，為了執掌天下！」

上官的話讓我大吃一驚，她以前柔弱的臉上此刻卻掛著扭曲的笑，那笑裡帶著她張狂的野心。

「妳還想執政？」

「有何不可！」上官挺直了腰杆，不可一世地站在我的面前，「我要鳳霸天下！」

我驚訝，莫非上官是受了哪位女強人的感召？

「雲非雪……」上官拖著尾音，不屑地叫著我的名字，「妳不是也想得到榮華富貴，無上權力？否則妳怎會費盡心機接近拓羽？」

我不看她，因為我正想著自己的心事，沒想到上官的野心超乎我的想像，居然要鳳霸天下，這怎麼可能？她把拓羽和那老太后當透明物？

「妳何必急於一時？」上官兀自在一邊說著：「我本想將妳引薦給緋夏國國主畬諾雷，聽說他還尚未選后，妳若將這些伎倆用在他身上，這個世界總有一天，將會是妳我的天下！」

畬諾雷？又是哪根蔥？緋夏啊，不就是我和思宇的下一站嗎？還是別認識的好，免得又惹一身風波。如此說來，上官還不知道太后的計畫，哈！這下拓羽的後宮熱鬧了。上官假以時日必定能和那老太后不相上下！

「雲非雪妳到底有沒有在聽我說話！」上官狠狠推了我一把，我木訥地點著頭：「知道了，知道了。」妳們去鬥吧，念在姊妹一場，我決定提點她：「小心太后。」

上官秀目圓睜，沒好氣道：「妳上次就這麼說，妳到底要我小心她什麼！我看我還是小心妳更為重要！」

她倒是挺抬舉我，我緩緩走到桌邊，倒了杯茶給自己：「我被下毒了……」我淡淡的說著，然後聽到上官的抽氣聲。「是慢性毒藥，太后下的，每六天就要進宮吃一次解藥，那次碧波池正好是我毒發……」我喝了一口茶，上官一臉驚懼地坐到我的身邊，「妳家男人正好跟瑞妃在洗鴛鴦浴，既然他不讓我好過，我也不讓他好過，所以就發生了這件事……」

「為什麼？」

「哼！他們以為我是前朝雲國的血脈，來造反的。前朝最後一個皇帝叫雲亦雪。」

「天哪！難怪……」

「這裡是拓羽的寢宮，所以應該沒什麼人監視，妳就當耳邊風左耳進右耳出，明天我吃了解藥就走。」

「哦……非雪……」上官神情複雜地看著我，就在這時，外面的小宮女走了進來，手裡還端著一個托盤，上面有一個燉盅。

「雲大人，這是瑞妃派人送來的燕窩，說是給您補身子的。」

「哼！被太后教訓了就來討好我了。」我冷笑著，「放下吧。」

「是。」宮女放下燉品和碗筷就走了出去。

我倒出燕窩，瑞妃居然還準備了兩副碗勺，難道她知道上官也在這兒？看著那晶瑩剔透的燕窩，心裡開始打鼓，不過我還是自然地倒出兩碗，大吃起來。

「妳吃嗎？」我問上官，上官還在一邊消化我的話：「我明白了……我明白了……」她在一邊喃喃自語，我自顧自吃著，就算瑞妃想害我和上官也不會下劇毒，她擔不起殺妃子和郡馬的責任，就算她打算把我們迷暈了，她也帶不走我們，我很相信拓羽那些蜘蛛兵的實力，所以這燕窩未必有問題。不如吃下，看看她這葫蘆裡到底賣什麼藥。

「那太后讓妳娶嫣然又該怎麼辦？」上官認真地問我，燕窩放到嘴邊又再次放下，「妳不怕被識穿身分？」

「嫣然很高興跟我做假夫妻。」我自然不會告訴上官準備跑路，她已經不值得我信任。

上官微微點頭，舉起了湯匙，放到嘴邊又再次放下看著我：「那如果她知道妳是女的呢？」我冷笑，上官立刻瞪大了眼睛：「難道……」

吃著吃著，覺得眼睛開始模糊，頭開始發沉，燕窩果然有問題！朦朧中看見上官驚訝地看著我，看著我面前的燕窩，黑暗鋪天蓋地而來，整個人落入萬丈深淵。

這一覺睡得很沉，沉得沒作任何夢，我是在一聲尖叫中驚醒的，我揉著眼睛，從床上爬起來，看著那個尖叫的宮女，好像不是平時伺候我的春兒。

「啊——」是宮女的尖叫聲，我扶著腦袋坐了起來，頭還有點痛，只聽見那宮女正放聲尖叫。

門口似乎來了很多人。「我早聽說雲非雪和上官姑娘不是親兄妹，現在看來，嘖……嘖……」

這聲音很熟悉，好像是瑞妃。

我搖了搖腦袋，努力保持清醒，瞟眼間，卻看到了床上衣冠不整的上官，再看自己，也只是穿了一肩裏衣！不會吧，捉姦這麼惡俗的情節也會發生在我的身上！

「喲～怎麼會發生這種事？」是曹公公的聲音，我乾脆朝外坐著，原來這就是瑞妃真正的目的。

只見門口正站著太后，她此刻的臉變得鐵青，猶如青面獠牙的惡鬼。

「來人！把這姦夫淫婦拿下！」太后一聲令下，就進來四名悍婦，要捉拿我和上官。

我轉眼看上官，她依舊昏睡，來不及多想，此刻脫險保命才是第一！

「慢著！」我大喊一聲，出乎自己意料地冷靜，「請容在下更衣。」

太后撇過臉不看我，只是從鼻子裡冷哼一聲。

「也對～」說話的是瑞妃，「如果就這樣架出去有損皇室體面，這件事還是隱蔽的好～」

我緩緩站起身，走到屏風後面，那裡正好有一套女裝，要保命，只有變回女人。

一件件脫去穿了大半年的男裝，圍上綠錦的抹胸，露出鎖骨下的白雪肌膚，套上雲緞的寬袖儒裙，白底繡花的長袍，居然還是我自己設計的花紋，有點眼熟。輕紗套在長袍外，裙皺的裙擺拖地掃花。

我邊穿邊琢磨這件衣服是從哪兒來的，拓羽的寢宮裡怎麼會有女人的衣服？上官的？有點像，她的身材和我差不多。原來上官也將計就計，借著燕窩除了她最大的勁敵：瑞妃。當然，還包括她臆測中的我。

這步棋妙啊。

「這到底怎麼回事？」拓羽的怒吼忽然從外面傳來。

「稟皇上，是雲非雪和上官柔做了對不起皇上您的事～～」瑞妃非常積極地報告著。

「雲非雪人呢！」

「正穿衣服呢～此事不可張揚～」

「滾開！」

「啊！」瑞妃輕呼著，外面可真有點亂。

我放下長髮，只挑出鬢邊的兩束長髮用一根淡藍色絲帶束在腦後，雙臂纏住披帛，準備妥當。

「雲非雪妳給朕出來！」拓羽急了。

我緩緩走出屏風，放開聲音，欠身行禮：「小女子雲非雪見過太后、皇上，瑞妃娘娘。」

所有人，在那一刻，都驚訝地瞪大了眼睛……

五、串供

最後上官哭哭啼啼地解釋了一切，說昨晚的事她並不知情，然後御醫還給她把了脈，自然而然就把出了喜脈，皇宮上下都高興了一陣，拓羽更是興奮得抱住上官猛親，我看得出，拓羽是真心喜歡上官。

最慘的自然是瑞妃，人證物證一應俱全，考慮此時正是五國會，所以先扔進冷宮聽候發落。至於我，在上官和拓羽卿卿我我的時候，太后一個眼色，曹公公就把我帶入清明殿。上官那些解釋的話語迴盪在我的耳邊，寂靜的清明殿裡就和那天一樣沒有半絲氣流。

上官昨晚並沒喝燕窩，她是看著我昏迷的，這點我記得很清楚，她當時應該不知該怎麼辦，不過以她的聰明才智，定然料到了瑞妃的目的，乾脆將計就計，和我演一幕姦夫淫婦。她這並不算什麼，記得以前看過的後宮鬥爭裡，曾有個妃子自己喝下打胎藥然後陷害另一個妃子。所以相對於那妃子犧牲自己的骨肉來說，上官根本就是小巫見大巫。

此刻整個大殿裡，只有我和曹欽．曹公公，曹公公在一邊上上下下地打量著我，不停地繞著我左右踱步，我單手背在身後傲然地站著，反正被這個猥瑣的太監用眼睛猥褻已經不是第一次了。

我瞟向他，他察覺後立刻乾咳兩聲將眼睛移向門口，然後站定。我陰險地笑道：「曹公公，你信不信我過會兒能從太后手上把你的小命要來，而且還是不費吹灰之力。」

曹公公再次看向我，三角眼睛瞇了又瞇，猛然爆發出一竄大笑：「哈哈哈……雲非雪，妳都死到臨頭了，還說這種大話！」我並沒有因為曹公公的話而害怕，我也知道他為何會說我死到臨頭，不就是欺君嘛。我依舊保持著臉上陰森的笑，緊緊盯著曹公公的臉，他在我的直視下，笑容漸漸變得僵硬，我於是說道：「如果我死了，對太后來說，就沒利用價值了吧。」

自古以來，無論是古代言情還是現代言情，我還從沒看到一個女人因為女扮男裝而被砍的，儘管罪犯欺君，最後還不都赦免了？不過這次比較麻煩，還真有性命之憂。

曹公公收起了笑容，開始變得心虛，有時人在鄙視下自然而然會莫名其妙地心虛，說不定他還在想小拓子捨不得我，會讓我活命。

我將眼睛瞟到曹公公的身後，驚嘆道：「你身後是什麼？」

「什麼！」曹公公立刻雙目瞪大地往身後看。

「什麼是什麼？」我故作緊張，將整個大殿的氣氛弄得詭異異常。

「就是妳說的那個什麼！」

「我就因為不知道是什麼才問你什麼！」

「到底是什麼！」曹公公變得緊張起來。

「可能沒什麼！」

曹公公再次看了看身後，弱弱地哼道：「根本就沒什麼！」

「可是真的有什麼啊，就在你的背後，你怎麼會看不見呢？」我疑惑的看著曹公公背後，然後抬起手，打了個招呼，「嗨！」

曹公公渾身一個寒顫，再次看向自己背後，自然什麼都沒有。我也只是猜測這曹欽害死過不少人，看他現在的反應，應該如此。

「雲非雪！妳別嚇我！」曹公公衝著我大吼，原本尖細的聲音變得歇斯底里，「妳別得意！哼！過會兒太后就會把妳交給水酇親自處理，我看妳怎麼死！」

原來太后打算把我這個皮球踢給水酇，這倒是一個好方法。我不理他，依舊看著他的背後：「哦，好的，再見。」然後我對著他背後揮了揮手，嚇得曹公公臉色慘白。

昏暗的清明殿裡沒來由地平地刮起一陣陰風，掀起了曹公公的衣擺，他的下巴頓時變得脫臼，渾身寒顫不止。

「嘰呀」一聲，清明殿的大門開了，曹公公就像看到救星一般，連滾帶爬地跑了出去，嘴裡還喊著：「奴才恭迎太后。」

我側身看著殿外，太后的鑾駕停在了門口，儘管外面陽光明媚，但太后的臉色並不好看，估計是被瑞妃給氣的。我猜這個太后是來跟我串口供的，心裡賭一把，賭注就是我的利用價值，我相信這個老太婆也會千方百計為我開脫，想盡法子將我塞進水酇身邊。

太后板著臉走了進來，殿門就像上次一般，緊緊關上。

「雲非雪妳可知罪！」太后一坐下，就拿我問罪，看來上官懷孕的消息對她影響不大。而曹公公明顯因為有了太后撐腰，神情囂張了起來。

我不慌不忙道：「小女子知罪！」

「知什麼罪？」

「欺君。」

「哼！何止！」太后冷笑一聲，銳利的雙眼牢牢抓住我的眼睛，「還有威逼利誘于御醫和春兒為妳隱瞞女兒家身分，欺瞞尊上！」

嘿！原來老太婆找了這麼一個理由啊。我立刻頷首：「小女子知罪！」

太后微微點了點頭，土黃的臉色也漸漸轉柔，還慢慢浮現一層淡淡的光彩，她柔聲道：「哀家也知道妳拖著兩個妹妹不容易，過會兒哀家就會將妳交給水酇，讓王爺親自處理，哀家到時也會替妳說情，哀家挺喜歡妳，不會看著妳死。」

「多謝太后垂憐，小女子在王爺面前自會好好說出實情。」我特地將好好兩個字語氣加重，看著太后的眼中充滿笑意。

然後我一欠身，便繼續說道：「小女子會告訴水王爺，小女子因為與嫣然的親事寢食難安，更因皇上要賜小女子官職而惶惶不得終日，深怕東窗事發後連累柔兒，於是便決定偷偷找皇上認罪，一來希望皇上看在柔兒的面子上免我一死，並解除我與嫣然郡主的婚約，二來也不會暴露小女子的身分，於是就在那晚貿然進宮。」我頓了一下，看太后的臉色，她正端著茶品茗。

於是我繼續說道：「卻未想到驚擾了瑞妃娘娘，瑞妃娘娘一怒之下便打了小女子，小女子一時衝動便給以回擊，震怒龍顏，被皇上罰以杖刑。小女子被杖刑後害怕至極，發現自己打了瑞妃是件多麼愚蠢的事，若不是有郡馬這個護身符，早就誅連九族。」我裝作很害怕的樣子看著太后，她此刻半瞇眼睛斜靠著，一邊的曹公公為她捏著肩膀。

「小女子更怕連累柔兒，當時真是左右為難，只有靜觀其變。可沒想到皇上居然派了一個叫春兒的宮女為小女子換衣服和上藥。小女子急了，當時就威脅她，說如果她敢告訴皇上我是女子，就叫柔妃拿她去餵狗，春兒年紀還小，經不起嚇，當時就暈了。」說到這裡自己都忍不住想笑，這故事編得可有夠誇張的。

「至於于御醫，其實他在之前受夜大人之託來為小女子看病時，就已經知道小女子的真實身分，但他和太后您一樣，都有一顆仁慈的心，便替小女子隱瞞下來，所以……」太后瞇眼笑著，論拍馬屁，我可是行家。

「所以怎樣？」太后懶懶地笑問著。

「所以皇上直到方才，才知道小女子是女人。」這就是經太后的提示之後，我編出來的故事，「若別人再敢懷疑小女子的清白，可請來穩婆證實！」我擺出一副貞女的高姿態，讓太后再次滿意的點頭。（古時穩婆不僅僅是接生，在一些公案上，可以協助驗身。）

至於外界的流言，我相信對這整件事來說，影響不大，因為我跟拓羽本就是清白的，太監宮女也有腦子，當時我臥病不起，受傷的部位又是臀部，怎麼能跟拓羽在寢宮風流快活？除非拓羽有SM的前科……

水王爺那裡更不需要擔心，只要到了洞房花燭夜，自然就一切明瞭，不過前提是……我真的嫁入水府。

「嗯……原來如此。」太后點著頭，一副恍然大悟的神情，「這麼說來，妳也是情有可原哪。」

「是啊，太后……」我笑著，然後瞟了一眼她身後的曹公公，對著他眨了下眼睛，他彷彿哆嗦一下，然後我道：「其實這整件事，小女子還可以這樣說。」

「哦？」太后似乎來了興趣，「還可以怎樣說？」

「就是……」我拖了一個長長的尾音，然後抬眼看著曹公公，「前面大致相同，就是從春兒給小女子換藥時有所改變。」

太后動了動身體：「怎麼個變法？」

「春兒發現小女子是女人，便如實回報給了皇上，皇上大驚，便要來治小女子的罪，小女子一想，這如今也做不了郡馬，打瑞妃也是誅連九族，為了保住小女子的性命，為了保住柔兒的性命，乾脆一不做二不休勾引皇上，讓皇上成為小女子的……哦……咳咳！不，是寵幸小女子，小女子如此一來就可以跟瑞妃平起平坐，水王爺也拿小女子沒辦法，因為小女子是皇上的人，不是嗎？太后？」我笑著看太后，太后原先悠閒的神情已蕩然無存。

「雲非雪妳想死嗎！」曹公公替太后喊出了她的心裡話，「別說皇上現今沒寵幸妳，就算寵幸妳，妳也未必能做妃子，最後妳只是什麼都不是的東西，並且以上犯下，打內宮貴妃，其罪當誅！雲非雪妳好好想清楚！」

曹公公唾沫星子飛濺，那神情就差沒當場拔刀把我剁了。

「小女子知道。」我故作輕鬆地笑著：「小女子怎麼會想死呢？」我看著太后鐵青的臉，開始變得無賴，「小女子嘴巴其他沒什麼本事，就會鑽空子，太后您看哪，柔兒現在懷了龍胎，您怕是不能誅小女子吧。」

太后的鳳眼睜了一睜，又漸漸瞇起，帶出了一絲又一絲的眼角細紋。

我繼續說道：「誅九族，柔兒必在其內。是，您可以不判我誅九族，直接拖出去砍頭，乾脆俐落。」太后的嘴角微揚，發出一聲冷哼：「砍妳一個雲非雪，何足掛齒？」

「您確定您真要砍我嗎？」我笑著反問，太后瞟了我一眼道：「怎麼！妳還砍不得嗎？」

「能！當然能砍！」我幫太后做出決定，「您把小女子砍了，也算給水酇一個交代，再來一個勾引皇上的罪，反正將所有罪過都放在小女子的身上，反正小女子也是死人，不會再來找您，頂多有事沒事跟在您的背後晃一晃。」說到這裡，我再次望向曹公公的背後，害得他又一陣哆嗦。

「不過水酇那裡怕是沒那麼容易甘休吧。他本來還挺喜歡我，認為有了一個好女婿（棋子），結果……嘿，被皇上睡了。雖然事實上沒有，但加上小女子的妖言，就能惑眾。」我開始用我的雲式幽默，用最最大白話的形式，來跟太后「說道理」，太后看著我的表情越來越嚴肅，嚴肅中還夾雜著一絲憤懣，反正表情好看不到哪兒去。

「到時您讓水酇的臉往哪兒擱？自己的女兒居然要嫁給一個女人，而且這個『女婿』還跟皇上有一腿，我想水酇這臉肯定丟到天邊去了，他成了整個蒼泯的笑話，或許還會成為整個天下的笑話，他肯定鬱悶之極，可他能怎麼辦？因為對方是蒼泯國堂堂的國主啊！是皇上啊！所以不能明來。他這口氣憋在心裡，越憋越堵得慌，終於，他決定爆發了！索性反了！」

「他敢！」曹公公大喝一聲，太后抬起手，曹公公立刻收聲，太后冷冷說道：「說下去！」

我不慌不忙地繼續說自己的故事：「當然，小女子是絕對相信皇上的實力。又因為『捉姦』一事，皇上定然能從瑞家收回兵權。於是皇上就和水王爺大戰蒼泯，開始內戰。小女子再次強調，皇上絕對會贏，可蒼泯的地理位置實在讓人擔憂啊。」我皺起眉直搖頭。

「這蒼泯在四國包圍之內，小女子怕啊，怕其中一個國家的國主野心太大，趁著皇上和水王爺掐地熱鬧，趕緊插一腿，這可就麻煩囉，哎……即便最後蒼泯能平定內憂外患，也會導致元氣大傷啊……以後蒼泯的後人在茶餘飯後，閒聊起蒼泯的水酇之亂時，說水酇為何會反皇上？因為皇上給水酇找了個女人做女婿，結果本覺得這女人不錯，不如自己留著；但到最後又覺得說不過去，就將那女人砍了了事。於是水酇覺得自己被皇上當猴耍，丟不起人，就反了。太后，您不覺得這是天下最大的笑話嗎？」

我看著太后，她的臉色比來時越發難看，其實剛才那段話都是我胡扯，可這種極度害怕失去權利的人，只要那故事裡有一分能成為事實的可能性，她就會相信並開始做出對策。

「妳想怎樣！」太后幾乎是從牙縫裡說出這四個字。

我收起笑容，看著太后身後的曹公公：「小女子只想說，這嘴長在小女子的身上，小女子愛怎麼說就怎麼說，反正小女子死後還有這麼多人墊背，小女子也不冷清，若想小女子說前面那個版本，只求太后給小女子一個人。」我收了聲，看著神色變得緊張的太后。

「誰？」

我笑了笑：「這個人可謂對蒼泯毫無貢獻，活著也就是浪費蒼泯的糧食，太后將這樣一個蛀蟲交給小女子，應該沒什麼問題吧。」說完我瞟了瞟曹公公，太后原先緊張的面容立刻舒緩下來。但曹公公臉上的表情瞬即變得僵硬，我甚至看到了他眼中的恐慌，既然我雲非雪說能把你從太后手上要來，就能要來！

太后點了點頭，對我沒有半絲的怨恨，眼中更無留戀可言，我甚至還隱約看到了她的笑意，彷佛在說：這也太划算了！可見曹欽在太后心目中根本就是空氣，說不定連她養的寵物都不如。

「而後只要把曹公公任由小女子處置……」此番我索性挑明，「小女子從此對太后絕無異心，崇敬之情更如滔滔江水，連綿不絕……」

「罷了罷了，這小曹子的確可惡！」太后喝了一聲，「上次還故意拖延送藥，現在就交給妳了。哀家還要去看看水王爺來了沒，這畢竟對他也有直接的影響，由他親自處理比較妥當！」說著，她便幽幽地起身，身後的曹欽早就魂飛故里，連攙扶都忘了。

這拍馬屁的機會自然不能錯過，我趕緊扶住太后的手，順便說道：「太后，這小曹子可鬼靈精的呢，小女子怕過會兒抓不住他。」我將曹公公以前說我的話扔還了給他。

太后拍著我的手笑道：「過會兒讓鬼奴捉住他，只是妳得在水王爺來之前處理好，讓人看見了可不好～」

「嗯，嗯，非雪明白。」我趕緊點頭，將太后送出了清明殿。

回頭的時候，殿中央忽然出現一個渾身黑衣的男子，男子黑布蒙面，乍看有點像忍者，應該就是鬼奴。鬼奴制住了曹欽，此番是我自己關上了清明殿的大門，在關門的那一剎那，曹欽嚇得跌坐在了地上。

我一臉奸笑地走到曹公公的身邊蹲下，忘記自己女兒家的裝扮，像土匪一樣扣住曹公公的雙下巴：「親愛的曹公公，我雲非雪可從沒食言啊。」

曹公公臉色慘白，在極度恐慌中，他想到了反抗，雙手一推，就將我推翻在地，爬起來就跑。

鬼奴輕輕躍起，黑色的身影又緩緩落下，擋住了曹公公的去路，我緩緩站起身，悠閒地拍著身上的灰塵，淡淡說道：「點他的穴。」眼角的餘光看見鬼奴抬手點在曹公公的身上，我得意的奸笑，自己也知道此刻的自己有多麼邪惡。

鬼奴像冰人一樣沒有任何表情，點住曹欽後也是站在一旁一動不動，我朝曹公公走去，路過鬼奴時抽出了他腰間的刀，看見他眼神閃爍了一下，但他也沒阻攔我，不過視線倒不像先前那般隨意落在前方，而是匯聚在我的身上，估計想知道我想怎麼對付曹欽。

殺了他？自然不會！我沒那個膽子，而且我雲非雪最喜歡整人，現在想想我還真不像個女人。明晃晃的刀在昏暗的房間裡，劃出一道又一道刀光，這刀還挺沉。

「雲雲雲雲姑娘，饒命啊！」曹欽蒼白的臉上冒出了豆大汗珠，他被鬼奴點穴，站在那裡一動不動。

我舉起了刀，學著電視裡壞人的樣兒在他臉上輕撫：「曹公公，這世上有兩種女人。」

「兩…兩…兩種？」

「一種就是讓你眼睛一亮的美女，一種就是雖然不怎麼好看，但卻越來越耐看的女人，我看得出曹公公挺喜歡小女子，不知非雪是屬於哪種女人呢？」我放下刀，然後將腦袋輕輕靠在他的肩上，再次舉刀，將刀背架在了他脖子上。

腦袋下的肩膀顫抖不止，然後就聽見他顫抖的聲音：「雲…雲…雲姑娘自然是傾國傾城，讓人一見難忘……」他一臉諂笑地拍著我的馬屁。

我立刻將刀背逼近他的脖子，怒道：「好你個曹欽，居然睜眼說瞎話！我雲非雪長什麼樣自己不知嗎？若我是傾國傾城，那柔兒和那個什麼瑞妃豈不就是女神下凡，我雲非雪最討厭說謊的人，你這眼睛根本就是瞎的，乾脆讓我戳瞎它！」

「饒命啊——姑奶奶——」曹欽大喊起來：「小人真是該死，小人說錯話了！雲姑娘怎是那種庸脂俗粉呢？雲姑娘自然是讓人看得越久，越覺得與眾不同的特別女子！」他一臉無賴似笑非笑、似哭非哭地看著我。

我揚起了一邊眉毛，再次將刀背往他的脖子壓了壓：「你這麼說就是我很醜囉！」很多偉人都告誡世人：千萬別得罪女人。這可是至理名言！

曹公公當時就被我嚇得無言以對，他倒不是不能說話，而是被我嚇得已經無法言語，因為我的刀已經從他的脖子慢慢下移，刀尖停在了他的小腹：「讓我來告訴你我雲非雪是哪類女人。」我繼續讓尖刀自由滑落，看著幾乎已經靈魂出竅的曹公公，「我是讓男人一生都難忘的女人！知道為什麼讓男人難忘嗎？」

「為…什…麼……」曹公公無神地看著我，空洞的軀殼木訥地回問我。

哦！萬能的主啊，請原諒我如此折磨這個可憐的中年人吧。

「因為我喜歡讓男人變成不是男人，雖然你是太監，但我還是要再閹你一次。」我惡狠狠地舉起了刀，朝曹公公胯下砍去，忽然他眼一翻，整個人倒了下去。

刀順勢砍落，其實剛才那個弧度和距離，連他衣服都不會砍到，我的目的就是嚇嚇他。我單手將刀拄在地上，蹲在曹公公這個「死人」身邊，忍不住笑了起來：「嘖嘖，這麼不經嚇。喂！」我喚那個鬼奴。

鬼奴似乎沒有聽到我的呼喚，依舊呆愣地看著某處，他此刻的神情讓我覺得很熟悉，很像我認識的一個人，但一時又想不起來。

「喂！」我走到他的面前伸手揮了揮，他嚇了一跳，那神情似乎剛從天宮回來，然後在看見我的時候，情不自禁地驚呼了一聲，就像看到了鬼。

「還你！」我將刀還他，他用食指和大拇指從我手中小心翼翼地接過刀，依舊用一種驚懼的眼光看著我。

我走到桌邊，拿起一杯茶就潑在曹公公的臉上，曹公公立刻彈跳起來：「我的寶貝！我的寶貝！」邊說還邊摸著下身，然後大驚道：「沒啦！沒啦！天哪！」那喊聲就跟汽車的剎車聲一樣難聽。

「哼，你本來就沒了。」我冷冷地說了一句，曹公公扭頭看我，這傢伙估計嚇得氣血翻湧，把穴位都給衝開了，然後他似乎想起了什麼，再次看了看身下，我笑道：「我那是嚇唬你的。」

曹公公的臉立刻變成了死灰，跪爬到我的腳邊，就開始哭天搶地：「姑奶奶，您就別折騰小人了，小人該死，小人對上次姑娘取笑小人懷恨在心，故意將解藥延遲，想讓姑娘飽受毒發之苦。小人真不是人，小人就是畜牲！不！小人連畜牲都不如……」曹公公說著說著，居然嗚咽起來，鼻涕眼淚一把又一把，「小人自小就被送入宮做了太監……有誰想做太監？小人也是沒辦法……可是沒想到當個太監也這麼難，這皇宮真天殺不是人待的，嗚……」

曹公公在我面前起先也只是嗚咽，後來演變為嚎啕大哭，估計是想起以前那些心酸事了，我拍了拍身邊的鬼奴：「喂，有匕首嗎？」

「哦，有。」鬼奴從腳邊抽出匕首，我在接過匕首的時候忍不住看了他一眼：「你的聲音怎麼這麼耳熟？」鬼奴似乎有些不自在地撇過臉，又恢復他的水泥雕像。

曹公公淚眼朦朧地看著我的匕首，再次嚇得大驚失色，那神情彷彿在說：怎麼老子哭成這樣都不能博取這個女人的同情？

我自顧自地拿著匕首，在他的腦袋這裡比劃了比劃，然後飛快朝他頭上揮去，曹公公當即嚇得一縮腦袋，幾縷髮絲在我的刀下飄落，我怒道：「別亂動！萬一真的割到你腦袋我可不負責！」

曹公公怔愣地看著我，縮起的腦袋不再亂動，這傢伙莫非是烏龜投胎來的？

我三兩下就剃了他的頭，只剩下五個有點不怎麼圓的五環。當初穿越過來的時候正在舉辦奧運，那可是舉國同慶的事，我還弄到了開幕式的票，結果被整來這裡，錯過盛事，給曹公公剃個奧運頭，還是他的榮幸呢！

「好了！最近一個月你都不許戴帽子，你可記住，你的命還在我手上，如果讓我發現你敢遮住你的腦袋，我隨時讓這個鬼奴來取你的命！」

曹公公點頭如搗蒜：「小人知道！小人知道！」他自然不知道他腦袋後是什麼圖形，他只知道我剃了他的頭髮，讓他成了「和尚」。

打開清明殿大大的殿門，暖人的陽光立刻灑滿我的身體，心情怎是一個爽字了得。我揚起臉讓陽光完全灑在我的臉上，緊閉的雙眼前，是一片鮮豔的紅色。不過沒過一會，我就趕緊埋首，因為這太陽……實在……太熱了……差點忘記現在已經快接近酷暑，我剛才曬太陽的樣子一定很傻……

接下來，就該是水酇那一關了吧。

我深吸一口氣，今天的空氣裡帶著水氣，看來會下雨，高考也不過如此，既然那恐怖的地獄我

都能過，還有什麼可怕的，雲非雪啊雲非雪，只要熬過今天，明天妳就是自由的飛鳥！

望著頂上那一片四方天空，我的嘴角漸漸上揚。

看著被侍衛架走的曹公公，我笑著目送他遠去，他時不時還回頭看我，然後一個哆嗦，兩腿虛弱無力，走過他身邊的人，都捂嘴輕笑。

殿堂裡已空空如也，方才那個鬼奴早已不知去向，心和身體一下子鬆弛下來，便感覺到尿急，原來我的清晨一尿還憋在肚子裡。

「妳不能離開這裡！」殿門外的侍衛將我攔住，我努努嘴，看著候在外面，最前面的那個小宮女道：「茅房在哪兒？」我這話是對那小宮女說的，但門口的兩個侍衛的臉立刻皺了皺，放下手。小宮女挪步到我面前：「請跟我來。」便垂首走在我的前面，而我身後隨即跟上了另兩個侍衛，我想總統上廁所都沒我這麼拉風。

小宮女為我指出茅房，我拐了進去。皇宮的茅房跟現代的公廁差不多，有良好的外觀，這間茅房是紅牆黃瓦，裡面還有洗手的人工泉，畢竟是皇宮嘛。若是在外面，那就是正宗的茅房，幾根茅草遮一下就完事。男左女右，我鑽了進去，只見裡面兩間有人，廁門上都掛著裙帶，這就是做古人的麻煩，如個廁還要脫很多東西。

此刻裡面正聊著天，原來廁所密談，古就有之。我豎起了耳朵，悄悄走進一個廁門，捏著鼻子，儘量不發出任何聲音。

「我看見水王爺來了。」看掛在廁門上的衣裙，應該是兩個小宮女。

「是嗎？一定是為那個雲非雪而來。」

「是啊，那個傻子小王爺還一直唸著非雪哥哥受傷了，非雪哥哥被打屁屁了，卻沒想到這個非雪哥哥現在變成非雪姊姊了。」小宮女說著笑了起來。

「不過那個傻子小王爺真的很帥，若不是傻子，一定有不少追隨者。」

「就是就是……」

別啊，怎麼聊起水無恨了，聊些有用的東西！

「那水王爺的臉可臭了，就連嫣然郡主也來了，我看那個雲非雪凶多吉少。」

「天哪，菩薩保佑，那雲非雪我挺喜歡的，她打了那個瑞妃可真解氣。」

「噓！妳要命啊。」傳來一陣穿衣服的聲音，「我好了，妳慢死了。」

「好了好了。」然後是開門關門聲，她們離開了廁所。

水王爺臉色難看是吧，這可麻煩了。肚子發緊，還是先解決一下再想對策。

一出茅房，兩個侍衛二話不說就架起了我走。經過我身邊的太監宮女都駐足觀看，竊竊私語。

「嘖嘖嘖，太慘了。」

「是啊，欺君啊……」

「不過柔妃娘娘可是她妹妹，現在懷了龍胎，皇上和太后應該會網開一面。」

「但水王爺能善罷甘休嗎？簡直是鬧笑話。」

「……」說者云云，我心無慮。

兩個侍衛將我架入了風波亭，按在地上，我就這麼跪在地上，看著面前在炎炎酷日下漸漸升起水氣的湖面，風波亭裡沒有一個人，沒有一絲風，就連一隻蒼蠅都沒有。

可喜的是，他們讓我跪在亭子裡，而不是亭子外，看著亭外站著的宮女和侍衛，我還真有點同情他們。我自然不會傻跪著，不一會兒，我就坐在自己的後腳上，變成跪坐。

皇宮的紀律相當嚴明，站在亭外的宮女和太監們都如同木雕，目不斜視，口不妄開，這讓亭子內外靜得讓人窒息。偶爾有一兩縷歪風經過，還帶著奇怪的寒意，引起我一陣寒顫，風波亭啊風波亭，你果然是個不祥的地方啊。

下意識地將手插入袍袖中，插了個空，自嘲一笑，居然忘了已經身著女裝，不再是以前的寬袖，簡練的外袍是恰到好處的七分，外露的肌膚也有輕盈的罩紗遮起，行動起來，感覺就是拖泥帶水，第一次穿女裝還真是渾身不自在。

「哼……」忍不住苦笑一聲，自己輸給了自己，越是想置身事外，越是無法逃脫，越是想裝作什麼都不知，越是有人逼妳面對現實，想想先前與太后的串供，無形之中又害了兩個好人，就是于御醫和春兒。雖說他們也會在太后的「幫助」下和我串供，但頂著那個欺君的罪名，怕是不好輕易脫身。

我不殺伯仁，伯仁卻因我而死啊。

坐在臀下的腳有點發麻，我換成盤腿而坐，再次忘記自己是女子的身分，我單手枕在臉邊，想起那番廁所密談。

水王爺臉色難看是人之常情，好不容易看中的女婿卻是個女人，讓文武百官看了個大笑話。他心底估計早就在鬱悶太后想塞個內奸到他身邊，說不定他這次狠起來，來個斬草除根，把我除了，讓太后和拓羽徹底死了念頭。

不過我絕對相信水王爺是借機發飆，就像《唐伯虎點秋香》（周星馳版）裡的寧王。理由很簡單，他應該比拓羽更早知道我是女人。

那天水無恨那小子占我便宜時不可能不知道我是女人，如果貼成那樣都感覺不出來，那水無恨就真是傻子……當然也不排除我太平公主的可能性啦。但關鍵是，我不是太平公主啊？聖人說，有總比沒有好。

所以水酇應該是借這件事找拓羽麻煩，並不打算置我於死地，因為他帶來了嫣然，嫣然如此善良的女孩怎麼可能看著我死，估計他把她帶來是想讓她也為我求情，因為嫣然才是那個真正的受害者。當他發飆到差不多的時候，等著嫣然給我求情，然後給自己找個台階，寬宏大量的放過我，更是放過拓羽和太后。再次換了個姿勢，遠遠瞟見一行人正往這裡趕來，雖然眼睛不好，我也猜到估計是他們。

水酇這個老狐狸，害我上次在梨花月出醜，我這次也打亂他的計畫。

好吧，我是個女人，我讓水酇成了全蒼泯的笑柄，更讓嫣然無臉見人，還影響了皇上的聲譽，更影響了自己的清譽，如果我不是太后和皇上的人，沒有肯定不會死的護身符，只是一個普通的不能再普通的古代傳統女子，應該怎樣？

死！

對！只有死才能明志，才能對得起所有人！

最重要的，只有死才能給他們雙方人一個驚喜！

想到此處，我緩緩站起身，迎著波光粼粼的湖面，我旁若無人的踏上亭邊的靠椅。

「雲姑娘！冷靜！」身後那些原本我以為只是雕像的侍衛和宮女都慌亂地湧進亭子。

太好了，來拉我吧，阻止我吧，一定要讓他們看見，我是多麼地無奈，多麼地無助，就像隨波逐流的浮萍，勢單力薄，因為我只是一個女子，一個小女子。輕風吹揚起我的長髮和衣裙，我回眸看著身後一個個驚惶失措的人，暗自鬱悶，他們怎麼不來拉我？

「雲姑娘冷靜啊！」小宮女都驚叫一團，那些侍衛更是有所顧忌地看著我，我頓時恍然大悟，他們該不是以為他們一靠近反而刺激我，加速我跳湖吧。

我瞇起了眼睛，看著蒼天徹底無語。忽然面前滑過一隻蜻蜓，嚇了我一跳，我腳下似乎絆倒了什麼東西，頓時朝面前的湖面撲去。

鬱悶哪！我不是真要跳湖啊！我只是做做樣子而已啊……

耳邊滑過眾人的尖叫聲：「不好了，雲姑娘跳湖啦——」

「快來人哪——」

「救人哪——」

溫熱的湖水將我整個人包裹，我平靜的任由自己往下沉去，我不怕死，因為我會水性，確切地說，我甚至很喜歡這種漂浮在水裡的感覺，撐開雙臂，耳邊只有水的聲音，就像水中的幽魂，反而有了身在雲間遨遊的自由感。

看著上面晃動的人群，和那搖擺不定的太陽想通了一件事，就是上官的心。

她此番雖說是利用了我，但卻獲益良多。先不說她自己，單說拓羽那裡，他就可以輕鬆收回瑞家的兵權，一下子將瑞家的勢力瓦解，他若再來一個赦免瑞妃，更是讓瑞家連反他的理由都沒有，如果現在受害者不是我雲非雪是別人，我說不定還會為上官拍手叫好。

這就應了那句古話：站著說話不腰疼。

而上官那晚罵我的神情更像是在吃醋，她很有可能在不知不覺中已經愛上了拓羽。正因為她愛上了拓羽，才會愈加在意我的存在，她怕的並不是我跟她爭什麼權力，而是拓羽。我心裡開始擔心她，怕她最後也變成像太后那樣的女人。

眼前有一個人影晃過，那叫囂的身軀卻有力地拉住了我，向上游去，無奈這小丫頭似乎力量不夠，反而慌亂地沉了下來，我忍不住笑了，從嘴裡吐出了一連串的水泡，在陽光下璀璨耀眼。

我雙腿一蹬，便攔腰將她抱住，向上游去。

我曾經想過救我的會是太監，或是宮女，卻萬萬沒有想到竟是水嫣然。在將她帶出湖面的時候，她還拉著我的手，岸上的人都以為是她救了我。一雙有力的手臂將我們拉上了岸，是水無恨，他擔憂的眼神彷彿都要噴出火來。

岸上早已散出了一個場子，太后和拓羽都皺眉站在湖邊，太后還嘖嘖哀嘆：「這又是何苦呢？」一臉惋惜和憐憫。拓羽則是冷眼旁觀，一張臉蠟黃，瞟了我們一眼便看向另一邊。倒是水王爺和水無恨一同蹲在我和嫣然身邊，當然他們關心的是嫣然。

「女兒！妳瘋了！」水酇趕緊將外袍脫下罩在水嫣然的身上，卻未料水嫣然抓住了我的雙肩，拚命地搖晃我：「為什麼？非雪！妳告訴我這是為什麼！」

我不哭不鬧，那樣更讓人起疑，既然我是雲非雪，那就做我原來的雲非雪，我皺眉低頭不語，彷彿有滿腹心事不想言語。

「非雪……哥哥……」水無恨小心翼翼地伸出右手，扯住了我濕透的衣袖。

衣衫因為水而緊緊貼在身上，將我的曲線襯托無疑，嫣然依舊焦急地看著我，只這一會兒，她的眼眶居然紅了：「非雪，妳說話呀！」

「大家入亭再說吧。」太后撫住前額無力地說著，臨走時還看了我一眼，那擔憂的神情自然不是關心我的死活，而是怕我臨時改了主意，說了另一個版本的假供，因為我跳湖跳的實在詭異，超出了她的掌控。

一個女人自殺，還能有什麼原因？這樣就夠他們揣摩半天了。

水王爺硬生生拉走了幾欲落淚的水嫣然。兩個宮女要來帶我時，水無恨護在我的身邊，還嚷嚷著：「不許妳們欺負非雪哥哥。」說著還脫下外袍為我披上。

青藍的袍子上帶著水無恨的體溫和味道，我心頭一陣暖，為何我們就不能成為普通的朋友呢？

「王爺啊。」太后無奈地看著身邊吹鬍子瞪眼的水酇，「哀家看這事……」

「這事還能怎樣！」卻沒想到一直冷面的拓羽居然怒喝起來，那噴射著怒火的雙眼更像是要把我生吞活剝，「朕定要治雲非雪欺君之罪！」拓羽揮著手，一副沒得商量的餘地。

「皇上！」太后高喝一聲，「哀家不是說讓王爺來裁定嗎？請皇上注意自己的情緒。」

看著太后和拓羽這一唱一和，我立即明白，他們在一個唱紅臉一個唱白臉，而原本想發飆的水酇，也因為我突如其來的自殺而沒發成，一時找不到發飆的藉口，只有瞪著我，再加上嫣然那擔憂的神情，他嘆了口氣，放柔面容對著我道：「雲姑娘，妳這又是何苦呢？」

他定定地看著我。亭內是緊張的等著我答案的水酇一家和太后及拓羽，而亭外，是豎起耳朵卻裝作石雕的宮女、太監外加侍衛。

太后的焦慮，拓羽的冷淡，水嫣然的不解，水無恨佯裝出來的懵懂，以及水酇關切眼神中的那一絲期盼，彷彿他們都在等一個回答，一個有些人想聽到，但卻是有些人不想聽到的答案：雲非雪是為自己的清白而自殺。

「哎……」我重重嘆了口氣，依舊用我以前男子的神情和語氣，痛苦道：「我只是覺得對不起嫣然郡主啊。」

「啊？」這一聲，幾乎是從所有人的嘴中吐出，太后慌忙看了一眼水酇，水酇原本因為驚訝而探出的腦袋，在發現太后的視線時立刻收回。

「我……」正準備發揮的時候，水嫣然忽然跪在了水酇的面前，所有人都大吃一驚，包括我在內。水酇扶住水嫣然，不解道：「女兒啊，妳這是做什麼？」深鎖的眉頭顯示著他的煩亂。想必是他根本想不到我竟然還沒等他發飆就先來個自殺，對於自殺的人，自然得先表示自己的同情。

「父王，其實嫣然早就知道非雪是女子。」

「什麼？」水酇大驚，看來他也沒料到嫣然會早就知道我是女子，一旁的太后和拓羽也露出疑惑的神色。

「就是上次在涼亭……」水嫣然的表情越發正氣凜然起來，「若不是當時嫣然沒說實話，父王也不會以為嫣然與非雪是兩情相悅，更何況……」水嫣然抬眼看了看拓羽，「更何況當時女兒也有私心，便是不想入宮。」說到這裡，水嫣然埋下頭去，每個人臉上的神情都變得陰晴不定。

「女兒怕非雪主動承認自己是女子，便特地私會非雪，說希望能跟她一直做掛名夫妻，快樂地生活在一起，所以這一切都是嫣然的錯，皇上、父王，請你們千萬別降罪非雪！」

太震驚了，沒想到我跳湖居然跳出這麼出乎意料的事，水嫣然居然全部扛了下來。不過我是應該感到高興還是悲哀呢？如果她說的都是實話，那麼她也在利用我，我雲非雪莫非長了一張欠利用的臉？

看著水鄺面無表情的臉，就知道他在刻意隱藏自己滿腔的鬱悶，本來是想借題發揮，這下可好，非但飆沒發到，還給了太后他們一個發揮的「題」。

「無恨，快將你妹妹扶起來。」水鄺沉悶的語氣裡壓抑著他的憤怒。

「哦。」水無恨木訥地扶起嫣然，一臉的稚氣顯示著他的茫然。

風波亭裡誰也沒開口，都保持著一種默契的沉寂，似乎在等對方出招，太后此刻可謂是風光滿面，眼睛裡已藏不住她的笑意，倒是拓羽這個紅臉演得很專業，到現在都是滿臉的憤怒。

「哎……」乾脆由我來打破沉默，所有人將視線再次集中在我的身上，「嫣然郡主妳何苦將所有的事都攬到自己身上呢，這讓我更加無地自容啦。」

「非雪……」

風波亭裡開始上演姊妹情深的感人畫面。

「郡主啊，妳當初要與我做假夫妻其實並不是私心吧，而是不想讓小女子洩露身分，罪犯欺君吧……」給水鄺一個台階下，我本來就看太后不爽，也不給她理由發飆，「所以非雪才會覺得良心不安，想找皇上偷偷認罪，希望看在柔妃的面子上從輕發落，正因為是偷偷，也就不會有其他人知道小女子的身分，可將此事由大化小。可是……哎……這也是小女子咎由自取，打死活該。想想嫣然郡主對小女子有隱瞞之情，皇上對小女子又有養傷之恩，而小女子卻回報了什麼？讓嫣然郡主落人笑柄，更讓皇上聲譽受損，我這種恩將仇報，無情無義的東西還不如一死。」

「說得好！」一聲怒喝嚇得我心跳加速，是拓羽：「那朕就成全妳！」

「皇上！」太后立刻阻止拓羽，拓羽怒不可遏：「母后！這雲非雪實乃刁女，她打了朕的愛妃，若不是母后您替她求情，朕怎會讓她在朕的寢宮養傷，還鬧出如此大的笑話？」

拓羽強調著我打了他的愛妃，突出瑞妃在他心中的地位，安撫瑞家，也徹底劃清我與他的關係，就是讓大家知道，他是厭惡我的，厭惡到恨不得我死，如此一來，外面的流言也不攻自破。

「哼！」太后的臉沉了下來，「你的意思是說哀家不對囉。」

拓羽立刻頷首，不甘地瞪了我一眼：「朕只是覺得丟不起這個臉。」

「皇上。」水酇在一旁看了半天戲，終於說話了，「老臣也覺得雲非雪情有可原，至於瑞妃的事情，也該因早上的事而抵消了吧……」

「是啊是啊，王爺說的是，這瑞妃都讓皇上給寵壞了。」太后也在一邊附和。

我一動不動地繼續跪在他們面前，此刻沉默是金，以靜制動才是上策。我低著頭，看著面前各式各樣的鞋子和衣擺，我在想，其實脫光了也就是和我一樣的人，不同的只是這些衣服而已，是這些衣服讓他們扮演各種各樣的身分。

「你們！你們！」拓羽似乎還是不能善罷甘休，整件事彷彿最委屈的反而是他。

就在這時，外面嘈雜起來。

「娘娘小心！」

「娘娘慢走！」

身邊一陣風刮過，拓羽飛也似的跑了出去，然後就聽見他溫柔似水的聲音：「柔兒，妳怎麼來了，小心身子。」

「請皇上看在臣妾和腹中胎兒的面子上寬恕臣妾的姊姊雲非雪。」我扭頭看去，上官已經跪在拓羽面前，拓羽急於將她扶起：「凡事起來再說。」

「是啊，柔妃，快快起來說話。」連老太后也急了，一旁的水王爺也趕緊說道：「柔妃娘娘要保重身體啊。」

「不，皇上不恩准，臣妾不起！」上官低頭咬唇。我心中一陣感動，再次發出一聲嘆息：「柔兒，妳這又是何苦，一切都是姊姊自作自受。」

「不！姊姊！」沒想到上官居然朝我靠近，她跪行而前，儘管只有幾步路，也把拓羽擔心得臉色發白，全亭子的人都變得緊張，當然水酇說不定是裝的，誰知道他是怎麼看待上官懷孕這件事。

「姊姊！」上官重重扣住我雙肩，「姊姊何錯之有？若不是姊姊女扮男裝保護我和三妹，我們恐怕早就落入青樓！」上官哽咽著，說得聲淚俱下，「姊姊是多麼不容易撐起這個家，也有了【虞美人】這個安身之所。瑞妃的事，大家都知道，到底是誰有錯在先！」上官狠狠瞪了拓羽一眼，「分明就是某人護短，將我可憐的姊姊差點活活打死！」

我暈，沒那麼誇張，當時小拓子也只是打給瑞妃看看罷了。

上官抱住我的身體嗚嗚哭泣，全亭子的人都看著我們，心酸得直抹眼淚，我也配合地皺緊眉頭，心底實在想笑得發緊，對於我來說更像是在看戲，哪有哭的心情。

「夠了！」老太后要發飆了，所有人都看向太后，她神情肅穆，似乎有重要的事情宣布，「哀家決定收雲非雪為義女，賜封為雪兒公主，皇上，你不是連你的皇妹也要砍吧。」

意外！太意外了！我情不自禁地挑了挑眉毛，這下可玩大了，還好沒取什麼「白雪公主」。不過頂著這個封號，以後喝解藥倒是方便不少……呸呸呸，不會有以後了！

「罷了……」拓羽無力地長嘆一聲，「這件事就全由母后做主，不過朕希望母后對瑞妃也能網開一面。」

哈，拓羽到最後還做了一個好人，以我假作要脅，要求太后寬赦瑞妃，讓瑞家安心，更讓天下以為他是一個重女色的皇帝，讓對方輕敵。

凡是後宮女人的事都由太后管，太后沉著臉點頭，顯示著自己的不滿。

「柔兒。」拓羽將上官從我身上帶開，上官的手還緊緊抓著我不放，我拍著她的手，本來想露出一個讓她放心的笑容，可是心底實在太欣喜了，怕這一笑就收不住，於是只有繼續面無表情：「妹妹此番可以放心了，還是回宮歇息吧。」

上官終於放開我的手，在拓羽的攙扶下遠去，她的眼神中帶著疑惑和愧疚，似乎在想自己利用了我，而我卻依舊配合她演戲。

「太好了，非雪哥哥沒事了。」水無痕蹦到我的身邊，蹲下身體笑著。

「無恨啊，怎麼還叫人家哥哥呢？」老太后和藹的笑著，眼裡是對晚輩的寵愛。

水酇也立刻笑道：「是啊，人家現在可是女娃兒哦。」

「對呀對呀。」水嫣然披著外袍也跑到我的身邊，「要叫非雪妹妹。」

「妹妹？」水無恨嘟起嘴，「什麼女娃兒不女娃兒的，非雪還是原來的非雪啊，難道穿了女孩子的衣服就是女娃兒了嗎？」

「哈哈……」水無恨天真的話語引來太后和水酇的輕笑。

「非雪，沒事了，起來吧。」嫣然上來扶我，太后也笑道：「是啊，丫頭，起來吧，別跪著了，現在妳可是哀家的義女哦。」

太后的話提醒了我，我趕緊叩首拜謝：「義女雲非雪拜見母后，祝母后壽與天齊，仙福永享！」

「乖，還不起來？」

「兒臣……腳麻了……」不是我不想起來，我現在連腿在哪兒都不知道。

「喲！快來人……」太后正準備叫人，水酇笑道：「無恨，還不幫幫你『非雪哥哥』。」水酇的眼裡賊意無限，老狐狸不知在想什麼壞主意。

「哦。」水無恨聽話地扶住了我的腰。

「我也來。」嫣然也要來扶我，出人意料的事發生了，水無恨居然將我往他懷裡一帶：「不要，妹妹會搶走非雪。」霸道的神情彷彿是在保護自己喜愛的玩具。

水嫣然咯咯直笑，跑到水酇身邊撒嬌道：「爹爹你看呀～～哥哥又要霸著非雪了～～」

「哈哈哈哈……」水酇朗聲大笑起來。

太后在一邊似乎看出了眉目：「看來無恨很喜歡非雪啊。」

「是啊……」水酇立刻介面，「太后有所不知哪，我這孩子可聽以前那個非雪哥哥的話了。」

此刻水無恨已經將我扶起，就像上次在他的「森羅殿」，和那次一樣腿腳無力，和那次一樣只有攀附在他的身上，原來世間的事真的可以巧合。

「總是非雪哥哥長非雪哥哥短的……」水酇依舊在那裡和太后閒聊，一旁的嫣然看著我壞笑連連，小臉因為興奮而變得紅撲撲。

「喲，王爺你看，他們兩人站在一起多麼相配，簡直就是一對璧人。」

「哈啾！」我在水無恨懷裡打了一個驚天動地的噴嚏，水無恨環抱住我的雙手更緊了一分，臉上立刻掛上擔憂的表情：「爹爹，爹爹，非雪是不是生病了？以前無恨的小狗狗病了也是這樣打噴嚏的。」

小王八蛋，拿我比小狗。

「哎喲，你看哀家這糊塗的。」老太后拍著自己的手，「嫣然和非雪還都穿著濕衣服呢，來人，快帶嫣然郡主和雪兒公主更衣。」

「是！」後面進來一隊宮女，嫣然跑到我的身邊，關切道：「還能走嗎？」

從剛才到現在我一直靠著水無恨站著，確切地說是他托住了我的腰。我才剛想著自己應該還能撐，瞬間整個人就被攔腰抱起。我自己還沒驚訝，身邊的嫣然和那些宮女都倒吸了一口冷氣。

對於水無恨舉動我已經見怪不怪，上次他也是這樣。

「無恨。」水酇威嚴的聲音從前面傳來，「放下非雪，這樣成何體統！」

「可是非雪不能走路啊。」水無恨無辜地眨著眼睛，他的一舉一動都讓人無法用傳統禮教來侷限。

「無恨。」我叫他，他低下頭看我，「放我下來。」

「可是……」他的俊臉皺成了包子。

「揹我。」

「嗯。」水無恨開心地笑了，改為揹我。離開的時候，還聽見水酇的嘆氣聲：「太后您看看，我就說他只聽非雪丫頭的話吧，哎……」

「王爺何故嘆氣呢，難道你還看不出無恨這孩子的心思？」

「心思？」水王爺故作不知，「這孩子成天只知道玩，哪有什麼心思，我才心思大著呢，到現在都抱不上孫子……」

「呵呵呵，想抱孫子又有何難……？」

隨宮女們越走越遠，我對他們接下去的談話絲毫不感興趣，剛才那噴嚏也是我故意打的，我真怕老太后一個性急就當場賜婚，讓我愧對水無恨。

無恨……我忍不住收緊環住他脖子的雙手，將臉埋入他溫暖的頸項。對不起，無恨……

「哈哈，非雪雖然做不成我的夫婿，看來要成為我的嫂嫂。」水嫣然背著手在我們面前倒走著，咧著的嘴是止不住的燦爛笑容。

「嫂嫂是什麼？」水無恨慢悠悠地走著。我揚起臉，自己的濕髮和濕衣在烈日下已慢慢變乾。

「嘻嘻……」水嫣然和小宮女們笑成一片，宮女們還停下腳步道福：「恭喜小王爺，賀喜雪兒公主……」

我側過臉靠在水無恨的肩上，大家還以為我是害羞，其實我是鬱悶，如此一來，我將來走的時候定然放不下水無恨。

看著鏡前的自己，有點發愣，在我的強烈要求下，宮女給我拿了套輕便的女裝，也就是現在穿在我身上的鵝黃羅裙，藍色錦線繡製的白雲漂浮在白底的抹胸上。這樣穿……感覺好怪。對於這個身體，這套衣服無疑是合適的，恰到好處地體現出了少女的靈氣和柔美，可對於我這個年齡來說……我摸著自己的下巴開始考慮，是不是要裝年輕呢？

正巧嫣然也換好了衣服，自然是正裝。於是我將手背在身後，眼睛瞇著，嘴抿著，笑成兩條平行線：「嫣然，我女裝是不是還行？」

學著少女那樣不好意思地晃著身體，曾幾何時，我也少女懷春哪。過了好一會，嫣然才將因為驚訝的小嘴閉上，跑過來就捏我的臉：「沒想到妳居然可以這麼可愛。」

暈，我雲非雪居然跑到異世界來裝可愛，想吐……收起笑容，變回正經：「我們該出去了，無恨還等著我們呢。」

「好啊好啊。」嫣然說著拉起我的手就往外走，「哥哥一定會驚訝死的。」

驚訝個頭，他在我身上可吃了不少豆腐。

我不是什麼花樣少女，所以在水無恨盯著我傻眼的時候，我心平氣和，正準備叫醒他，曹公公頂著他的奧運頭，在一片竊笑中遠遠而來。

「小曹子拜見雪兒公主，恭喜公主……」

「得了得了。」我打斷他，免得後面馬屁連連，「有何事？」

「柔妃娘娘有請，對了，也請小王爺和郡主一起。」

上官找我……意欲何為？

一路上，水無恨一直拉著我的手開心地晃著，他越是如此，我越是覺得虧欠了他什麼，深吸一口氣，開始自我催眠：是他喜歡我，我有什麼好愧疚的，我不愧疚，我不愧疚……

天哪，我是罪人……

上官在她的內室等我，嫣然和水無恨就被安排在院子的涼亭裡喝茶吃點心。

她見我進來，先是愣了愣，然後就拉住我的手，將我上上下下仔細看了一番，急道：「妳沒事吧。」

一股暖流緩緩升起，感謝上天，我們的上官又回來了，我搖了搖頭。

她鬆了口氣，蛾眉蹙起：「妳跳湖做什麼？」

我眨了一下眼睛，揚了揚眉毛，神祕地笑道：「妳想知道？」

「當然，妳把我都嚇死了！」

「哦？怎麼昨天妳跟我同床共枕的時候不怕我死嗎？」我忍不住揶揄她，沒想到她的臉一下子變得慘白，整個人還無力地晃了晃，我慌忙扶住她，發現她在顫抖，她在害怕，她到底在怕什麼？

我下意識看了看上官的房間，氣氛有點詭異，最奇怪的是上官的床帳幔居然放著，這大白天放什麼幔帳，除非……

我明白了，原來是「他」想問我。

心中一澀，那上官到底是真的關心我還是裝的？我們……為什麼會變成現在這樣……

扶上官坐下，給她倒了杯茶：「好啦，事情都過去了，再說當時妳也不知情啊。」我笑著，欣賞起上官的房間，「講起來我還從沒來看過妹妹的房間……啊，皇宮就是皇宮，妹妹的寢宮都超越【虞美人】啦。」

我開始到處遊走，這裡摸摸，那裡看看，一步一步靠近上官的床，放聲大喊道：「妹妹的床也好大啊——」

「非雪！」上官高呼了一聲，忘記喚我姊姊，她惴惴不安地看著我，我假裝發愣地站在床邊看著她：「怎麼了？」

上官放下手中的茶杯，咬了咬下唇：「我知道我……對不起妳……」

「這話怎麼說？」我回到上官身邊。

她深吸了一口氣：「妳知道嗎？我其實整日過在妳的陰影下，妳比我優秀，妳比我超群，我真的好怕……好怕……」上官的雙唇顫抖起來，她居然當著拓羽的面說這些話，她是在懺悔嗎！

「夠了！」我打斷了她，我不知道她說出這些話是什麼意圖，是真心還是假意，我已經無力去分析、揣測，更不想再捲進這些紛爭中，我還是用簡單的大腦去看待上官吧。

「不，非雪，妳讓我說完。」上官捉住了我的雙手：「我在聽見妳投湖的時候就看開了、想通了，非雪我錯了，我被利慾所矇蔽，我差點和妳們越走越遠……」

「上官……」我再次打斷她，輕輕撫上她滿是愁容的臉，只見這幾個月的宮中生活掃去了她臉上的光彩，「妳愛上他了……」

上官的眼睛驀然瞪大。

「妳愛他啊，上官。」我扶住了她搖搖欲墜的身體，「正因為妳愛他，才害怕失去他，才會來吃我的醋，上官啊，帝王之愛向來難得，妳往後的路更加辛苦啊……」

「我……妳……」上官似乎因為我一下子點明了她的心，而變得迷茫。

「上官……」我瞟了一眼微微飄動的床幔，「我跟拓羽只是兄弟之情，也就是單純的友誼，妳難道看不出嗎？是愛讓妳陷入黑暗與困擾，妳放心吧，以後我也不會經常入宮，妳的困擾也會解除。」

「非雪……」上官緊緊捉住我的手，一臉擔憂地問道：「妳是不是因為害怕自己要嫁給水無恨而投湖？」

「怎麼可能？」我大笑起來，毫不客氣地給自己倒了杯茶，「水無恨還是挺不錯的，又帥又聽話。」

「啊？」上官顯然對我的答案極為不解，「那夜鈺寒怎麼辦？」

「他啊……」我喝了口茶，「我不喜歡他，還是給別人吧。」

「啊？」上官再次驚呼，「你不是和他……」

「和他什麼啊，什麼都沒有，這傢伙太木頭了，我不喜歡，我遇到危險也不能保護我。哎，反正就是讓我挺失望的，所以還是覺得水無恨好。」

「那妳為什麼跳湖？」上官越發疑惑了。

我壞笑了起來：「不就是天太熱，下去游個泳，嘿嘿……」

「騙人！說，到底是為什麼？」上官粗聲粗氣地恐嚇著，雙手還探入我的身體，撓得我發癢，我只有求饒：「別……那裡不行……啊！上官妳摸哪兒？」這上官的居然摸到我胸上來了，還一臉驚訝：「呀！大了。」

「滾！」

「那妳說不說。」

「說了說了。」我妥協，上官才收回她的手。這個答案對那個人真的這麼重要嗎？我轉著桌上的杯子，「是他讓妳問的吧。」

上官的眼神閃爍了一下，笑道：「誰？誰啊……是我自己想問。」

「呵……」我淡淡地瞟向窗外，隨意道：「只是不想讓水酇先發制人，借題發揮而已。」

「非雪妳……妳在幫他？」

「這有何奇怪。」我收回目光看著神色不定的上官，「食君之祿，擔君之憂，更何況是食君之藥呢，呵呵……」我苦笑起來，上官輕輕撫上我的手背。

我順著摸上她的小手：「柔兒啊，妳可要記住，男人都是喜新厭舊的，我們隨時等妳回來。」

我用我最深情的目光看著上官，看得上官渾身豎起了汗毛，連忙抽回手，怯聲問道：「妳不會真是……」

「是什麼？」我傾身向前，逼近她已經微微發紅的臉，「是與不是都不重要，妳愛的是他而不是我。」說完我還裝出一臉的惆悵，「哎，我身邊的美人又少一個。」最後憋藏在心底的壞笑還是忍不住爆發出來。

「非雪～」上官輕輕打我一拳，「妳真壞。」

「嗯嗯，我壞我壞。對了，上官，麻煩妳替我轉告那個人，我希望能放過春兒和于御醫。」我最擔心的就是他們兩個，宮廷鬥爭，活了一個，卻要死很多人。雖說他們可以串供，但對有心人士來說，死人才是最安全的。

「于御醫早就辭官了。」上官說道：「早在妳打了瑞妃之後，他把藥交代給春兒就辭官回鄉了。」

太好了，這老傢伙果然夠聰明。

「那麻煩妳設法救下春兒，如果太后想弄死她，妳想辦法掉包吧。」

上官的雙眼微微睜了睜，然後點了點頭。

「還有，麻煩妳再轉告那個人，老婆別娶太多了，生孩子嘛，難看點的也能生，別跟個色狼似的把美女都往家裡帶，冷落我家柔兒，我可是兩隻眼睛都看著呢。」我大聲說著，上官一臉驚訝地看著我，「什麼叫做兄弟情誼，我如此為他著想，他就該真心對我妹妹！」

「非雪……」上官百感交集地看著我，我笑得身心舒暢。

離去之時，上官說要送我，我謝絕了，我可不想看到拓羽衝出來。

出來的時候，沒看見水無恨和水嫣然，問過小宮女，才知道他們到院外的假山群玩捉迷藏，這兩人可真不讓人省心。

來到假山群外，正碰上急急趕來的曹公公，他手上端著托盤，一看托盤上面那碗藥，我就知道是什麼，這回他倒是積極。

「公主，請喝藥吧。」

「嗯……」我還在養傷期間，喝藥是順理成章的事。

咕嚕咕嚕喝下解藥，曹公公堅持在假山外候著，我就到假山群裡找水無恨和水嫣然。這片假山群佔地非常廣，怪石嶙峋，形態各異，還有不少互通的暗道和山洞，所以十分適合捉迷藏。

「哥哥……哥哥……」我聽到了水嫣然的聲音，看來是水無恨藏，水嫣然尋。

正打算尋聲找去，腰間忽然被人攬住，一隻大手就捂住了我的嘴巴。

「噓……」手緩緩放開了我，我轉身看見了水無恨，他將手指放在唇上，轉身就鑽進了一邊的石洞，我也跟著鑽了進去。

石洞很小，也很昏暗，正好可以容納兩個人面對面坐著，一束陽光從上方一個小洞射入，在我和水無恨之間的地面上映出了一個小小的光圈。

「原來你躲在這裡。」我小聲說著。

水無恨很是得意地點點頭，他好像看見了什麼，伸手將我拉到他的身邊，於是，我就和他挨肩坐著。

「你們也真是，怎麼玩起捉迷藏了。」

「非雪被姊姊叫走了，無恨和妹妹等得無聊就出來玩了。」他一邊說著，一邊揀起我耳邊的一束長髮在手中把玩，「非雪的聲音為什麼和以前不一樣了？」

「以前假扮男人啊。」現在坐在水無恨的身邊，才注意到原來我坐的那邊有一個小洞，可以看見外面的情況，這裡真是不錯，玩心頓起，我也變得小心翼翼。

「原來非雪真是女孩子啊，可女孩子和男孩子到底有什麼不同呢？非雪到底哪裡和無恨不一樣呢？」

「不一樣的可多了。」我單手托腮笑著，「例如喉結啊，無恨有，我就沒有。」

「是嗎？」

我此刻正沉浸在捉迷藏的興奮中，根本沒注意到危險的降臨。

「還有就是身材啊，女孩子的腰比較細，男孩子就比較粗，不過也有例外的，無恨的腰就很細，嘿嘿……」我賊笑起來，其實自己也吃了他不少豆腐。

「真的嗎？」

「嗯！」我點頭，「就是上次我給你量身的時……」話還沒說完，腰就被人摟緊，心跳頓時漏了一拍，連字帶口水全部吞回了肚子。

我僵硬地扭臉看他，他的臉卻埋在我的髮後，何時他居然靠得那麼近，耳邊傳來他低啞的聲音：「真的沒喉結嗎？」一隻手緩緩撫上我的脖頸，修長的手指在我喉處遊移，引起我渾身戰慄。

「果然沒有耶……」他灼熱的氣息噴在我的耳後，讓我心跳不已。

「無恨……」自己的聲音開始變得無力，「我們該出去了……」

「咦，前胸也不一樣……」撫著脖頸的手開始下滑，我驚駭地捉住他這不安分的手，嘆了口氣：「無恨，以後再慢慢研究吧，我要出宮了。」

「不嘛～」打死我也沒想到水無恨居然撒嬌，他毫不費力地抽出被我抓住的手，就將我緊緊抱住，他的長髮與我的胸前的青絲纏繞在了一起，然後就聽見他的輕嘆：「待在這裡真舒服。」

他說著兒童天真爛漫的話，我卻明白他只想跟我多相處一會，我嘆了口氣：「好吧，那你只能這樣，別再亂……動哦，尤其是手。」

肩膀處的腦袋使勁點了點，我就這樣任由他抱著，我知道我很垃圾，我很低劣，但這樣做，我內心會好受點。抱吧，水無恨，你也是抱一次是一次了，哎……

時間在寂靜中一分一秒地流逝，外面時而有宮女太監走過，誰也沒想到這裡藏了兩個大活人。偶爾還能聽見水嫣然的呼喊，她真可愛。

水無恨真的只是抱住我，不再有其他任何動作，我無聊的時候，就玩玩他的頭髮，他的頭髮有點硬，沒有斐崳的柔軟……想起斐崳，色心又起。是，我承認，我對斐崳有邪心，不過大多數情況下，我腦子裡想的，是他跟一個俊朗的男人睡在一起。

我想這個男人就是歐陽緡。

撒旦啊，讓我們一起變態吧。

現在，我腦子裡又多了一對，就是隨風和水無恨，我下意識將水無恨的頭髮放在唇邊輕抿，淫蕩的笑開始在嘴角蔓延，隨風和水無恨有許多相似之處，他們都很神祕，他們都有著多種身分，他們都是多重性格，他們還都俊美無比。

例如上次，隨風那小子看水無恨的眼神就不對，他該不是真的……對呀，他不是一直喜歡他那個什麼大哥嗎？不對，那他怎麼還有未婚妻？莫非……暈，又一個男女通吃的。

「非雪……」

「嗯？」

「無恨的頭髮好吃嗎？」

我的手頓時僵住，他不知何時和我面對面，他的手卻依舊抱著我，我和他之間，連呼吸的空間都沒有，他的鼻尖就在我的鼻尖之上，而我此刻正含著他的長髮，看到近在咫尺的俊臉，我一時不知所措地愣住。

他輕輕取出我嘴中的頭髮，髮絲滑過唇邊，帶來一陣輕癢，渾身就像被點燃的火種，從臉慢慢燒了起來，我錯了，我不該在得意忘形的時候把他的頭髮當自己的玩，很多女孩子都喜歡抿頭髮。

「爹爹說……」昏暗中，我感受到他灼灼的目光，那目光正在烘烤著我的全身，與我體內的火種交相輝映。

「說什麼……」我緊張地只有用手來保持我們之間的距離。

「他說……有些事情只有在無恨成親的時候才可以做……」他的身體壓了下來，我被擠在他和石壁之間。

「那你應該聽你爹爹的話……」嫣然，妳怎麼還沒找到這裡！

「是嗎？」他的臉埋了下來，我迅速撇過臉，躲過危險，「可是無恨現在就好想做哦，例如親親……」

胸口一窒，忘記了呼吸，抵住他胸膛的手感受到他強勁的心跳和隔著衣料傳遞的炙熱，他忽然側過臉，準確地壓住了我的唇。我害怕得開始哆嗦，為什麼他們一個個都這樣？難道就不先問問我的想法，徵得我的同意嗎？

夜鈺寒這樣，水無恨又這樣，我氣得想哭！如果我會武功……如果隨風在我身邊，我就不會受這些人的欺負。

我咬緊牙關，瞪著他。他的唇很熱，燙得我的唇發麻……慢著，他的手在幹嘛？居然在扯我的衣帶！

「無……」名字一喊出口，他就徹底闖入，翻江倒海，幾欲抽乾我肺部所有的空氣。他的燙手滑入我的衣襟，激起我一身疙瘩，肩膀一涼，外衣褪下，我揮起我唯一空閒的手，狠狠給了他的俊臉一拳。他的臉從我唇上移開，側在一邊，半邊的長髮將他的臉全部遮起，埋入山洞的黑暗中。

「混……混蛋！」我氣得渾身發抖，不知是不是那次夜鈺寒給我帶來的陰影，一碰到強勢的男人我就怕得想殺人。

「不管我是不是真的許配給你，你都不能在這裡……在這種……這種骯髒的地方隨意的……強行的……」我胸悶得無法再說下去，無力地靠在石壁上將臉埋在膝蓋之間，這世上到底有沒有稍稍尊重我一下的男人！

石洞裡一下子陷入寂靜，外面的蟬鳴立刻湧了進來，知了知了吵得人心煩

「哇……」一聲大哭從蟬鳴中噘起，鬱悶，水無恨居然比我先哭了，「非雪打我……」

我雲非雪徹底敗給了這個兩面三刀的男人，我揚起臉，看著他坐在我面前哭泣，一張俊臉被變成了花貓臉。

「好了……別哭了……」真不知道他眼淚從哪兒來的，我爬到他的面前，為他擦去眼淚，「非雪害怕了才會打你，乖。」

「原來親親會讓非雪怕怕，那無恨以後都不這樣了。」水無恨抬起水汪汪的眼睛，滿臉的懊悔，隨即看著我，再次發起愣來。

我順著他的目光，才發現自己的衣衫還沒整理好，雙肩依然裸露著，咳嗽了一聲，水無恨知趣地低下頭不看我，我迅速整理好衣帶。幸好不用真的嫁給他，不然準是貞節不保。

「真沒想到雲非雪那騷狐狸居然過關了！」就在我整理頭髮的時候，外面傳來一個女人的聲

音，居然敢罵我騷狐狸，不想活了！

「就是就是，害得我們娘娘被打入冷宮，我們也跟著受罪。」

我爬到那個小洞口，原來說話的是兩個宮女，其中一個我還認識，就是那天在碧波池前阻攔我的那個。

「明明就是她去勾引皇上，娘娘打得對！」

「哼！皇上也真是的，定是知道她是夜鈺寒的人才會這麼護著她，還給了她聖金牌，讓她出入方便！」

該死！好不容易平息的風波又要給這兩個宮女挑起來。

「是啊，那聖金牌是誰都能給的嗎？夜鈺寒一塊，她一塊，擺明就是一對。」

「就是，那雲非雪還不知足，還要勾引皇上，若不是她被皇上打得趴下，說不定她那天就主動獻身了呢。」

「沒錯。」兩個宮女頓時笑成了一團。

我怒火中燒，捲起了袖子就往外鑽，水無恨緊緊捉住我的胳膊：「非雪要幹嘛？」

「兩個臭女人這樣說我，我還不去扁她們我還是雲非雪嗎？」如果我忍氣吞聲，反而顯得我心虛。我現在一肚子火正好沒處發呢！

水無恨眨巴了兩下眼睛，嘟囔道：「打架不好……」

「哼！」我甩開了水無恨的手，「你非雪姊姊我從小就是男裝，跟男人混在一起，差點變成喜歡女人，所以打架對我來說沒什麼不妥。」說著我就衝了出去。

「真是老天不長眼哪……」

「不長眼什麼？」我繞到她們的身後冷冷地說道，兩個宮女立刻一個哆嗦，背對著我就這麼跪了下來。

「怎麼有膽子說，沒膽子認嗎？」我幽幽地走到她們前面，她們瑟縮著挨在了一起。水無恨站在假石邊用害怕的目光看著我。我勾起其中那個我認識的宮女下巴：「我可是從沒否認打了妳家娘娘啊，就算被皇上打，我連吭都不吭，更別說求饒了！」

「公……公……公主饒命……」宮女的下巴因為被我扣在手中，說話變得含糊不清，她旁邊那個更是嚇得直磕頭：「公主饒命！公主饒命！」

我眯起了眼睛，冷笑道：「我不喜歡暗地做手腳，即使耍狠，我也喜歡明著來。」我放開她的下巴，她無力地靠在了身邊那個宮女身上。

「曹公公——」我大喊一聲，過了許久，遠處跑來曹公公，他跑得大汗淋淋，氣喘吁吁道：「怎麼繞到後面來了……公主，有何吩咐。」

「這兩個宮女你處理一下，我不想再看到她們。」留她們在宮裡遲早惹出麻煩。

「遵命！」曹公公一臉奸險的笑，「公主放心，絕對做得乾乾淨淨。」

「慢著！」看著他那一臉笑我就知道他想幹什麼，「給她們點錢送她們出宮，別老幹那缺德事，你嫌你背後還不夠多嗎？」

曹公一個哆嗦，縮了縮腦袋，怯生生地看了看背後。

兩個宮女驚訝的揚起臉來，但在看到我的怒容後，再次低下頭去。我只是沒想到此時的一念之仁，卻在未來既害了自己卻又救了自己，不過這是後話。

在找到嫣然後，我將一直不敢看我的水無恨交給嫣然，嫣然驚訝的看見他臉旁的瘀青，問長問短，我心跳加速，只有迅速開溜。

興許太后也默允我出宮，所以一路上也沒人攔著，不然皇宮怎容人想來就來，想走就走？出宮門的時候，一切都透露著自由的清新，我忍不住大喊一聲：「噢耶！」

抬眼間，看見遠處的石橋綠柳下，停著一輛馬車，車邊正靠著青衣藍衫的隨風，他依舊那副跩跩的樣子，看見我也不過來迎接，只是慵懶地朝我揮著他的手。

我興奮地朝他跑去，他就是家人的代表。

忽然一輛馬車從我身邊急馳而過，揚起的塵土飛進了我的眼睛，究竟是誰那麼急，趕著投胎啊？身後傳來一聲馬兒的嘶鳴，馬車好像停下了，我滿眼的沙子，難受得直揉。

「非雪……」是他……

我緩緩轉過身看著風中站立的他，他擔憂地神情彷彿我是一個快碎了的娃娃。他急急走到我的身邊，抬手似要撫上我的臉，可他最後還是忍住了：「非雪，妳哭了……」

哭？我立刻解釋道：「是你馬車揚起的灰到我的眼睛裡……」

他的眼神黯了一下，看著我卻說不出話。

「鈺寒還有事嗎？」

「哦……我……哎呀，妳怎麼換了女裝？」

暈，他到現在才發現？他和水無恨能中和一下就好了。

「這個……」

「她現在可是雪兒公主。」隨風的聲音忽然出現在我的身後，一張臭臉擺在夜鈺寒的面前，「而且，即將許配給水酇的兒子水無根，你現在進宮說不定還能阻止這門婚事。」

「隨風！」我輕咒了一聲，隨風居然揶揄夜鈺寒，這件事他也不想的。

「公主？親事？」夜鈺寒驚訝的臉上透出了絕望：「我還是晚了……」

「嗯，晚了。雲非雪，我們走吧。」隨風拉住了我的胳膊轉身就走，我望著越來越遠的夜鈺寒，他呆立在風裡，幽幽的西風帶出他絲絲的哀傷，和他的長髮，一起飄揚在空氣當中。隨風悠然地躍上馬車，向我伸出了手，我毫不猶豫地隨他而去，只有他們，才是我雲非雪信任的好兄弟！

車簾一撩，我就看見了最想看見的人：斐崳！他淡淡的眉毛蹙在了一起，擔憂的向我張開了懷抱。所有的苦楚化作淚水，我撲入他的懷中，就開始嚎啕大哭。

「瑞妃打我……」

「嗯……我知道了……」斐崳的聲音果然最好聽。

「拓羽也打我……」

「還痛嗎？」

「太后還給我吃毒藥……」

「放心放心，回去就解……」

「他們都是壞人……」

「是，他們都是壞人，欺負我家非雪……」

「斐崳……」

「嗯……」

「我好想你……哇……」我就像一個孩子，開始向自己的親人訴苦。

斐崳將我輕輕摟在懷裡，溫柔地拍著我的背，安撫著我的悲傷，就在我哭得正起勁的時候，隨風突然扔了一句進來：「別趁機吃斐崳豆腐！」

「……」被他看穿了。

擦乾眼淚從斐崳懷中鑽出，才發現歐陽緡也在，他的臉色此刻可以用烏雲密佈來形容，盯著我像盯著仇人，我下意識地往斐崳懷裡躲。斐崳冷冷地對著歐陽緡道：「歐陽，你這是什麼表情？」

「斐崳，你小心點，這女人變態的。」

「你這是什麼話？我家非雪這麼可愛，她哪裡得罪你了？」

「她……咳！」歐陽緡的眼神中晃過一絲恐懼，清咳了一聲，將線條分明的俊臉撇向一邊，抱劍看著窗外。

等等，歐陽緡的聲音……怎麼這麼耳熟？難道……

「你是那個鬼奴？」我當即認出了歐陽緡，難怪那天覺得那鬼奴這麼眼熟。

抱劍看著窗外的歐陽緡渾身一顫，變得僵硬。難怪他會說我是變態，他看到了我惡整曹公公的整個過程。

「是我讓緡扮成鬼奴混入皇宮的。」隨風的腦袋鑽了進來，看見我窩在斐崳懷裡就撇了撇嘴，「斐崳，你也太縱容她了，你應該聽聽緡的話。」

「小混蛋你說什麼！」

「臭丫頭，早知道妳這種態度，我就不讓緡入宮看著妳。」

「好了好了，你們兩個一見面就吵架。」斐崳出來打圓場，隨風哼哼地再次駕他的車。

「非雪，把這吃下，回家就解毒囉。」說著，斐崳從懷中取出一粒藥丸，斐崳真積極，我毫不猶豫地張嘴看著斐崳，他帶著寵溺的笑將藥丸塞入我的嘴中。

斐崳在做這一切的時候，我眼角的餘光始終盯著歐陽緡，這個人實在太木頭了，如果不刺激他一下，他可能永遠都不知道自己在想什麼。瞧他現在那副要把我砍死的模樣，我就喜上心頭。可是，為什麼頭暈暈的呢？我還沒看夠歐陽緡那副便秘般的神情呢，眼睛也好沉哪。

「睡吧，非雪，醒了一切就都好了……」耳邊是斐崳溫柔似水的聲音，將我往深淵推了一把。

我也有男人對我溫柔，對我寵溺，儘管他不屬於我，但我卻可以好好享受。我帶著笑靠在斐崳懷中，至少這一刻，他……屬於我……

七、醉語撕畫

背後感覺好像被什麼頂著，既難受又痛。我醒了嗎？但為何什麼都看不見？努力動動眼皮，卻睜不開眼睛。

「斐崳，我不要抱著女魔頭。」歐陽緡的聲音從身後傳來，哈哈，他見我那樣惡整曹公公一定留下不小的陰影，可以想像他現在的神情一定跟抱著一個刺蝟沒兩樣，難怪靠得我這麼難受。

「歐陽。」還是斐崳那淡淡的聲音，「你不好好扶著她，我要怎麼餵藥？還有誰來給她灌輸真氣推動藥力？」

「讓尊上吧。」尊上是誰？

「緡！」斐崳的口氣忽然變重，焦急地喊出了歐陽緡的暱稱，「非雪聽得見我們說話。」

哇！斐崳好神。只聽斐崳繼續說道：「她現在只是身體還跟不上意識，所以你別叫她女魔頭，小心她醒來整你。」

「嗯……」歐陽緡悶哼著，看來相當不情願。

「還是我來吧。」是隨風，「緡這個樣子我擔心他走火入魔。」

就是就是，這麼不情願，別害我經脈錯亂。

「太好了！」歐陽緡說出一句讓我傷心的話，歐陽緡你等著，看我以後怎麼氣你！

身體在被移交後，躺在一個舒服的懷裡，至少比剛才舒服多了。

「縉，你去守著房子。斐崳，我們開始吧。」隨風的口氣總是那麼跩，對每個人都像下命令般頤指氣使。

斐崳說我身體跟不上意識，那是不是說明我的嘴不能動？那斐崳怎麼餵藥？會不會……心變得激動，那不是要氣死歐陽縉這臭小子？哈哈哈！歐陽縉，斐崳的吻可是我的哦。不知道斐崳的唇是什麼感覺呢？那淡淡略顯橘紅的唇色，猶如初生嬰兒般的柔嫩。

「隨風你看，非雪因為躺在你懷裡臉紅了呢。」斐崳的語氣裡帶著調笑，好難得啊，看來今天斐崳心情相當不錯……不是的！斐崳，你誤會了！

「才怪。」還是隨風了解我，「這傢伙腦子裡說不定在想你和縉。」

呃……猜對一半。

在隨風說完後，我聽見一聲尷尬的咳嗽聲，是歐陽縉發出的，原來隨風也喜歡逗歐陽縉。就在我期盼著斐崳「餵藥」時，我聽見一聲巨響，好像是有人踹門。

「非雪呢，非雪呢？非雪！」原來是思宇回來了，難怪動作那麼大。

重重的腳步聲一路跑到我的床邊，我感覺我的手被一把握住：「非雪還沒醒嗎？為什麼她還沒醒？小妖不行嗎？」

「思宇，我還沒餵藥呢。」斐崳打斷了她。小妖呢？小妖也幫我解毒了嗎？

「哦……」我猜想現在思宇一定在不好意思的努嘴。

「妳怎麼這麼早回來？不是讓妳像平常那樣去排練舞蹈，免得對方起疑嗎？」隨風帶著責備的語氣對思宇說著。

「可我覺得非雪回來了，我早點結束排練也是人之常情啊。」

「好了好了，還是先餵藥吧。」

對對對，餵藥好餵藥好，這是重點。

「我來！」思宇難得地主動請纓。暈死，這時候要妳這麼積極作啥？

好香……是什麼東西？只覺得鼻尖飄來陣陣沁人心脾的芳香，一股讓人舒暢的涼意順著鼻腔進入了肺部。

「這個藥每半個小時吸入一次，隨風你就用內力幫助藥物推進。」

……為什麼會是吸入式藥物！也太先進了吧……斐崳的吻啊，就此遠去……

「七次之後，她便能醒來……」

漫長的七次啊。隨風在思宇讓我吸入藥物後，他便將那股清涼推入我的身體。

天漸漸暗了下來，因為我感覺到了燈光，屋子裡漸漸變得靜謐，在最後一次餵藥後，身後的人也發出沉穩的呼吸，他一定很累吧。

緩緩睜開眼睛，看見思宇趴在我的腿上，屋內燈光搖曳，斐崳趴在桌上休息，歐陽緡不在屋內，應該是在值勤。抬手撫上思宇的長髮，她動了動，揉了揉眼睛，在看到我的笑容後，她差點驚呼出聲，我立刻給了她一個噤聲的手勢。

現在恐怕精神最好的就是我了。那藥很奇特，我現在渾身輕鬆，經脈就像被人徹底清洗一般舒暢。我輕輕離開隨風的身體，深怕吵醒這個美人。將他放平，看著他足以顛倒眾生的容貌，我有點嫉妒，為何我就沒這麼好看？想著想著忍不住撫上他的臉，湊近看他，他的臉有點圓，鼓鼓的，還透著淡淡的紅色，手感不錯，如今他還小，臉不大，我的手掌可以包裹他小半邊臉，也只有現在的他比較老實，對了，想起他總是像躲瘟神一樣躲我，估計是怕我騷擾他，哈，現在還不是任我為所欲為？

「辛苦了，孩子……」我有感而發，他漂亮的眉毛倏地皺在了一起，我撥開他的劉海，吻在他打結的眉心，「謝謝……」

「非雪……」思宇輕聲喚我，她已經為斐崳蓋上毯子，我吹熄了燈，讓大家有個好夢。

走出房間，思宇就撲入我的懷中：「嚇死我了，擔心死我了，雖然有歐陽緡天天回報妳的情況，但我真的好擔心。」

「怕什麼？我向來走狗屎運。」

「對了，拓羽有沒有對妳怎樣？他有兩天是睡妳那裡。」

「當然沒有啦，他是沒地方睡才會和我睡一起……」

我和思宇來到院子，坐在石桌邊，她依舊緊緊拉著我的手不鬆開。

「你們真睡一起？」

「不是妳想的那樣，哎，不過這若是傳出去，恐怕跳到黃河也洗不清。妳最近好嗎？」我扯開話題。

「怎麼可能好？不過隨風他們叫我要和原來一樣，我只有借排練舞蹈來分散自己的擔心……」

「思宇，我真是讓你們大家都擔心了……對了，小妖呢？」我剛才聽見她提到了小妖，醒來後怎麼就不見牠？

「小妖……」我發現思宇的眼神閃爍了一下，「這個……那個……牠……」她開始閃爍其詞。心中有種不祥的預感，沉甸甸地讓我難以呼吸：「牠到底怎麼了？」

思宇咬著下唇不敢看我。

「到底怎麼了！」我幾乎控制不住自己的情緒，與小妖相處的這幾個月，牠早已是我的朋友，牠不能有事，絕不能有事！

我的手開始顫抖，心開始發寒。

「非雪，妳冷靜點，其實……牠還活著，真的！牠只是將妳的毒吸出。斐崳說過，牠只要一個月就會好的，真的……」思宇的唇開始顫抖，小妖絕不是像思宇說得那麼簡單。

「一個月！小妖在哪兒？我問妳，牠在哪兒！」我猛烈地搖晃著思宇，思宇的臉埋了下去，淚水一顆又一顆地落在她捏緊的拳頭上。

小妖！我衝了出去，直衝斐崳的房間，思宇在我身後喊著我的名字，我在院門口撞到了斐崳，他淺淺的眉毛蹙在一起，對著我嘆了口氣：「妳跟我來……」

隨風也醒了，歐陽緡神色凝重地站在院子裡。

空氣窒悶的讓人揪心，漆黑的夜空是死一般的混沌。

斐崳從房間裡拿出一個盒子，一個四四方方長方形的盒子，那盒子不大不小，正好可以放下小妖。我緊張地看著還沒打開的盒子，身體止不住的顫抖。

斐崳輕輕抽開了蓋子，當我看見裡面的情景時，我全身發軟，站立不穩，思宇在一邊扶住我，抱緊我開始嗚嗚哭泣。

只見裡面是黑糊糊一片。是的，全黑的，若不是那些蠕動、爬動的東西，根本不會注意到裡面有一隻靜靜躺著的動物。牠的全身已經漆黑，每一根毛髮都已失去原有的光彩。

「小妖……」我從斐崳懷中搶過了盒子就往自己房間跑去。

「非雪……」他們都叫著我的名字，可我的眼裡、心裡，都只有小妖。這個罪本應該是我承受，而如今……只因為我說希望不要用蟲子！害了小妖！

我關上了門，頹然地靠著門滑下身體，為什麼？為什麼你們都要對我這麼好？這根本就不值得！我是一個膽小、懦弱又偏偏不服輸的女人，我是一個什麼都不是的女人，可大家卻都在保護我，就連小妖也在保護我！

盒子裡根本毫無生氣可言，以前經常纏在我脖子上的那個銀白色小東西卻像掉入墨缸一般變得漆黑，那都是我的毒，是我身上的毒！

小妖……我伸手進了蟲堆，那些蟲子此刻在我眼中只是一些會動的細線，我將小妖輕輕抱了出來，那些細線從牠的身體上垂落。

「非雪，開門！」

「非雪，小妖不會有事的！」

思宇和斐崳在門外焦急地拍著門，我只是緊緊地抱住小妖，希望用自己的淚水洗掉牠身上的墨汁，恢復牠原來的銀白。

「雲非雪妳給我開門，再不開我就踢門了！」

隨風兇神惡煞一樣喊著，懷裡的小妖動了一下，我欣喜若狂：「小妖你醒了，你真的醒了嗎？」但我錯了，牠只是把牠的爪子拍在了我的臉上，牠根本沒睜開眼睛看我，可我現在只希望牠能看看我，看看好好的我。

「小妖……你一定要活下來，答應我，一定要活下來！」我抓住牠的小爪，緊緊捏在手裡。

「非雪，那些蟲蟲會把小妖身上的毒吸走。」斐崳擔心地拍著門：「牠會好起來。」

我將小妖再次放回盒子裡，看著牠被那些黑線掩埋。蓋上盒子，打開了門，便見隨風正抬腳準備踹門。

「非雪……妳……」斐崳驚訝而又心疼地看著我的雙手，上面還纏繞著幾條不知名的蟲子。

「雲非雪！妳太亂來了！」隨風拔出了劍。

「隨風，不用擔心。」斐崳從我手中接過盒子，「非雪身上現在有小妖蟲獸的氣味，蟲蟲不會害她。」他隨手將那些蟲子從我身上取走放回盒子。

「思宇。拿酒。」

「哦……」思宇轉身看著斐崳他們，「斐崳你們回去吧，我會照看她的。」

我直直走到石桌邊，坐下，茫茫然地看著面前的桌子，我到底都做了什麼，除了帶來麻煩還是麻煩。

「寧思宇，妳沒搞錯吧，她一個人能喝這麼多？」隨風的聲音從外面傳來。

「非雪……是個很能喝的女人，她要喝酒，說明現在的她一定很煩惱，來到這裡我從沒見她真正醉過，哎……借酒消愁愁更愁，若她能說出來就好了。」

「沒醉過？」

「嗯，沒有真正醉過……」

一罈又一罈的酒擺在我的面前，思宇緊緊盯著酒罈，看上去似乎比我還要煩悶。她開了蓋，大喝一聲：「好，今天我陪妳死！」喊罷就要喝，被我一把搶來：「妳不能喝，過會兒要給我收屍。」

「非雪……」她開始撒嬌。

「妳不是說沒見過我醉嗎？過會兒妳可要做好心理準備。」我端起酒就開始猛灌。這個年代的提煉技術並不好，純度並不高。

「雲非雪，還是用碗吧。」隨風扣住了我的手腕，「妳穿著女裝這樣喝也太……」

「太什麼？」我斜睨了他一眼，「男裝怎樣，女裝又怎樣？雲非雪只有一個雲非雪，放開！」我甩開他的手，繼續喝，我想忘記所有一切，好好瘋一場，沒有束縛，沒有顧慮，想怎麼瘋就怎麼瘋！

思宇和隨風在一邊靜靜地看著我喝酒，喝乾一罈，就再為我拿一罈。心跳開始加速，人有點興奮了起來。

「思宇，這什麼破酒，都沒味道。」

「是嗎？」思宇給自己倒了一碗，一飲而下，「咳咳咳……不錯啊，我覺得挺好。」

「哈哈，妳還記不記得我們上次釀米酒？」

「記得記得，當時還是上官想出來的，說這裡的酒難喝，就按著電腦裡的方法釀米酒，結果……哈哈……全是米蛆。」

「是啊，其實米蛆也很正常，只是我們處理得不好，最後全浪費了，不然就可以喝到她釀的酒啦……」

「她和我們越走越遠了嗎？」思宇又喝了一碗。

「那也是時勢弄人，所以愛誰都好就是別愛帝王……」我趴在石桌上，轉著面前的碗。

「煩死了，隨風，過會兒幫我們收屍啊。喂！你發什麼愣呢，聽見沒！」

「啊？」

「啊什麼啊？本姑娘今天心情超差。」

我看著思宇開始灌酒就想笑：「哈哈哈哈，妳這小丫頭，也能喝酒？」

「誰……誰說我不能，我說老菜皮，為什麼……妳……妳不會老？」

「心態問題。」我從思宇手上拿過酒自己喝下，瞧她那個樣子就不能喝。

「心態……嗚……為什麼最後只剩我們兩個人，斐崳也走了，歐陽緡也走了，隨風也走了，都走了，我們怎麼辦哪……」

「呵呵，怎麼辦？就這麼辦，我會照顧妳。」

「非雪真好，為什麼非雪不是男人呢？我好喜歡非雪，不過非雪要是再帥一點，高一點就更完美了。」

「是啊，為什麼我不是男人！」

「我們一起喝……」思宇也端起了酒罈，圓圓的小臉變得通紅，可愛得可以掐出血來，我搶過酒罈，思宇開始打圈：「酒罈呢，酒罈呢？」

笑著喝下所有的酒，看著思宇搖搖欲墜。

「哈哈哈哈，就說妳這小屁孩不行。」我站起來，戳這思宇的臉蛋。奇怪……怎麼有點戳不準？「跟我拚？也不想想我是做業務跑公關的，酒戰沙場，把那群老色狼都能喝趴下！隨風！」我看見靠在一邊悠然的兩個隨風，「收屍！」

隨風嘆著氣朝思宇走去。

「慢著！這麼好的機會，要畫下來，對！要畫下來，免得不認帳！」我邁開腳步，有點暈，身子被人扶住，「我沒事，你看著她，別讓她跑了。」

「哎，醉成這樣怎麼跑，我看妳也醉了。」

「哈哈哈，乘疾風，踏流雲，瀟灑來去，自由人間。看落花，數飛雪，流浪天地，逍遙神仙。」我不理隨風，興奮地大聲吟誦著晃進書房。

在踏入書房的那一刻，我看見了一張又一張掛在牆上的美人圖，它們是我們來到這個世界的記憶歷程。畫裡的人一個個都是那麼溫和，那麼真實。我搖晃著身體，將它們從牆上全扯了下來，坐在地上慢慢觀看。

「斐崳……」頭沉沉的，但他的笑容卻能融化我內心的苦痛，「斐崳啊斐崳，為什麼你這麼美麗，這麼聖潔？聖潔得讓我對你一絲邪念都沒有，為什麼？不，我有的，我有邪念，就是總是想看見你跟男人在一起，只有男人才能保護你，更好好的愛你。而我，只是一個女人，我只喜歡你疼我、寵我，可你看上去比我更需要人守護。你對我來說，只能是大哥，是親人，是我雲非雪需要撒嬌時的物件。我讓你頭疼吧？我總是讓你頭疼，你總是那麼包容我，做好吃的甜湯給我吃，為我解毒，容忍我在你身上哭泣擦鼻涕，你明明是那麼愛乾淨。呵……其實你更像姊姊不是嗎？所以我希望我的姊姊能找到好好愛他的人。」

我搜尋著美人圖，找到了歐陽緡：「歐陽緡啊歐陽緡，不管你以前再複雜，現在你也自由了，我把斐崳交給你，你到底喜不喜歡他？難道你們之間只是兄弟之情？那我可不客氣哦，我會搶哦。你也見識了我的邪惡，我很難說來個霸王硬上弓哦，像斐崳這種好男人一定會負責的，到時你就哭去吧，哭得雙目失明都沒人同情你，誰叫你不好好珍惜？哎，為什麼人都不知道珍惜呢？失去了才知道痛苦，一旦愛了就要敢愛，畏畏縮縮算什麼男人，就像夜鈺寒一樣。」

看著面前的夜鈺寒我就想哭，想哭就哭，眼淚嘩啦啦地流了出來，怎麼也止不住：「你為什麼只有在喝醉的時候才會勇敢……你說你愛我……可你表現在哪裡？信任何在？關懷何在？你只愛你的國家，你的拓羽……是你！把事情演變成今天這種局面……你若肯相信我一次，只要一次……就不會如此。我曾經也想好好地去喜歡你……嘗試著去愛你……可你……可你的表現讓我失望透頂……我跟你在一起，從此只能做縛手縛腳的家庭主婦……說不定我主動一點……你都會嫌我淫蕩！你喜歡我什麼？你只是喜歡我所謂的機智……所謂的文才……所謂的新鮮……你並不喜歡我的全部，我要的是一個喜歡我全部的男人！」劈啪一聲，我將夜鈺寒撕了個稀巴爛。

「上官？」手中是正在撫琴的上官，「妳為什麼不信任我？我們是親人啊……我們一同相依為命……一同為各自的理想打拚……妳要壞，我陪妳壞！妳想利用我，妳說一聲，我就給妳利用！可妳為什麼就不信任我？難道我對妳真的有這麼大的威脅？我沒妳漂亮……也不會彈琴……字又寫得差……詩又懶得背……我這樣一個一無是處的人……妳到底在怕我什麼？是！拓羽在那天晚上差點要了我……可他最後還是忍住了啊……這說明他心裡很清楚我對他來說是朋友！他若那樣做會傷了我和夜鈺寒，還有妳的心……他心裡有你啊……上官！為什麼我們會變成這樣？為什麼！我們彼此防著彼此，這樣妳會開心嗎？我的心好痛，妳知不知道！」狠狠將上官的畫扔向空中，我怕再看下去，會活活心痛而死。

「拓羽！你這個混蛋！要不是你，上官會恨我？要不是你，我會變成現在這樣？你以為當皇帝就了不起，誰都屬於你？還要我做你弄臣哄你開心！嚇得我以為你也喜歡玩男寵！你這個超級流氓外加睡相超爛的豬！你只喜歡你自己，還有那個寶座！為了那個寶座你可以犧牲我，犧牲所有人！反正我雲非雪在你眼裡不過是個可以利用的棋子，毫無情誼可言，你去死吧！」我揉爛了拓羽，脫了鞋子用力打他。

「你知不知道……我真的好怕你也喜歡我……我自認我已經做得很像一個男人了啊……我哪裡像女人？隨風他們從不把我當女人看，甚至都不喜歡我！為什麼你要表現得這麼曖昧？我有哪裡好？你是眼睛瞎了，還是變態？對，你一定是變態！」我將紙團扔出門，朦朧間看見靠在門框上的黑影。

眼睛被淚水濕得一片模糊，不去管門外的人，繼續看下一張，是水無恨：「無恨啊無恨……為什麼你這麼複雜？如果你只是無恨那又多好……我從不嫌棄你是傻子，真的……那樣的你好可愛，我很喜歡……可你還是太複雜了，我不敢喜歡你，不敢擁有你，我配不起你……怪只怪我雲非雪膽小懦弱，只想過平淡的生活……沒有紛爭陰謀，只有花前月下，採桃摘梅，可是你……你為什麼要去爭天下，為什麼？你真的喜歡我嗎？隨風說你喜歡我……好，我信！因為你放過我，放過了歐陽緡，可你卻不會為我放下你的大業，你愛的不是我……而是你的仇恨和你的事業，你也只想利用我是嗎？你告訴我啊！水無恨！」

水無恨的臉上變得斑斑駁駁，那是我的淚水。他讓我心動，卻讓我害怕，我的怯懦讓自己心傷，一切都是我自找的！

「愛我，就請放我自由，求你……無恨……」我閉上眼，撕去了水無恨，讓他和我的記憶一起消散……

「是你……隨風的哥哥……」我擦了擦眼淚，好讓自己看得更清楚。

「你到底存在嗎？你是真實的嗎？可你對我來說，只是個幻影……」淚水再次湧出，帶出我心底的寂寞和哀傷，「你保護不了我，也不能給我關懷和幸福，更不可能喜歡我，嗚……你根本不適合我……即使如此，我還是希望能看見你，哪怕只有一次，讓這個幻影成真，讓我的夢想成為現實……而現在，你只是一張紙，一副畫，就像他們一樣起不了半點作用！」我抬起的手被人扣住：

「這張你不能撕！」

透過朦朧的淚眼，我隱約看清了阻止我的人，我苦笑：「呵……忘記了，他是你哥，你喜歡他，那就給你……」我將畫拍在隨風的身上，去拿下一副，正好是隨風。

拿起隨風的畫二話不說就撕，手腕再次被牢牢扣住，面前的人影怒道：「我的妳也撕，我沒做過對不起妳的事！」

「有，就是有，我說有就是有！」我狠狠打著他，「你把我留在宮裡，你知道我有多害怕嗎？」我胡亂地揪住了他的衣服，「你知道在碧波池到底發生了什麼事嗎？」

「什麼？」原來隨風的聲音也可以這麼好聽。

「他知道了我是女人，他是在那裡知道我是女人的！他把我拉到池子裡降溫，還要脫我的衣服，我好怕，我真的好怕，我當時嚇壞了，我踹了他一腳，他摔倒了，拉著我一起摔倒的，我的衣服一下子被水全部撐開了，他就在我的身後，那麼近！」

我看著面前的人影，感覺到他的呼吸，「就像現在你和我的距離一樣，他緊緊貼著我的後背，盯著我，撫摸我，我嚇得不敢動，而你卻還把我留給他，你知道我那幾天有多麼不安嗎？」

「對不起……我……不知道……」他撫上我的臉，為我擦著眼淚，可這有什麼用，他如何能擦盡我忍了幾個月的辛酸。

「我知道自己不是萬人迷，但那幾個晚上我真的很不安，很害怕，他萬一饑不擇食我該怎麼辦？該怎麼辦？」

「沒事了，你現在出宮了。」一個溫暖的懷抱努力撫平我的恐懼。

「為什麼男人一個個都這樣，嗚……為什麼……不問問我的想法，不徵得我的同意，都不問自取，動不動就來強的……原本以為裝傻的水無恨夠安全……結果……還是一樣……嗚……你不是說歐陽緡負責看著我嗎？為什麼當時他不在？他又跑哪兒去了？我被水無恨欺負的時候你又在哪兒？」我開始撕面前的畫，將它們搓成團，它們一個個都變成了隨風，變成了歐陽緡，變成了水無恨……

「水無恨也欺負你？」

「他……他太可怕了。」我忍不住哆嗦起來，抱住了自己的身體，「他強吻我，脫我的衣服……」

「後來呢！」

「我狠狠給了他一拳，他才冷靜下來……我不明白，真的不明白，為什麼會變成這樣！」我抱住自己的腦袋，頭痛欲裂。

「該死！我還以為他是個男人！」

「他是男人，不然怎麼會有慾望？」我笑了，笑容和淚水摻雜在一起，身邊的人影變得飄渺不定，「隨風，我不該怪你……」我擦了擦眼淚，眼前的景物開始不停地旋轉，我只有閉上眼睛。

「你只是我偶然救回的孩子，你已經為我做了很多很多，實在太多了……多得讓我對你產生了依賴，只要一出狀況，我只會想到你，卻忘了自己也能保護自己……我真可笑，居然對一個孩子產生依賴，你還是個孩子啊……」我抬手摸到了隨風的臉，「你應該和同齡人一起玩捉迷藏、讀書、打打架……而不是為我這個老太婆操心，我真是沒用，居然讓一個孩子跟著操心，哈哈哈……」

「雲非雪！我說過我不是小孩子，妳也大不到哪兒去！」

「我二十六啦，孩子，你知道嗎？」我興奮的睜開眼睛，眼前的世界再次開始搖擺，「我到了這個世界，老天把我返老還童了，哈哈，雖然有了二十歲的身體，可心卻還是老的，我無法接受這樣的落差，讓我不自在，說不定我喜歡的男人都已經三妻四妾，兒女成群，你們這裡十五歲就成親，你不是也有未婚妻？」

「你可以喜歡比你小的男人。」

「我有啊，夜鈺寒、水無恨，可結果呢……呵，上天給了我這麼多男人，我卻都要不起，唯一一直在身邊的斐崳，我卻不敢覬覦。」

轟隆隆……

「打雷了！隨風，你聽見沒，打雷了！」我激動地抓向隨風，卻不見人影。

「在這邊……」聲音來自身後，可我更喜歡打雷，我站起來衝了出去，險些被自己的羅裙絆倒。

「打雷啦，下雨啦，收衣服啦——」黑暗的天空裡閃過一條銀鏈，我衝著上面大喊：「快雷我吧，求你了，把我雷回原來的世界，快來雷我！」

轟隆！驚天動地，我卻安然無恙。

「非雪，快進去，要下雨了！」有人拉住了我的胳膊。

「別妨礙我回家！」也不知誰這麼不知趣現在來拉我！我推開他，向老天叫囂：「喂！劈準點，你槍法怎麼那麼差！還是因為沒有正當理由劈我？好，我告訴你，我殺了爸，砍了媽，剁了姊姊，煮了弟弟，像我這麼畜生的人，快劈我！不劈我你怎麼對得起自己的良心！哈哈哈，讓暴風雨來得更猛烈些吧！」

轟隆！震耳欲聾，冰涼的雨水傾斜而下，為什麼？為什麼我還活著？

「難道我不夠畜生嗎？是不是還要再下賤一點？好！我想跟斐崳上床，跟拓羽ＳＭ，跟夜鈺寒水無恨玩ＮＰ，還愛上比我小十歲的隨風！看我夠淫蕩，夠下賤，簡直就是女人中的敗類，快！快雷我！」

轟隆！頭頂上飛過一條銀龍，它離我那麼近，卻打的依舊不是我。

「為什麼？」身子因為站不穩而跪了下來，我雙手趴在雨水裡，看著濺起的水花，「我只想回家……為什麼你連這麼小小的要求都不能達到……為什麼！」

我用力撐起自己的身體，仰臉看著那些時時掠過的銀龍：「你有病嗎？你瞎了眼嗎！難怪人家都說你沒眼，連我這麼禽獸不如的人你都留著，你要讓我禍害人間嗎！好！我現在就去墮落，我現在就去找那幫男人，不就是夜鈺寒水無恨嘛！他們要我我就給他們！大家來個爽快！」

我朝外面衝去，卻再次摔倒，為什麼……為什麼我會站不穩？為什麼我會看不清路？

「為什麼！」我再次爬起來，然後再次不穩地倒下，「為什麼……我只是想回家……為什麼……」

雷聲依舊迴響在頭頂，水影裡是一條又一條閃電，我只是想被雷回去，我覺得這對於老天來說，根本不是什麼技術性的問題……

「我想回家……」我躺在水裡看著天上的雷神電母，無力地嗚咽：「我想回家……」

一個人影為我撐起了一片清朗。

「是思宇嗎……」在這個世界，只有思宇才會真心待我。

她蹲下身體抱起了我：「會感冒的……」

「思宇……我們是不是……回不去了……」

「一切都會好的……」

「思宇……我冷……」

「過會兒洗個熱水澡就好了……」

她將我放在床下，我靠著床沿開始脫衣服：「奇怪，腰帶在哪兒……」

一雙手蓋在我的手上：「等我準備好熱水再脫……」

「哦……」我趴在床沿看著思宇的衣擺，她要離開，我抓住了她的下擺，「思宇……」我失去重心地倒向一邊，看著她緩緩蹲下：「哎……妳這樣洗澡估計要淹死在浴桶裡……」

「嗯……」我無力地點頭，只想睡覺，「思宇……陪我……」我依舊抓著她的衣擺，「我不想一個人……」

思宇將我抱到床上：「哎，妳這麼濕怎麼睡？能自己換衣服嗎？」

「小看我……」我開始解衣服，「哈，我找到腰帶了，嘻嘻……」

帳幔忽然被放下，我害怕得想哭：「思宇妳不陪我……」我倒在床上，朝外面抓去，抓住了什麼，是思宇的手，我安心的笑了，「思宇一定不會離開我的……」

「我不走……」思宇的手將我捏緊，她的手很溫暖，帳幔被掀開，思宇站在我的床邊，我安心的倒下。

「思宇……」

「在……」思宇在為我蓋被子，我依舊抓著她的衣擺，怕她跑了，不肯陪我這個醉鬼。

「我好喜歡斐崳……」

「嗯……我知道……」

「斐崳好漂亮……」

「是啊……」

「我也好喜歡隨風……」

「是……嘛……」

「他也好漂亮……」

思宇躺在了我的身邊，我鑽進她的懷裡，她往外縮了縮。

「思宇……」

「怎麼了……」

「熄燈……」

眼前一片黑暗，只感覺到屬於思宇的溫暖，好懷念思宇的酥胸。我爬了上去……奇怪，怎麼是平的？

「思宇……」

「又怎麼了……」

「妳的胸小了，記得要多多按摩……」

耳邊傳來思宇的輕笑。

「非雪……」

「嗯……」

「妳喜歡漂亮的人……」

「誰對我好我就喜歡誰……如果如花（《九品芝麻官》裡救周星馳出來的那個角色）對我好……我也喜歡……」

「那……也未免……太……」

「好看的男人……不可靠……」我摟緊了思宇，順著她的身體找到了她的頸項，將臉埋了進去。

「是……嗎……」

「思宇……明天……我們像以前那樣……一起洗澡……」

「呃……」

「思宇……妳帶了什麼……睡覺……這麼硬……擱著我了……」

「對不起……」

「思宇……我喜歡妳……有妳在……真好……」好幸福……

是清晨來得太早，還是我醒得太快？我睜大著眼睛看著身邊的這個「思宇」，而他正嘴角微揚看著醒來的我，還不慌不忙朝我揮手打招呼：「早啊。」

在怔愣數分鐘後，我跳離他的身體：「這……我……思宇……怎麼會……隨風……你……」

我抱著頭努力回憶，發現腦袋裡面空空如也……

「喂！」隨風坐了起來，和我面對面，「你上次看了我，這次睡了我，應該負責吧。」他環抱著雙手一臉壞笑，帥氣的面容帶著邪氣。

「休想！想也別想！」我也環抱雙手，誰怕誰！奇怪……身體怎麼涼颼颼的，往下一看，轟！腦袋炸開了花，渾身燒了起來！只見我衣衫半解，抹胸全露。

「別看了，要不是我昨天阻止妳，妳都脫光了。」隨風好不避諱地掃描著我的全身。

我趕緊繫好衣帶，怒道：「臭小子既然清醒怎麼還留在我床上？」

「好心沒好報，昨晚是誰硬拉著我不讓我走的！」他傾身向前，雙手撐在我的身側，一臉邪魅的笑著。

我眯起了眼睛，這回真是啞巴吃黃蓮。不過我也不虧，昨晚也算是美人在抱，想到這裡我忍不住笑了。

隨風看見我突然的笑容，疑惑地與我拉開距離：「妳笑什麼？」

「沒什麼？」我盤腿而坐，大清早，我就跟隨風這麼面對面坐在床上談判。

「肯定有什麼！女人，妳該不是想什麼餿主意要整我吧？」

「怎麼可能？」我撇過臉不看他。

隨風好像急了，伸手就扣住我的手腕：「妳到底在笑什麼？」

「真想知道？」我回過臉看他，他此刻就像個發急的孩子。

孩子？他本來就是個孩子嘛！

「我問你，你跟你那個未婚妻睡過沒？」隨風的臉一下子紅了起來，就像絢爛的桃花，憑添了幾分嬌媚，他放開我，不自在地將臉撇向一側：「尚未成親，怎能做這種越軌之事？」

「哈哈哈……」我拍床大笑，「你這麼成熟的人還會拘泥於這種？是誰整天看著電腦裡的比基尼女郎流口水？」

「雲非雪！那不一樣！」

「所以我才笑嘛。不曉得你未婚妻若是知道你被我睡了會怎麼想？哈哈哈……」我太開心了，看著隨風那張氣得發紅的臉我就沒來由地開心。

隨風收緊了眉毛，看著我咬牙切齒，忽然他一甩臉，扔出了一句話：「我告訴斐崳去。」

「別！」這回輪到我急了，我可不想破壞自己在斐崳心中的美好形象，雖然和隨風睡了一個晚上，但在我心裡就跟自己弟弟睡在一起一樣正常，不過在這個思想還比較保守的年代，就夠讓人震驚了。

「妳怕了？」隨風方才還潮紅的臉已經恢復正常，揚著眉毛得意地看著我。

他的臉上此刻寫著陰險兩個大字，和他相處那麼久我還不知道他在想什麼？

「說，你要什麼！」

「我要……」隨風伸手忽然勾住了我的下巴，「妳……」

「少來！」我打掉了他的手，臉不紅，心不跳，氣不喘，「你對我沒興趣。」我看見他眼神暗了暗，繼續道：「爽快點，要什麼？」

隨風垂下眼瞼點著頭，長長的睫毛在晨光下閃爍，他朝我豎起了大拇指：「雲非雪啊雲非雪，妳越來越聰明了，我真怕自己會愛上妳，妳怎麼就這麼了解我？沒錯，我想要妳的電腦。」

「太惡質了！」

「怎麼？不肯？」他揚起臉，給我一個傾城的笑容。

我咬了咬牙，心一橫：「成交！」

「擊掌！」

我和隨風三擊掌，相握，按手印，從此電腦就屬於他。

想抽回和他定盟約的手，卻反被他拉緊，他傾身靠在我的耳邊，戲謔的聲音隨即響起：「下次想找人睡覺，我一定還會奉陪。」

心頭的火頓時爆發，狠狠將他推開，他一個後翻，站穩在桌邊：「反正我在妳眼裡只是個孩子，妳還怕我對妳怎樣？」說著，他朝我拋了一個媚眼，還沒等我反應過來，就躍出了窗外。

太可氣了！我一拳砸在床上，心裡不甘得很，再次回憶了一番，除了想起自己一定要拉著「思宇」留下，其餘什麼都想不起來。

身上乾澀難受，一定是濕衣又被自己睡乾了。床上也是，上面還有細小的泥沙，昨晚一定把隨風折騰得夠嗆。但也多虧有他，不然今早就不會在自己床上醒來，而是院子了。

門外傳來敲門聲：「非雪，醒了沒？」

是正牌的思宇。我趕緊躍下床給思宇開門，思宇拎著水桶就進來：「趕緊洗澡吧，新的一天，我們要重新開始。」思宇的笑容在金色的陽光下變得燦爛，掃盡了我心中所有的陰霾。

八、重新開始

再沒有比洗熱水澡更舒服的事了，而且還是有人伺候的熱水澡。

「昨天的酒不錯，一點也不上頭。」思宇一邊給我洗著長髮一邊說著：「我今天起來頭一點也不疼，非雪疼嗎？」

「不疼，精神也很好。」

「對哦，非雪怎麼會疼呢。非雪酒量真好，都不會臉紅，羨慕死我了。不像我，喝兩杯就紅得跟什麼似的。」水影裡出現思宇鼓起的圓臉。

「呵呵……」我輕笑起來，將水拍在自己的手臂上，上面有不少泥沙。

「非雪，為什麼妳不會臉紅呢？不會臉紅的女人喝酒會變得很迷人喲。」思宇壞笑著將下巴枕在我的肩膀上，「最後我還是沒看到非雪醉的樣子……」

「別失望，以後有的是機會，而且，我醉了很煩的，比唐僧都煩。」這是我的死黨們說的。

「真的？對哦，昨天我快醉的時候妳就在不停地說啊說的。不過我還是覺得非雪很特別。」她開始為我盤髮。

「為什麼？」

「因為早上我進妳屋子的時候聞到的是淡淡的酒香。人家醉酒的房間都是臭臭的，為什麼妳的卻是香的，而且還是那種很淡很淡的酒香。」

「哦……揮發了，我的代謝功能很好，酒精會隨著我的汗揮發，我也不知道為什麼，一直都這樣。」

「女人香？」思宇湊近我的身體使勁嗅著，然後發出一聲感慨，「啊……好香……」

「滾！」

「哈哈，非雪不好意思了呢？」

「妳亂說什麼？妳身上不是也很香？」

「我怎麼不覺得。」

「妳那是極品處女香。」這我沒胡說，我的確聞到了，一種淡淡的，很迷人的香味，發覺自從解毒後，嗅覺也變得靈敏。

「非雪討厭。」思宇揪住了我的耳朵，搖著我的頭。

「好了好了，痛啊。」我揉著耳朵，「思宇，跟我說說五國會那幾天的行程吧。」

「這麼急？」

「嗯，我想抓緊時間逃跑嘛。」看著水中的自己，我知道自己想做什麼，想要什麼。我有著明確的目標。

「五國會的會期有六天，第一天是朝會，相當於開幕式，各國國主會到祭台祭天，宣布五國會的開始。」思宇開始給我詳細地介紹五國會進程，「這一天也是集市的開始，所有的攤販和外地的攤販都會擺攤，擺攤的時間一直到五國會結束那天。第二天是宮廷御宴，百姓也會擺下流水席；第三天是國主遊覽，這天百姓可以到倉月湖邊一睹各國國主的風采，晚上還有煙花。第四天是姻緣會，是情侶放花燈的日子；第五天就是燈謎會，最後一天就是尾聲，也就是我們表演的日子。」

「原來如此，那你們在哪裡表演？」我開始穿衣服。

「東門……」思宇疑惑地看著我，「非雪妳怎麼還穿男裝？」

「東門？」我停了一下，沒回答思宇的問題，自顧自地繼續繫腰帶，「原來在東門。」

「是啊，到時各國表演的隊伍會像走花車一樣從西門到東門，然後在東門表演，東門是沐陽最高也是最大的城樓，上面可以容納上百人，只坐幾個國主綽綽有餘。怎麼，非雪妳有了打算？」

「嗯……」我將頭髮豎起，「那天我可能也會參加演出。」

「真的？」思宇雙眼發亮，「太好了！」

「我現在要去看一下舞台，對了，五國會什麼時候開始？」

「就在後天。」思宇打開了門，陽光瞬間撒了進來。

我滿意地笑了笑：「很好，還有時間，思宇，看來妳的節目要改一改了。」

思宇不置可否地看著我，然後燦爛地笑了起來。

經過一晚上的發洩，腦子變得清醒起來，心裡有了一個計畫，不過還要去實地考察一番才能判斷是否可行。

門前站著斐崳和歐陽緡。他像以前一樣用溫柔的目光看著我，淡淡的笑著，笑容裡是對我的放心，而讓我訝異的是，他身邊的歐陽緡居然也朝我露出笑容，他見到我可是向來一張臭臉啊，今天是怎麼了？

「斐喻，我沒事了。」我走到斐喻身前，偶然間，看見了他臉上的一抹紅暈，他微笑著點了點頭。忽然我的腦袋被歐陽緡按住，還拍了拍：「這樣的妳才像真正的妳！」我疑惑的看向歐陽緡，他的臉上也忽然滑過一抹紅暈，忍不住問道：「你們……怎麼了？」

「什麼怎麼了？」歐陽緡的口氣有點緊張。

倒是斐喻幽幽地俯下身體，看著我疑惑的臉：「沒什麼，只是看見妳回來了，很高興。」

「對哦，嘻嘻……」我不好意思地笑著，「讓大家擔心了。」

「知道讓我們擔心就對了！」思宇一下子抱住我，「以後不許妳一個人獨自承擔，不可以把我落在一邊。」

「思宇……非雪是不想讓妳擔心。」斐喻憐愛地看著思宇，思宇嘣起了嘴：「我知道你們都把我當孩子，討厭！」然後她朝我們大家做了一個鬼臉，她眼珠轉了轉，疑惑道：「怪了，怎麼不見隨風。」

心頭震了一下，我的電腦！反過來想想也不划算，到底誰睡了誰？真是鬱悶！要不是因為他只是個孩子……哎……

「啊——」又是一聲驚呼，還是思宇發出的，「美人圖！我的美人圖！」

美人圖又怎麼了？我和斐喻他們都不解地望向思宇。只見她從我的書房裡捧著一堆散亂的畫紙，臉色慘白地走了出來：「雲非雪，妳好好給我解釋解釋，這到底怎麼回事！」

眼前是美人圖的殘骸，腦中滑過若干片段，冷汗當即冒了出來！我的天哪，好像還真是我撕的。我開始倒退，思宇兇神惡煞地緊逼，我扭頭就跑，後面是思宇的叫囂：「雲非雪，我要妳賠我十倍！不！是一百倍──」

斐崳和歐陽緡看著我們開始皺眉……

今天的街市熱鬧異常，原本就很寬闊的大街更加人山人海，充斥著形形色色的人，還有各式各樣的服飾、商販。整個沐陽城都沉浸在五國會的興奮氛圍中。因此朝廷專門派士兵清理出西大街供貴客通行。

由於美人圖的關係，思宇的臉一直緊繃著。她走在我的身邊，環抱著雙手，殺氣騰騰，驅散了我們身邊的人群。這倒好，走起來都不擠。抬眼間就來到了東門，那裡被士兵守衛著，尋常百姓不許靠近。不過我也只是看看場地，所以我就隔著士兵看裡面的舞台。

只見舞台已經搭建完成，大約兩米高、十米寬的正方形平台，從上面俯視，這個舞台一定相當華麗。現在漆匠們正忙著上色，舞台邊是祥雲圍繞，仙女飛天圖。我抬眼望向城樓，估算了一下，大概二十米左右，如果靠歐陽緡和隨風的輕功，自然帶不走我們，即使可以，他們也無法瞬間帶走不會武功的我、思宇和斐崳，所以需要一樣工具。

既然我們沒有華麗的出場，那就讓我們華麗的離開！

我要在所有人的眼皮子底下，在拓羽他們都無法分身的情況下，離開沐陽，離開蒼泯。

這個工具要會飛的！

我摸了摸自己的下巴，想起了熱氣球，按照原理，孔明燈應該可以載人，對了，這裡管這種燈籠叫飛天燈。再次佩服一下這個異世界的人民，他們的智慧讓人驚嘆。

「好了沒！」思宇沒好氣地問著我，她還在生我撕畫的氣，我聳了聳肩，準備離開。

「是非雪嗎？」身後傳來熟悉的聲音，心難受地停了一下，轉身之時，已是笑容滿面：「原來是夜大人，好巧啊。」

「非雪妳怎麼……」夜鈺寒走到我的面前，他的臉上佈滿疲憊之色。

「哦，男裝是吧，行走方便。」我笑道，身邊的思宇走到我和夜鈺寒之間，白了夜鈺寒一眼：「拜託別靠那麼近，她現在不是你的。」

「思宇……」

「我說錯了嗎？」

「思宇……」

「沒關係……」夜鈺寒打斷了我們，「非雪來這裡做什麼？」

「走台！」思宇又冷冷地戳了一句，我尷尬地笑道：「我那晚也要表演節目，所以和思宇先來熟悉一下舞台。」

「非雪也要表演節目？」夜鈺寒的臉上一時間恢復了原先的光彩，倦容一掃而空，英俊的相貌在日光下燦燦生輝。

「關你屁事！」思宇毫不客氣地又扔了一句冷語，我臉上的笑容開始僵化，這個思宇，做不成情人也別撕破臉啊。

「那非雪進來看看吧。」沒想到夜鈺寒會邀請我進入會場，彷彿對思宇的冷言冷語並不在意，這或許就是他一個宰相的氣度。

我們走上舞台，俯視著周圍，想像著那天百姓站在周圍的景象，的確壯觀！抬頭仰望，便是宏偉的東城樓，到時國主就會在那裡看我們表演。

「要上去看看嗎？」沒想到夜鈺寒還讓我上去看，我自然高興，思宇也因為興奮而忘記跟夜鈺寒鬥嘴。

站在城樓上，眺望遠方，沐陽的全景一覽無餘，頓時有種君臨天下的感覺，難怪人人都想做皇帝，這個天下就在你的手中。身後佈置著桌椅，到時國主們就會坐在這裡觀看。

「非雪，其實皇上一直壓著詔文……」夜鈺寒的聲音隨風飄入我的耳朵，他說小拓子一直壓著詔文？什麼意思？

「詔文一天不發，妳就還是雲非雪，而不是雪兒公主，更不用嫁給水無恨，非雪……」他忽然握住了我垂下的手，城牆正好擋住了他所有的動作，「妳要相信我和皇上！」

我不置可否地轉頭看他，他面帶微笑地看著我，彷彿一切已在他和拓羽的掌控之中。

「咳！」思宇在我們身邊狠狠咳嗽了一聲，我立刻抽手，卻反而被握得更緊，我皺緊了眉，看著一臉不解的夜鈺寒，平聲靜氣道：「夜鈺寒，對不起，我不喜歡你。」

握住我的手顫抖了一下，緩緩鬆開，他垂下了臉，雙手撐在面前的城牆之上。

不敢看他的表情，我轉身走到那排位置上，朝思宇笑道：「思宇，快來，我們先坐坐，感覺一下做皇帝的感覺。」

思宇笑著和我一起坐在寬大的紅木椅上，還裝模作樣地摸著根本就沒有的鬍子：「嗯，這位子怎麼一點也不舒服，還沒我家的草坪軟。」

「哈哈哈。」我也沉聲笑了笑，粗聲粗氣道：「可還有人偏偏喜歡坐，怎知我們這些凡人的逍遙。」然後我轉身拿根本就沒有的茶，無意間看見身後的門上有個小洞。

椅子是擺在城樓的走道裡，後面就是二樓房屋的門。這個小洞很低，大概在我坐著的脖子附近，也不容易被發現，估計是以前攻打城樓時留下的箭痕，不過也應該是在另一邊啊。想了想，不過是個小洞，所以也不在意，說不定是蟲蛀的。瞟眼間看見夜鈺寒依舊站在城樓邊，此刻我只看到他的背影，他就那樣靜靜地站著，遙望遠方，我看了一眼思宇，思宇白了我一眼，然後跳下了椅子，一個人蹦下了城樓

「鈺寒。」我走到他的身後，他依舊背對著我，我輕聲道：「我們不適合……」我轉身離去，卻聽見他一聲苦笑：「呵，是嗎……他也這麼說，你們是說好的嗎？」

他？誰？我疑惑的看了看夜鈺寒的背影，一陣東風吹過，帶起了他的長髮和袍袖，心中揚起一絲莫名的哀傷，我還是轉身離去。

莫名其妙的話，不知所謂！

下城樓的時候，思宇拉住了我的手，彷彿在鼓勵我，別讓夜鈺寒再影響了情緒，我笑著和她一起離開，夜鈺寒和我，已經是個句號，我們只是朋友。

走到離城門大約兩百米的地方，聽見了哭聲，側臉看去，原來是一個孩子的風箏落在了街邊的大榕樹上，這棵榕樹非常古老，還是沐陽城的姻緣樹，樹幹粗得五人都抱不住，樹身更是拔長，一頂大冠子將整棵樹罩住，人躲在裡面根本就看不見。小孩的風箏就落在離地五米左右的樹幹上，隨風飄搖。因為是神樹，誰都不敢貿然攀爬。

「風箏風箏……嗚……」

「好了好了，娘親再給你買一個。」小孩子的母親勸著小孩。

忽然，一個黑影滑過榕樹，落地的時候，風箏已在他的手中，是隨風。

隨風朝我眨了眨眼，我立刻撇開臉不看他，心裡一陣慌，還有點不好意思。

「隨風你真是太棒了！」思宇總是隨風的頭號崇拜者，不知她如果知道我把電腦押給了隨風，她會怎麼想？其實那筆電對我來說，作用也不大，裡面的遊戲已經玩爛，電影都能倒背如流。最重要的是，這台筆電在我這種胸無大志的人手裡，簡直就是浪費。說不定上官討好我就是為了這台筆電呢。

「隨風，你怎麼來了？」思宇邊走邊問著，我走在最邊上，和某些陰險的人保持距離。這小孩太壞了！

「我要去奇珍齋。」

「去那兒幹嘛？」

「我訂了樣好東西。」

「真的？我們正好去奇珍齋對面的順記布行，一起啊。」

「好啊。」

「對了，隨風，謝謝你昨晚幫我收屍啊。」

「呵……不過女孩子喝酒總歸不好，下次別再喝了……」隨風的語氣很溫柔，「我怕下次就不在妳……們的身邊了。」

他是在勸我嗎？哎，只要下次別再捲入這些複雜的事就好了，誰喜歡把自己弄得像攤爛泥？最關鍵的是自己還不知道處於爛泥的時候到底做了些什麼。想到這兒，冷汗涔涔。我既不記得自己撕畫，又不記得自己脫衣服，那我會不會對隨風……應該不會吧！

心開始怦怦直跳，我想我喝醉了應該還是有本能的判斷能力，斷不會對一個孩子做出什麼越軌的行為，如果對象是斐崳就難說了。

想到此處，暗自慶幸了一把，兀自鬆了口氣。

「雲非雪，妳在緊張什麼？」

「什麼？什麼！」我晃著腦袋，然後看見思宇疑惑的神情和隨風的壞笑，立刻抿起嘴，繼續甩過臉走自己的路。

「非雪好奇怪哦。」思宇在一旁眼睛盯著我走著，「哦～我明白了，昨晚是隨風給我們收屍，非雪一定有什麼把柄落在隨風手上了，隨風是不是？」

「哈！思宇妳真是太聰明了。」

「什麼什麼？到底是什麼？」思宇開始來勁了，情況有點不妙。我立刻瞪著隨風，隨風只是隨意地瞟了瞟我，然後對著思宇神祕道：「她昨晚說……」

我耳朵拉長。

「到底說什麼？隨風你別賣關子！」

「她說……她喜歡斐崳。」

心跳漏了一拍，我居然說了這麼大逆不道的話？

「非雪！妳居然跟我搶斐崳！」思宇立刻怒容滿面，我來了個打死不承認：「思宇，我說的喜歡不是那種喜歡，妳明白的，我對斐崳是崇拜和崇敬，跟愛情絲毫不挨邊。」

「真的？」思宇揚起了一邊眉毛，我點頭，她笑了起來：「我也是這麼想的，說好了，斐崳是我們兩個的。」

「嗯！嗯！」人越來越擠，原來不知不覺已經到了東大街，偏偏隨風還跟我們走在一起，立刻吸引了路人的注意，都怪這小子長了一張引人注目的臉。

好不容易擠到「順記」，順老闆一眼就看見了我，便迎了出來：「喲，雲老闆，好久不見啊。」

「是啊，一直以來承蒙您的關照啊。」我回頭看看，思宇和隨風終於跟了上來。

「哪裡哪裡，互相支持而已，最近進了一些上好的絲綢，給你們【虞美人】留著呢。」

「太感謝了。」正好可以做演出服，順便給自己和思宇做套女裝，設計了這麼久的服裝，卻從未有一件是給自己和思宇的。

順老闆轉身進了店鋪，站在店外的思宇東張西望，隨風在一旁伸展著他左邊的胳膊。

「隨風你甩什麼甩。」思宇疑惑地看這隨風，隨風不以為然道：「只是舒展一下。」

「那怎麼只甩一隻？」

就在這時，順老闆走了出來，後面跟著兩個夥計，抱著幾卷布料。

「一直都是錦娘來取貨，今日雲掌櫃親自前來，莫不是上次的貨出了問題？」

「沒有，只是這次要做的衣服比較重要。」我撫摸著這批貨，如嬰兒皮膚一般的光滑，滴水即成珠，好東西。我掏出了銀子，就在這時我聽見隨風道：「我這支胳膊昨晚被一個女鬼壓了一個晚上。」聲音之大，惟恐天下不知。

身體頓時石化，我恨他！

「真的？那你不是很有豔福？哈哈哈哈……」

「豔福？那鬼估計是剛死的，躺在那兒一動不動，你讓我有什麼興趣？」

我捏緊了雙拳，強忍下心頭怒火。

「雲老闆……雲老闆？」

聽見順老闆喚我，我立刻換上笑顏。

「雲老闆，您這銀子……到底給不給我？」

原來我捏得太緊，順記老闆愣是拿不走我手中的銀子，我慌忙鬆手，不好意思地笑了笑，隨即道：「老闆，不知您這裡有沒有風箏布？」

「喲，這可是稀罕貨，不知雲老闆要多少。」

「十四。」

順記老闆當即瞪大了眼睛，為難道：「這恐怕沒有，不過既然雲老闆想要，明日我就去別的布莊調過來，不知雲老闆幾時要？」

「三天之內。」

順老闆倒吸一口氣：「這……」

我笑道：「定當重酬。」

順老闆抿了抿嘴，點了點頭。

從順記出來，思宇還在問隨風：「那女鬼好不好看，漂不漂亮？」

隨風揚著眉毛做沉思狀：「一般，也就跟雲非雪同等級。」

胸口鬱悶得想吐血，什麼叫跟我同等級，根本就是我！不對不對，我怎麼也被這小子牽著鼻子走了！

「身材一般，抱起來很輕，可惜是個水鬼，把我衣服全弄濕了，最後再悶乾了，哎……難受了一個晚上。」

「真的啊……」思宇居然還一臉驚訝，「隨風你怎麼講得跟真的一樣？」

「當然，親身體驗嘛。」隨風的眼光向我瞟來，我扭頭就走，身後傳來思宇的叫聲：「非雪——隨風還要拿東西，妳等等他啊。」

我揮著手，頭也不回道：「我回去等你們！」

人流湍急，我身形敏捷地鑽進了人群，不想再跟那個垃圾走在一起。

太壞了！這小子壞到骨子裡去了！這要是長成男人還了得？非迷死一大堆女人不可！我愣了一下，我一方面覺得他壞，一方面卻又覺得他迷人？自己都有點搞糊塗了。對了，男人不壞，女人不愛，這小子現在就有這麼好的潛質，將來一定艷福無數。

暗自慶幸他現在只是個孩子，不然自己也會掉進去，到最後肯定後悔得想撞牆。

遠遠看見一個人影，我趕緊拐入一邊的胡同，這沐陽城也未免太小了，到處都能碰到熟人。

只見不遠處水無恨正帶著女扮男裝的水嫣然一起站在泥偶攤前，等著取泥偶。

人流一陣湧動，前面傳來喊聲：「王老爺女兒拋繡球哦，大家快去搶哦。」

哎，這幾天可真夠熱鬧的。

那人這一喊，原本擁擠的街道倒是寬敞了不少，凡是男人的，瞬間消失。

水無恨與水嫣然也朝這邊跑來，我往胡同裡躲了躲，看著他們再次遠去。身後是幽深的胡同，乾脆走這裡，人也比較稀少。

胡同幽深而冗長，走到拐角的時候，忽然瞟見了兩個身影從空中落下，大吃一驚，捂住嘴鼻縮回身形。武功高的人就憑異常氣息和聲音來判斷周圍是否有人，所以我只有憋氣，這就是電視劇看多了的好處，誰說看電視劇學不到東西？我就學了不少。

「夜叉，妳太莽撞了，不該此時找我。」

「門主，這幾日您都不理事務，夜叉情非得以，只有在此攔截。」

「那件事你們根本不必理會！」

「可是……門主！正好【誅煞】要行刺畲諾雷，我們為何不與他們合作，機不可失啊，門主！」

什麼，有人要行刺緋夏國主？

「哼！東風為訊，箭似飛星，他們想的太天真了，我們上次的教訓還不夠嗎？此次五位國主都在，他們身邊定然高手如雲，簡直就是癡心妄想。」

「門主，您是不是因為雲非雪才遲遲不肯動手？」

「放肆！這是本尊的私事。」

「門主，您變了……」

「夜叉，本尊沒變，只是在等待更好的時機。」

「是嗎……原來娶雲非雪就是好時機……」

「夜叉！」水無恨，不，應該是紅龍，他的聲音瞬即冷了下來，冷得我打了一個哆嗦。

「門主，您應該清楚雲非雪的身分，您娶了她就等於留了一個禍患在您身邊！」

乖乖，這夜叉的口氣好像要我死啊，莫非她喜歡水無恨？

「禍患？對我來說卻是顆好棋，我會讓拓羽他們大吃一驚！」聽著水無恨得意的聲音，我開始心寒，對他來說，我也不過是個棋子。

「夜叉，妳為何對雲非雪如此在意？」

「我……」夜叉變得無力，「門主您難道不明白夜叉的心意嗎？」紅衣夜叉女表白了！太讓人吃驚了！強者啊！糟了，氧氣開始亮起紅燈，我感覺我憋氣憋得發暈了。

在夜叉女爆發之後，胡同裡一下子變得寂靜，靜得我以為他們都離開了，哪知正準備鬆氣的時候，卻聽見水無恨不帶任何感情的話語：「傳令下去，紅門所有人都不得輕舉妄動！不得傷害雲非雪，違令者死！」

水無恨在保護我，他是怕夜叉對我不利嗎？

「是……」夜叉女輸給了我，可憐的夜叉女……快走吧！拜託！我快把持不住了！氧氣，我需要氧氣！

時間變得漫長，他們到底走了沒有？電視看得多了，知道回馬槍的現象很多。

人群的嘈雜聲從遠處飄進了胡同，我小心翼翼地探出腦袋看了看，前面空空如也。徹底安下了心，就在此時，一隻手忽然拍到我的肩膀上，心頭一顫，驚呼出聲：「啊！」

「非雪妳怎麼了？」原來是斐崳，還真把我嚇了一跳，轉眼看去歐陽緡也在，他正一臉疑惑地看著我。「斐崳斐崳！」我抓著他的胳膊大口喘氣，「我看見水無恨了。」

「水無恨？我們剛才也看見他啦，不是跟他的妹妹一起喝茶嗎？」

「不是不是，是另一個，那個，就是那個……」我變得語無倫次，一時之間居然想不起水無恨另一個身分的名字。斐崳和歐陽緡一頭霧水地看著我，我看見了歐陽緡終於想了起來，指著歐陽緡道：「就是你以前的老闆，那個什麼紅龍！」

歐陽緡驚訝地瞪大了眼睛，斐崳也蹙起了雙眉：「非雪妳是說水無恨就是紅龍？」

「啊？你們居然不知道！」我愣住了，「對了，隨風調查這事的時候你們剛好都不在。」

「真沒想到，怎麼可能是他！」歐陽緡顯得相當震驚，然後抱歉地看著我，「對不起，我不知道水無恨會是門主，要是我知道就不會讓妳單獨和他在一起了。」

「沒關係，歐陽緡，誅煞是什麼？」

「誅煞？」歐陽緡再次睜圓了眼睛，道：「誅煞是暮廖最大的刺客組織，怎麼？他們來了？」

「嗯，要刺殺畲諾雷！」

「天哪！」斐崳驚呼起來，拉住一旁的歐陽緡，「這件事必須向隨風彙報。」

「嗯，沒錯！」歐陽緡也是一臉的凝重。

我抹著汗，終於順夠了氣：「剛才真把我嚇死了，紅龍跟夜叉就站在那裡，要不是我憋著氣，準給他們發現。」

「憋氣？」斐崳看著我，然後淡笑起來，雙手托著我的臉，「非雪，小妖不僅僅是幫妳吸走了身上的毒，更是將妳的身體脫胎換骨，現在妳的身體已與常人不同，妳只要保持妳的呼吸勻稱，就算再厲害的高手也不會發現妳。」

斐崳的話讓人驚訝得張大了嘴巴，而他樂在其中地介紹著現在我這具身體的性能。

「妳的五覺也會比之前更加靈敏，經脈更加順暢，身體變得輕盈、敏捷，簡單的說，就是妳的身體煥然一新，不過妳可要好好維持哦，不然又會變成那具七老八十的身體了。」

「這麼厲害！」

「當然！」斐崳笑著點了點我的鼻尖，彎月一般的眼睛閃爍著迷人的星光，「現在的妳呀，學武再好不過了。」

「學武……」我眯起了眼睛，望向了一旁的歐陽緡，他立刻揚臉數星星。算了，像我這麼懶的人，身體變得敏捷就夠用了。

知道了自己的身體煥然一新後，心裡喜滋滋的，和斐崳他們邊走邊聊，原來他們在我和思宇離開不久後，便也上街湊熱鬧，其實還不是……嘿嘿……單獨約會？

走到盡頭的時候，路口居然有士兵駐守，原來這條胡同通往西大街，而現在西大街已經成了皇家專用通道，普通老百姓都不得通行。

正轉身準備離開，有人喚住了我：「是雲姑娘嗎？」

我看清了路口的侍衛，笑道：「原來是你，那天打我的那個。」沒錯，他正是那天對我施杖刑的其中一人。

那個侍衛臉黑了起來：「屬下該死！」

「沒事！」

「您要從這裡走嗎？」

「我可以嗎？」

「當然！您可是雪兒公主啊。」

身後的斐崳和歐陽縉輕笑起來，還揶揄我道：「是啊，公主殿下。」

前面的侍衛聽見斐崳他們說話才注意到我身後原來還有人。看向我的身後，頓時拉直了眼睛，臉止不住地紅了起來。就在這時，一輛金燦燦的豪華馬車從西大街疾速呼嘯而過，裡面隱約看見一個人影。

「那是緋夏國主，今天剛到的。」侍衛在一旁解釋著，然後給我讓開了道路，我和斐崳、歐陽縉便大模大樣地走在空曠的西大街上。

西大街離【虞美人】很近，只要往前面的拐角處右拐，然後進一條小巷，就直通【虞美人】後門所在的柳西街。

遠遠的，有兩匹馬優哉游哉而來，身後還跟著兩隊侍衛，我立刻皺起了臉，下意識看了斐崳一眼，他也趕緊埋下了臉。黑馬王子和白馬王子停在我的面前，我立刻行禮道：「小人參見皇上，參見佩蘭國主。」

「這不是雲非雪雲掌櫃嗎？」說話的正是柳讕楓，忽然只聽他驚呼一聲：「斐崳！」他便迅速跳下了馬。這隻色狼，看見美人這麼猴急！

我和歐陽緡非常有默契地護在斐崳面前，還坐在馬上的拓羽在看到斐崳的容貌後，也露出驚訝之色。「柳讕楓你想幹嘛！」我緊緊盯著柳讕楓，他恨恨地看了我一眼道：「沒想到斐崳會在你手上。」

「什麼手上不手上的，斐崳是我的朋友！你想也別想。」

「是嗎？」他忽然冷笑起來，看了我身後的歐陽緡一眼：「沒想到你藏了這麼多美人。」

「客氣！客氣！」我也毫不客氣地回應。

電光在我和柳讕楓之間閃爍，氣氛變得僵硬而緊張。

就在這時，拓羽幽幽地跳下馬來，走到我和柳讕楓之間，帶著一臉慵懶地笑：「皇妹今日怎麼還是男裝？」

「皇妹？」柳讕楓疑惑的看著我半天，輕哼一聲：「對啊，我怎麼就沒想到妳是個女子，不過拓兄為何叫她皇妹？」

「這雲非雪是母后新認的義女，詔書還在朕的手上，打算在五國會之後再詔告天下，雖然詔書沒下，但朕十分之喜歡這個皇妹。」說著還擠到我的身邊，一把攬住了我的肩，「所以在朕的心目中，她已經是朕的皇妹。皇妹啊，妳怎麼也不向皇兄介紹一下妳的兩位朋友？」

你好樣的，想了解他們的實力是吧。於是我鑽出他的懷抱，隨意地介紹道：「這位是歐陽緡，這位就是斐崳。」

「原來他就是斐崳啊，果然是個……咳咳，人才，難怪柳兄會如此激動。」

「介紹完了，我也該走了。」我拉著斐崳和歐陽緡就走。

「雲非雪！」柳讕楓忽然叫住了我，我回頭傻傻地看著他：「幹嘛？」

「思宇……她好嗎？」

「非常好！」我看到了他眼中的喜色，轉而他的眼神暗了下來：「隨風……對她好嗎？」

「也是非常好！」

他似乎放下了心，喃喃道：「那就好。」

我奇怪地看了他一眼，發現他只是在發現斐崳的時候表現出了一點激動，但隨後就再也沒看斐崳一眼，反而問起了思宇，難道他真的……愛上了思宇？

「皇妹。」拓羽喚了我一聲，我再轉向他，「難得見到，皇妹不陪皇兄散步嗎？」

我眯了眯眼睛，冷冷道：「我要準備五國會的節目，以後有的是時間陪你散步。」然後轉身就走。身後傳來柳讕楓的調笑：「看來你這個皇妹一點都不買你這個皇兄的帳哦。」

「哎，寵壞了，她就是如此，哈哈哈……」

總覺得這兩個混蛋還在看我，我索性回頭給了他們一個鬼臉，兩個男人愣了愣，柳讕楓一臉鬱悶的上了馬，而拓羽卻給了我一個微笑，不知這傢伙又在想什麼。

一回到【虞美人】，我就召開全體大會，參加的有思宇、隨風、斐崳和歐陽緡。錦娘和福伯負責看店，【虞美人】也要趁這段時間好好賺錢，沒錢怎麼跑路。

「我的計畫是在表演的當晚飛出去！」我鄭重宣布。

「怎麼飛？」隨風奇怪的看著我。

「飛天燈！」

當我說出這三個字的時候，眾人都出現不同程度的驚訝。

「太好了！太刺激了！」思宇第一個蹦了起來，「原來這就是妳買風箏布的原因。」

我點頭。

「風箏布的確是做飛天燈的上好材料。」隨風緩緩說道：「布料輕，不透氣，不過載人的飛天燈還沒人做過，雲非雪妳……」

「不試試怎麼知道不行？我已經讓福伯招募全沐陽最好的技工師傅，三天內先做一個樣品，如果成功，就可以接著繼續做。」

「可是我們有五個人，做五個飛天燈時間上恐怕……」歐陽緡提出了疑慮。

我笑道：「所以我們只做三個。」

「三個？」眾人驚訝地看著我。

我不慌不忙地畫出了草圖，三個飛天燈下固定三個鐵環，用纖繩鈎住一個大大的竹筐，竹筐下再吊著一個藤製的秋千。

我指著那個類似竹籃的竹筐道：「到時思宇妳就在這裡跳紅袖舞。」

「我？為什麼是我？」思宇眨巴著大眼睛。

「因為妳有基礎，跳得也好，還有隨風、斐崳和歐陽緡就在孔明燈上演奏。」

「我們也要參加？」三人異口同聲，眼睛瞪得比牛眼還大，三張俊美的臉都皺了起來。

我點頭：「我們這個節目就叫天外飛仙，舞台自然與眾不同！」

「天外……飛仙……」眾人輕喃著，我彷彿看見他們的頭頂上出現了一顆大大的汗珠。

我疑惑道：「這名字不好嗎？」

「好……好……」思宇擦著汗，乾笑著，看她的表情我就知道她想起了《大內密探》裡的天外飛仙。

不管他們同不同意，我繼續看著我的完美圖紙，輕嘆道：「若是那晚刮東風就好了，可以加快飛天燈的移動速度。」

「東風？」斐嵛淡淡地說了一句，然後他蹙起了雙眉，「如果計算沒錯的話，那晚會起東風，而且是大風。」

「真的！」我驚呼起來，崇拜的看著斐嵛，沒想到他還會天文地理。

斐嵛淡笑著點頭。

「太好了！」我激動地站了起來，忍不住嘴角上揚，脫口道：「東風為信，天外飛仙！」我忽然愣住了，這話怎麼這麼耳熟？

「東風為信，箭似流星！」心被提起，愣然地坐下。

我看向歐陽緡：「歐陽緡，弓箭在順風的作用下，射程和速度會不會增長？」在問出這個問題後，自己都覺得自己白痴，這不是此地無銀嗎？

歐陽緡點著頭：「是的，尤其是尾翼如果角度適合，無論速度還是射程都會成倍增長。」

腦中閃現一個畫面，那個詭異的小洞。

「怎麼了？非雪？」隨風發覺了我的異樣，關切地問道。

「是啊，非雪，發生什麼事了，妳怎麼忽然關心起飛箭來了？」思宇一臉的疑惑。

「思宇，那晚要有大事發生了！」

「是不是妳說的行刺？」歐陽緡立刻插話，然後就聽見隨風疑惑道：「什麼行刺？」

「是啊是啊，到底怎麼回事？」思宇也焦急起來。

歐陽緡和斐崳看了我一眼，正色道：「非雪在一條胡同裡無意間聽到了紅龍和夜叉的對話，是關於誅煞行刺畲諾雷的行動！」

「什麼！」隨風神色變得陰鬱，沉聲道：「再說詳細點。」

「詳細的情況……」歐陽緡看向了我，我說道：「我聽見他們提到了一個訊息，就是東風為信，箭似飛星，然後我在城樓靠南的座位邊，看到一個類似箭痕的小洞，位置大約……我坐著的這裡。」我指了指自己的脖子，「那麼如果是男人，就應該是前胸。你看會不會是這幾日就有人在練習？估計城樓上有內應。」

隨風看著我抿緊了唇，隨後看向歐陽緡：「緡，這件事不要打草驚蛇，今晚你去調查一下非雪所說的小洞，看看是不是弓箭造成，然後去那棵姻緣榕樹上看看，是否有人待過的痕跡。」

「是！」

書房裡變得寂靜，看來等東風的，不僅僅是我們。這個五國會，還真不是一般熱鬧。

「隨風你好帥！」思宇忽然崇拜地看著隨風，「你發號施令的時候超威風，你到底幾歲？」隨風單手握拳放在嘴邊咳嗽了幾聲，瞟向了我，我一頭霧水，看我幹嘛，不過他既然看我，我就順口問道：「他們為什麼要挑在這個時候行刺畲諾雷？」

「呵……」隨風輕笑起來，「這應該與拓羽有關。」

「啊？」思宇疑惑地叫了起來。

是啊，這跟拓羽有什麼關係。

「緋夏老國主共有四個兒子，最有機會登上寶座的就是大皇子畲諾雨和二皇子畲諾雷，當初拓羽與畲諾雨私交甚密，協助其登位，這些皇族的事大多如此，拉攏勢力，互相利用，爭來奪去，永無休止。」隨風輕描淡寫地說著，猶如置身事外一般的輕鬆。

「對方挑在這個時候刺殺畲諾雷無非就是想嫁禍給拓羽，若是尋常百姓，頂多就是畲諾雷和拓羽之間的事，可偏偏兩人都是國主，所以會演變成什麼？」

「戰爭？」思宇驚呼起來。

「沒錯。」隨風笑了，「這五國表面和平，其實暗流早已湧動，有人蠢蠢欲動，想獨霸天下！」聽完隨風的話，我唏噓不已，又一個秦始皇。

「這是以後的事，眼前先把刺客捉住，就算是給拓羽一個見面禮。」隨風揮著手，斐崳在一旁附和般地淡笑著點頭，而歐陽緡目光炯炯，握緊了自己的佩劍。

這一幕讓我產生錯覺，彷彿隨風是個威武的元帥，而斐崳就是元帥身邊神機妙算的軍師，歐陽緡便是驍勇的戰將！這三人幾時成為一體？他們先前明明互不相識。

不對，根據上次隨風和那個什麼老頭子的對話，可以判斷隨風早就認識斐崳，難怪我將他從【梨花月】帶回交給斐崳的時候，他們兩人的眼神會是惺惺相惜，當時還以為是兩人都是美人，彼此欣賞。那麼歐陽緡效忠隨風，多半是斐崳的原因，反正斐崳跟誰，他就跟誰。嘖！到最後把美人收入麾下的原來是隨風！

「掌櫃的！」外面傳來福伯的聲音，思宇立刻打開了書房的門，門外站著幾個與福伯年紀差不多的老者。

「掌櫃的，他們就是您要找的工匠。」

「太好了，福伯，你帶他們去偏院休息，我隨後就到。」

「是。」福伯帶領著四位老伯前往偏院。

我們幾人最後決定分頭行動，思宇依舊負責她的節目，我和她並不衝突，只是在繡姊們跳完舞後接著上罷了。

隨風和歐陽緡就負責刺殺的事，我和斐崳便留在虞美人進行飛天燈的設計。之前真是小看斐崳了，和他進行圖紙探討時才知他對飛天燈早有研究，配合我的現代新新理念以及熱氣球的原理，飛天燈載人變得越來越可行。

就在五國會開始的前一天，皇宮送來了請柬，讓我去參加祭天大典，我以詔書未下，身分未明，不合規矩為由推脱，這一天，我們已經做好了樣品的框架，樣品是按實際飛天燈的尺寸和我們的重量按比例縮小。以竹子為主架，以錫為燃料器，兩樣都是輕而牢固的材料。此外我還購進了大量棉花開始浸酒，做成酒精綿，起燃快，熱量大，還有一樣主燃料就是木屑，這些材料在飛天燈起飛後，是很好的燃料。

隨風那裡也進展很快，歐陽緡在姻緣樹的一根枝幹上找到足印，再次斷定屆時刺客就會藏在姻緣樹中，而我所說的那個小洞也已被椅子擋住，可見有人將那天的椅子挪動了位置，如此一來，無論誰坐在那個位置上，都會成為箭靶。在證實刺殺行動後，隨風反而不動了，和歐陽緡留下一起和我們做飛天燈。

因為載人的飛天燈對那些老工匠來說是一項挑戰，更是技術上的一次突破，所以他們也是幹勁十足，徹夜趕工。於是，錦娘和思宇就騰出偏院，擺上新床和被褥讓他們居住，【虞美人】一下子熱鬧起來。

在五國會開始的第一天，迷你型的飛天燈成功飛天，這讓大家興奮了一把。緊接著開始著手大型飛天燈的製作，因為有了經驗，又都是老手，所以製作起來十分順利。我正好趁空設計了繡姊們表演穿的舞衣和我們五人那天所穿的服裝。

第二天，又有人送來請柬，邀我參加晚上的宴會，我以拉肚子為由謝絕。這一去就又會看見太后、拓羽、上官、夜鈺寒以及許多許多我不想看見的人，影響心情，現在的我只想全神貫注於飛天燈的製作。

到了第三天，三個飛天燈製成，在工匠和斐崳的改良下，可使飛天燈比原先飛得更高，飛得更遠，足以離開沐陽城，畢竟古代的技術有限，自然不能奢望它們能帶著我們做環球旅行。

飛天燈一製成，我們便開始升空實驗，因為當代的科技無法一下子達到飛天燈起飛的熱量，所以我們一大早就開始燒火，以儲存熱量的形式來讓飛天燈飛天，只要能飛起來，後面便不再困難。因為此時的燃燒是在地面，所以不用酒精棉和木屑，而是一般的木柴，那些可要省著點用，飛天的時候又帶不了許多。

也就在這天，太監又送來請柬，是邀我去陪著遊湖，還派了一個御醫和一隊侍衛，我事先接到風聲從後門開溜，思宇就告訴他們我一清早出去辦貨，最後他們等了一個上午也等不到我，只能無功而返。

飛天燈足足燒了一天一夜，我和思宇及其他人輪流看火，怕它滅了前功盡棄，可是直到第二天早上，它都沒有離地的現象。

我不禁氣餒，開始盤算著計畫B，既然無法華麗的離開，那麼只有選擇偷偷逃走。

門外人流湧動，今晚便是花燈會，一對又一對情侶提著花燈從【虞美人】門前經過，幸福甜蜜地互相依偎。大街的兩旁，也都掛上了各色花燈，遙遙望去，如同兩條橘紅的光帶，給沐陽的天空蒙上一層幸福的暖色。

「起來了！起來了！非雪！」思宇一聲驚呼讓我的心立刻急速跳動，我轉身望去，只見飛天燈已經脫離了地面，蠢蠢欲動！

「太好了！」眾人歡呼起來，思宇立刻從廚房拿來酒菜，大家舉杯慶祝，歡悅之情難以言表。老工匠們興奮得說要立刻回家，通知兒女明日來看他們的傑作，我和思宇拿出銀子重酬。他們歡天喜地的消失在人潮之中。我們看著被繩子和沙袋限制住的飛天燈，久久凝望，我們成功了！

忽然，隨風激動的走進了書房，拿出了筆墨，飛身上天，在飛天燈上龍飛鳳舞。

好俊朗飄逸的字！

眾人都舉目觀看，嘖嘖稱奇，讚嘆隨風的好輕功，更讚嘆他的好字！那些字在飛天燈盈盈火光下，變得璀璨生輝。他收筆落下，只見三座飛天燈上分別寫道：

乘疾風，踏流雲，瀟灑來去，自由人間。
看落花，數飛雪，流浪天地，逍遙神仙。
天外飛仙

「好聯！」大家驚嘆起來，拍手稱奇，我也忍不住拍手道：「隨風好文才！」

卻不想隨風搖頭笑了起來，用毛筆指著我：「這是妳做的。」

「我？」

「非雪？」

眾人和我一樣迷糊。

隨風揉了揉額頭：「這是妳那天酒醉的時候做的。」

我眨巴著我的大眼睛，依舊沒有半點印象。

思宇打了我一拳：「非雪，看來妳也是酒後出珍品啊，該不會跟李白學的吧。」

「嘿嘿……」我不好意思地笑了笑。

一旁的斐崳嘆道：「有字無畫怎行，非雪，妳畫一副吧。」

我看著高高在上的飛天燈，難道要我也像隨風那樣飛躍？我哪有他那麼好輕功啊？

「緡！」隨風忽然喊了一聲。

「來了！」只見歐陽緡開心地拿來一根竹竿，一個紮馬將竹竿穩穩扶住，隨風將筆墨交在我的手上，笑道：「小心囉！」

我還沒反應過來，整個人就被攔腰抱起，一躍而上！

當我清醒過來時，隨風已經腳尖輕點，穩穩站在竹竿頂端，我被他抱在懷中穩如泰山，面前正是只有「天外飛仙」四個字的那座飛天燈。

隨風笑道：「還不畫？」

「嗯！」激動難以抑制，我想我此刻的笑容一定是來到這個世界之後最燦爛的笑容。

我有他們，我的好朋友，我的好哥兒們。夠了！一切都夠了！

名也空，利也空，唯獨心不空！

情也滿，意也滿，還有何不滿！

是啊，我還有何不滿，老天待我不薄！

「可是……我畫什麼呢？」我看向隨風，他的臉就在我的上方，他想了想，道：「就畫小妖吧，這飛天燈本就是用來許願的，讓我們祝小妖早日康復怎樣？」

「嗯！聽你的！」我提筆游龍。那個可愛的小東西，那個時常拉我頭髮的小東西，那個總是用尾巴繞著我脖子的小東西，小妖，你可要快點好起來，我等你好起來，我們繼續追逐，繼續遊戲！

滿臉壞笑的小妖昂首挺胸地站在飛天燈上，毛茸茸的尾巴微微遮臉，妖媚的桃花眼笑成彎月，無限風騷唯我獨媚，幾多情債與我何干？

「妳把小妖畫的……還真像牠。」隨風算是給了我一個比較中肯的評價。然後他低聲道：「小心，我們要下去了。」

我再次看了小妖一眼，靠緊了隨風，隨風臨空而起躍離開了竹竿，風聲滑過耳畔，我們已經安全落地，而讓我們疑惑的是，此時思宇、斐崳和歐陽緡都呆立著，並且望向同一個方向。

院子的氣氛異常安靜，我和隨風也朝他們望的方向望去，只見有五個人正站在院門口，在看清那五人之時，我手中的筆墨緩緩滑落，跌落在地上。

站在門口的不是別人，正是拓羽、上官、夜鈺寒和水無恨兄妹，今晚算是來齊了。他們正表情各異地盯著我。

拓羽的冷然，上官的驚訝，夜鈺寒的苦楚，水嫣然的不解，以及水無恨一臉孩子般的憤怒。隨風輕輕放下了我，推了我一把，我立刻回神，上前行禮：「小女子雲非雪參見皇上，柔妃娘娘。」於是身後的思宇等人也紛紛行禮。

「免了。」拓羽冷冷的聲音從前面響起，「朕今日與柔兒與民同樂，正巧路過皇妹的【虞美人】，柔兒說要回來看看，卻沒想到居然看到如此讓大家吃驚的景象，真是讓朕大開眼界，原來皇妹平日的生活居然是如此……隨性！」我想他說的應該是隨便。

「非雪！他們是誰？」上官的眼中充滿了驚奇，我淡然道：「斐崳你應該還記得，站在斐崳邊上的是歐陽緡，剛才帶我畫畫的是隨風。」

「哦？」拓羽揚起了眉毛，看著隨風，隨風本就是個冷性子的人，對於拓羽的目光根本無所畏懼，雙手環抱，嘴角微勾地回視著他，拓羽的眼中滑過一絲訝然，冷然道：「他就是妳上次從梨花月帶回的那個男寵。」

心裡發寒，這個拓羽居然說隨風是男寵，肯定沒好結果。果然，隨風身上殺氣陡增，雙眼微瞇，一股暗流立刻掃過我，直向拓羽，揚起了拓羽白色的衣擺，帶起了細微的沙塵。

「皇上，隨風只是個孩子，上次是誤被人拐進梨花月。」夜鈺寒走出來打著圓場，一旁的水嫣然和水無恨變得越發迷茫。

「是嗎？」拓羽幽幽地離開上官，擦過我走向隨風，抬手就想要扣住隨風的下巴，卻被隨風反手扣住手腕，兩個人就那樣對望著，拓羽開口道：「這麼一個厲害人物會被輕易地拐入梨花月？還是……故意接近雲非雪！」

氣氛變得越來越緊張，一束目光當即朝我射來，是上官的，歐陽緡欲走上前阻止，被我伸手攔住，上官在看到歐陽緡聽命於我後，立刻眯起了眼睛。

「皇上！」我走到他們二人身邊，兩人立刻鬆開手，估計怕彼此的內勁傷到我，我揚起了一個壞笑，「皇上，其實非雪跟您有許多共同之處。」

「是什麼？」拓羽笑了起來。

「就是……喜歡收集美人。」我朝他眨巴著眼睛，曖昧地笑著，他的臉開始變得陰沉。

我拉過隨風回到斐崳他們身邊：「皇上您喜歡美人，非雪也喜歡美人，您收集女人，非雪就收集男人，這天下好像沒規定不許女人色吧……」

「對啊對啊！」思宇立刻第一個回應。

「呵……」斐崳輕笑起來，寵溺地看著我和思宇，歐陽緡則是一臉的忍俊不住，憋紅了臉，至於隨風做得更過分，索性抱住我的腰，嬌媚而笑。

我看著拓羽，夜鈺寒陰晴不定的臉，以及水無恨欲哭無淚的神情繼續道：「若皇上不是皇上，夜鈺寒不是宰相，水無恨不是……小王爺，非雪絕對會將你們也收入【虞美人】之內，哈哈，從此逍遙人間，只有快樂。」

我說完笑著，一臉的悠然。順便偷偷踩了隨風一腳，警告他放開我。

「雲非雪！妳將是皇室，請自重！」拓羽明顯生氣了，在這樣一個男尊女卑，女子不出門的世界，我那些話簡直就是淫蕩之極，更是辱沒了皇家顏面。

「皇上息怒，非雪只是沒個正經，您又不是不知道。」上官笑著說道，哪知拓羽當即一甩袖子，狠狠瞪了我一眼，轉身離去。上官皺著眉，轉眼看到了飛天燈，問道：「非雪妳在做什麼燈？」

正準備離開的拓羽停下了腳步，再次看向我，夜鈺寒等人也望向了飛天燈。是啊，飛天燈那麼顯眼，它們現在又脫離了地面，一般路過【虞美人】的人，都能看見它們的上端。

「飛天燈。」我淡淡地說道。

「孔明燈！」上官立刻驚呼起來，「妳做這麼大的孔明燈做什麼？」

「表演節目啊。」思宇走到上官的面前，眉飛色舞，「可惜上官不能參加，不然這個節目準讓妳樂一下。」

思宇的話裡帶著刺，讓上官的眼中滑過一絲失落。

「非雪。」上官轉而看我，「我真是越來越不懂妳了。」

我笑道：「彼此彼此。」

「柔兒！」門前的拓羽喚了一聲，「別跟雲非雪學壞了。」

上官看了我一眼，隨即對著拓羽揚起迷人的笑，回到他的身邊輕聲道：「臣妾不會。」

「那就好。」

拓羽拉起上官的手轉身離去，也帶走了他滿身的寒氣。

我立刻大喊：「恭送皇上——」哼，這是我的地盤，我還怕你？

然後我看著夜鈺寒，他神情複雜地看著我，大嘆一口氣也離開院子，而讓我奇怪的是，水嫣然在夜鈺寒走後，立刻跟了上去，將水無恨留在了【虞美人】。

「非雪！太好了！」思宇跑到我的身邊，「就說要氣氣他們，一個個都以為我們女人只是被他們壓在身下，永無翻身之日的洩慾和生產工具，哼！我們女人也是有選擇權的！」思宇還真會總結這個時代的男人。在她說完之後我就看到一院子男人都尷尬地咳嗽起來。

「思宇妳激動什麼，現在妳的雲非雪就要變成天下第一色女了！」隨風走過來拍了一下思宇的腦門。思宇眼一瞟：「色女又怎樣？我們就是色，色遍天下美男，一個都不落下！」

「斐崳，你看看她，哎……」

思宇和隨風在一旁鬥嘴，而我只是看著水無恨，他手裡提著兩個花燈，一臉的木然，他緩緩走到我的身邊，嘟囔著：「爹爹說，今天是和自己喜歡的人一起玩的日子，無恨想到了非雪，可是沒想到在門口遇到了拓哥哥和夜哥哥，無恨想，原來有那麼多人找非雪玩。拓哥哥帶著柔妃娘娘，夜哥哥帶著妹妹，可他們為什麼又來找非雪？無恨想不通。」他不解地看著我，「然後無恨看見小哥哥抱著非雪，非雪很開心，原來他送給非雪一個比無恨大好多好多的花燈。」他看著我身後的飛天燈，再看看自己手上的花燈，哀傷的皺起了眉，「原來非雪喜歡好看的人，無恨是不是還不夠好看……」

心莫名地被揪緊，我想接過他手上的花燈，然後告訴他，那飛天燈是我們一起做的，不是隨風做來送給我的。

揚起的手忽然被人扣住，冷冷的聲音從一邊響起：「既然知道，還不走！」

我驚訝的看著一邊的隨風，他冷漠的表情讓人陌生，水無恨拿著花燈的手顫抖了一下，看著我，我被隨風突然怪異的舉止怔愣在原地。

「還不走！離開這裡，離開【虞美人】！」隨風下起了逐客令，水無恨再次看了我一眼後，將花燈塞入我的手中，落寞的跑了出去。

看著他消失在自己的眼簾，我捏緊了手中的花燈，甩開了隨風的手怒道：「你這是在做什麼？」

隨風依舊一臉冷漠，擺出一副教訓我的姿態：「雲非雪！如果妳不愛他，就不應該給他帶來更多美好的回憶，這樣在妳離開他的時候，他只會更加傷心和痛苦！妳不該再對他施捨妳所謂的溫柔，這樣反而是在傷害他！」

當頭一棒，大腦瞬即變得空白。

我在傷害他，我真的在傷害他嗎？原來一直以來是我製造了一個彩色泡泡，給了他一個美麗的幻想。

「隨風好奇怪……」在隨風憤憤離開後，思宇走到了我的身邊，「不過我覺得他說的很有道理，就像那句話，『你不愛我，就請別對我這麼好，這樣反而讓我更痛苦。』非雪，妳平時太寵水無恨了，是因為他那個傻子的模樣讓妳心疼嗎？」

我茫然地看著前方，心變得空蕩蕩。

「非雪……」斐崳的眼睛裡帶著同情，「隨風他……他是一個喜歡乾脆的人，我想他是看不慣妳這種拖泥帶水的感情吧，妳別把他的話放心上……」

「斐崳……」

「斐崳，你又寵著她了。」是歐陽緡，「我覺得隨風罵得對，門主挺好的一個男人，被她折磨成這樣。」

「緡！」

「好，好，我不說了，我回去睡覺。」歐陽緡雙手放在腦後悻悻離去。

我大嘆一口氣，垂下了頭。

我忘記感情中最關鍵的一點，就是當斷則斷。對夜鈺寒我狠得下心，可對水無恨就偏偏屢屢出狀況，想跟他保持距離，想對他冷漠，到最後，卻依舊忍不住對他溫柔，讓他越陷越深。我真是個垃圾！

「非雪，妳……沒事了吧。」思宇和斐崳依舊留在我的身邊，我揚起了一個笑臉：「沒事了，我想我錯了。」

「好！那妳先去休息，由我和斐崳看著飛天燈，然後半夜換班。」

我揚起了眉毛，一臉壞笑地看著思宇，小丫頭想製造機會啊。

思宇大概看出了我的想法，狠狠踹了我一腳，然後就聽見斐崳的輕嘆：

「妳們兩個孩子啊……」

九、天外飛仙

我想，女人的心應該是水做的。她們在受到傷害之後，就會冰凍起來，讓丘比特的箭再也射不進去，但至少，那還是心。而男人的心就是玻璃做的，一旦受到傷害，就徹底碎裂，從此，丘比特的箭只會穿過他們空空如也的胸膛，所以他們不再相信愛情，遊戲人間。

男人在愛情上，其實比女人更脆弱。

我錯了，我不該給予水無恨過多的溫柔，這跟施捨他有什麼兩樣？既看低了自己，也看低了水無恨，對他更無公平可言。我應該讓他死心，而且是徹底死心，至少在他陷得還不夠深的時候……

正想著，忽然一隻手拉住了我的胳膊，我錯愕地被帶入一旁的黑暗，一個身體壓了上來，將我推在柳樹之下。月光照耀，我看見隨風的臉，剛想說話，他卻突然捂住了我的嘴巴，朝著一個方向大聲道：「妳為什麼要嫁給水無恨，為什麼要去做王妃？是因為我沒有水無恨的身分和地位嗎？」

我看得一愣一愣的，淡淡的月光下，隨風的神情很嚴肅，帥氣的面容此刻卻蒙上了一層鬱悶，他眼角始終看著某處，卻又彷彿怕被人發現，將臉往陰暗裡靠了靠。

輕輕的夜風吹過，揚起了他額際的瀏海和他身後的綠柳。

他皺起了眉，回過臉看我，張了張嘴，此番連臉都皺了起來，那神情就像在努力想演戲的台詞。終於他的眼中閃過一道精光，估計想起下面的話了。

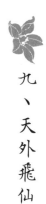

「我知道妳對我是有感覺的，是不是，雲非雪？」他緩緩放開了我，睜著大大的眼睛瞪著我，我緊咬著下唇，努力不讓自己發出笑聲。

他的臉開始下沉，一臉的怒意，忽然他眼一閉，將我緊緊抱在懷中，下巴枕在我的肩上，輕聲「求救」：「他在這兒，雲非雪，快說點什麼，我說不下去了……」

哈哈哈哈……我在心裡大笑著，果然如此，他是要幫我讓水無恨徹底死心。

我想了想，心裡翻著瓊瑤阿姨的劇本，然後輕輕推開隨風，他充滿期待地看著我，嘴唇還動著：說呀，說呀。

「太晚了……」我開始套用言情最常用的台詞，「一切都太晚了……」我哀傷的看著隨風，「我們註定有緣無分……」隨風愣愣地看著我，接下去該如何？一般都是女主角掩面淚奔吧，於是我也捂上臉，一路淚奔回房間。

回到房裡反手帶門，臉上立刻笑開了花，這個隨風，演得一點也不專業。借著月光拿了一個桌上的蘋果，然後靠著門開始啃蘋果。按照正常的劇情發展，男主角應該來拍女主角的門，然後女主角含淚開始掙扎是否要開門，那份痛苦，那份絕望，那份心傷可以賺取不少純情少女的眼淚。最後，女主角還是打開了門，和男主角深情凝望N分鐘後，撲入男主角的懷中，留下一句煽情的話：我的第一次，只想留給你……

「碰碰碰！」突然的拍門聲嚇得我囫圇吞下了嘴裡的蘋果，咕咚一下，卡在喉嚨口。

我努力拍著胸口，才將那口蘋果嘔出了喉嚨，噎得我半死。

思路被打斷，不過劇情倒是按著劇本發展，我只有配合著開門，門口的隨風愣住了，他焦急和擔憂的表情僵在了臉上。我當然不會和隨風深情凝望，因為我這個演員也不專業，所以我選擇比較強勢的方法，一把拉住隨風的衣領，在他的怔愣下，直接拽入房間，然後關門，把隨風扔到一邊，坐在門前繼續啃蘋果。寂靜的房間裡，只有我悉悉嗦嗦啃蘋果的聲音，深色衣衫的隨風隱匿在黑暗中，久久不動。

「妳……」他壓低了聲音，「妳怎麼不亮燈？」

我朝處在黑暗之中的隨風白了一眼，輕聲道：「亮燈讓他看我啃蘋果啊？」

「那妳剛才臉紅什麼？我還以為……以為妳……」

「我什麼？我那是被蘋果噎的，誰叫你突然拍門。」

「電視劇裡都這麼演，不過妳也演得太真了，害得我還以為……」他在我身邊緩緩蹲下，「以為……呼……原來是演戲……」

聽著他奇怪的呼氣，我挑眉看了看他，他那一聲呼氣彷彿帶著輕鬆，又彷彿帶著失望，我湊近他輕聲道：「你該不會以為我真的喜歡你吧。」

「沒……」他突然側過了臉，而巧的是，我正舉著蘋果，他這一側臉，唇正好落在我蘋果的另一端，我渾身一怔，然後聽見他一聲抽氣，他也僵化在那裡一動不動。

黯淡的屋子裡看不清他的表情，舉蘋果的手被他輕輕扣住，他手心的溫暖在我的手腕處渲染開來，然後就聽見：「喀嚓」一聲，他咬了我的蘋果，他放開我的手腕，他側過臉滿意地哼哼：「這蘋果不錯。」

可惡！太可惡了！他居然咬了我的蘋果，而且還是我吃過的蘋果！這人到底講不講衛生啊！

就在我看著自己的蘋果，兀自憤懣的時候，隨風忽然道：「其實水無恨是個不錯的男人，我一向看好他，可惜他的身分實在特殊，不適合妳。」

聽他這麼說，我壞笑道：「你喜歡他？」

「嗯……不過只是欣賞，不是妳腦子裡那種亂七八糟的東西。」隨風果然了解我，「其實妳有沒有想過改變他？因為那晚……妳在看水無恨的畫像時，比看夜鈺寒的更久，而且撕畫的時候也猶豫了幾次。」

「是嗎？」我擰著眉一邊吃蘋果一邊回憶，「跟夜鈺寒比起來，水無恨確實更好，畢竟文武雙全。可是我有機會和時間改變他嗎？我只要一嫁過去，他肯定不管我願不願意，先把我那個什麼了再說，哎……只怕到時我非但無法改變他，反而他改變了我。」一想到自己可能成為玩陰謀的行家，就忍不住一個哆嗦，那樣的我會是什麼樣子？會不會比上官有過之而無不及？

「不過他真的很愛你，從他假山那次……就看得出。」

心慌了一下，小聲問道：「這個……是不是也是我酒後說的？」

「嗯……」

無語……臉燒燒的，還好現在漆黑一片，隨風也看不清我的表情。真是滑稽，房門外牆角的某處，正蹲著傷心的水無恨。而房門裡，我卻和一個孩子討論和水無恨發展感情的可能性。

「反正我和他不可能了。」我狠狠咬完自己的蘋果，要斷就斷得乾脆，以後都不會再見水無恨。

「可惜了……這麼好一個男人。」隨風的話我聽著就像是暗戀水無恨，我忍不住揶揄道：「你不是還有你大哥嗎？」

「大哥？哪個大哥？」隨風的態度讓我疑惑，他怎麼連大哥都不記得了。

「就是上次我畫的那個。」

「哦！那個……咳咳……那個，對對對，是我大哥……那個……認的，不過我對他是崇敬，雲非雪妳別老把身邊的男人和男人聯繫在一起。」

「可你像啊……」

「雲非雪！」

我幾乎可以猜想他此刻的臉有多憤怒，威脅的氣息從一旁不斷地發散，我立刻撇開話題：「你說他……走了沒？」

「誰？」隨風低沉的聲音裡壓抑著他的鬱悶。

「就是水無恨啊。」

「他？我怎麼知道。」他生氣了，突然站起身，面對著房門看了一會，緩緩探出手抓住了門閂，他突然用力一拉，只見一個人影立刻撲了進來，發出一聲驚呼：「啊！」狗吃屎地摔在我的面前。

月光在隨風開門的那一剎那，撒了進來，撒在地上的人身上，地上的人揚起臉朝我不好意思地笑著，然後爬了起來：「不好意思，打擾了，打擾了。」

她往後倒退，險些被門檻絆倒，外面伸出一雙手扶住了她，我納悶，還有人？

我探出了腦袋往上望去，居然是斐崳，而歐陽緡緊繃著臉靠在門邊，他們都有份？

闖禍的傢伙在徹底走出門的時候，還不忘問我們：「要帶上門不？」我當即把手中的蘋果核朝她扔去。

隨風撫住了額頭，拂袖離去，只留下我來慢慢解釋，誰叫我是女人，男人都喜歡把解釋的事情留給女人，因為他們覺得解釋是在浪費時間。原來斐崳和思宇他們也聽到了我們的對話，而歐陽緡礙于水無恨的存在，美其名曰不破壞我們的計畫，其實我猜99％的可能是他想看好戲。三個人滿意的離開房間去看著飛天燈，我洗漱完畢躺在床上輾轉難眠。

整件事最奇怪的就是斐崳這麼冷淡的人居然也會跟著思宇湊熱鬧，真是讓我太意外了，仔細回憶了一番，發現斐崳的改變好像就是在我醉酒那晚之後，莫不是我說了什麼或是做了什麼讓他發生變異？

一層冷汗爬上了背，我到底說了什麼？做了什麼？心裡慌慌的，坐起來，又躺下，躺下，又坐起，昏昏沉沉，時睡時醒，看看已是半夜，索性起來跟思宇換班。

披上衣服，帶著鋪蓋，在飛天燈邊上我們準備著地毯，可以休息。

走出房門沒多久，就看見斐崳揹著思宇，思宇定是撐不住睡著了。這兩天她也累壞了，白天要排練舞蹈，而我又給她加了一支新的獨舞，她練習得非常刻苦，晚上又要和我們輪流看管飛天燈。

心疼她的身體，悄悄看著斐崳將她送回房。

本想跟斐崳打招呼，卻看見他隨即拐入了隨風的院子，也就是原先上官住的院子，奇怪，斐崳三更半夜找隨風做什麼？

他們兩個本就認識，說不定是要「密謀」什麼？心念一轉，偷偷跟上。

斐崳說過我現在的身體很輕盈，只要平順呼吸，就算高手也不會輕易發覺我的存在，我會自然而然與大自然融為一體。

隨風的房裡亮著燈，莫非他也徹夜未眠？

蹲在角落裡，就聽見隨風道：「斐崳，你不去休息？」

「嗯……斐崳想知道尊上真的決定這麼做了嗎？」

尊上？原來歐陽緒口中的尊上是隨風。

「是啊。」隨風的口氣淡淡的，淡得就像風，輕輕消散在空氣裡：「跟雲非雪她們相處的這段時間，我越加了解了女人，其實她們的要求並不高，只希望能和自己喜歡的人廝守一生。青煙的年紀也不小了，我不該因為自己的私欲而耽誤了她的終身，是該給她一個交代的時候了。」

「尊上？您想好了嗎？」斐崳的聲音幽幽地散在空氣裡，「您對青煙真的是愛情嗎？」

「斐崳……這怎麼說？」

「尊上，有些事始終是當局者迷，旁觀者清，斐崳奉勸尊上切勿草率行事，以免將來讓青煙痛苦。」

「斐崳，我定會好好對待青煙，她何來痛苦可言？」隨風的口氣好像有點不服氣。

斐崳是怎麼了？今晚說的話我也聽不懂。

「尊上能看清雲非雪的心，卻看不清自己的心。尊上不如藉著與非雪她們分開的時候，看清了自己的心再做決定。」

「斐崳你這麼說是不是怪我對非雪她們不夠仗義，不帶她們回家？」

「看來尊上還是迷惑在自己的心裡啊……」斐崳嘆著氣，好像是在為誰著急。

「斐崳……我不是不願帶她們回家，不願保護她們，如果我帶她們回家勢必會給家裡帶來麻煩，倒不如將她們先藏在緋夏，與她們分開，縮小了目標，待一切雲淡風清之後，再帶她們回家豈不更好？」

臭小子把我們當包袱啊，誰要去你家，我還不希罕呢！

「五人一起行動的確目標過大，這點是尊上考慮得周到，而且天書已經拿到，實不該再將天書與天機星放在一起。」

「正是，斐崳你和歐陽緡先護送天書回家，而且小妖的病也拖不得，我就帶著雲非雪她們前往緋夏。」

「遵旨。尊上……」斐崳頓住了，彷彿是欲言又止。

「斐崳有話不妨直說。」

「斐崳想問尊上覺得非雪如何？」

「呵……」隨風居然笑了，什麼意思，我很好笑嗎？

「這個女人若是有一半像女人就好了。」

手有點癢癢，好想扁人。

「和她做朋友……很舒服，呵呵……尤其在逗她的時候，有趣，真是有趣，我從沒見過這麼有趣的女人，她……就像一個禮物盒，每天都能給你帶來意想不到的驚喜。不過，她有個缺點，就是老闖禍，真是一個讓人頭疼的女人。」我簡直不敢相信自己的耳朵，我居然從他的話裡聽出了一種寵溺，他就像一個成熟的大人，在說我這個孩子有多麼多麼讓他無奈，多麼多麼讓他生氣。

「她也是一個讓人心疼的女人，不是嗎？」

「這……」房間裡變得沉寂，我越發貼緊了耳朵。

「尊上很開心不是嗎？」

「是啊……的確開心，所以我會把她帶回家，每天看著……就很開心。」

吐血，我是玩具啊！

「呵……」斐崳輕輕的笑聲迴盪在房間裡，「那斐崳就告辭了，尊上好好休息。」

「你也是，斐崳，這次任務你辛苦了……」隨風還挺心疼斐崳。

「斐崳第一次出山就是尋找天書，如此重任尊上卻讓毫無經驗的斐崳來完成，斐崳深感榮幸，何來辛苦可言。」

「斐崳……以後若是歐陽縉敢欺負你，你就來告訴尊上，尊上幫你教訓他！」

「尊上！您怎麼也和非雪那丫頭胡鬧？」

「哈哈哈……近墨者黑，雲非雪這女人，怎麼讓她想出來的！」

怎麼想的？都是二十一世紀的耽美風害的。收緊身體，悄悄開溜，這個位置斐崳一出房門就會看見我了。

又是一番讓人無法理解的對話，斐崳出山是為了找天書，可他在【虞美人】幾乎足不出戶，怎就完成了任務？莫非他會武功？在夜半三更之刻，我們熟睡之時，他就身著夜行衣，小妖化成黑霧，與他一起馳騁屋簷之間。

呃……好像有點離譜。

他們說的天書到底是什麼？而且說已經拿到，還說什麼和天機星分開？

他們到底是什麼人？還是平時的斐崳，平時的隨風嗎？

我停下了腳步，孤立在風裡，這一刻，我覺得他們都好陌生，好遙遠……

聲聲蟲鳴顯示著夜的寧靜，絲絲涼風讓人舒爽。儘管已經入夏，夜卻有點涼。這裡沒有污染，沒有溫室效應，更沒有空調排出的廢氣，一切的一切，都是純天然的，都是新鮮的。發現來到這裡最大的變化，就是雀斑少了，而且慢慢淡化。思宇臉上的痘斑也在斐崳的精心調養下，消失無蹤，一張俊俏的圓臉，白裡透紅，漾出別樣的美麗。

飛天燈高高懸在半空之中，它們是我的希望，它們將帶我奔向自由。

淡淡的茶香飄進了院子，一聲輕輕的呼喚拉回了我的思緒：「雲非雪……」

我看著拿著夜宵的隨風，望進了他那雙如同黑珍珠般幽深的眼眸，忍不住喃喃道：「……你究竟是誰？」

隨風怔了怔，揚起了一抹淡淡的笑容：「我是誰很重要嗎？如果妳想知道，我可以告訴妳……」

「算了。」我還是揚起了手，打斷了他，「我已經不想知道了。」

「餓了吧，吃糕點。」他將糕點放在地毯上，在我面前盤腿而坐，「妳……真的不想知道？過了今天可能就沒機會囉。」他幽幽的笑著，用他的笑容挑逗著我的好奇。

我拿起糕點悶頭吃著。他看了我一會兒也望向飛天燈，雙手放在腦後，緩緩躺下：「妳說……今天拓羽是在嫉妒妳，還是嫉妒我？」他淡淡的聲音從身旁飄了過來，我睨了他一眼道：「誰知道？」

「如果他是在嫉妒我，那就說明他對你有意思；如果他是在嫉妒你，那就說明他身邊沒有像我們一樣的人才。」

人才，真會自戀。

「那就是在嫉妒我，他只喜歡美女。」

「雲非雪這妳就錯了。」

「啊？」我看向隨風，他依舊望著上方的天空，「如果把妳比作書，妳就是封面不起眼但卻有著精彩內容的書……」

「哼！內容再精彩，看完之後還是會扔到一邊，誰會再去看第二遍？」我冷笑著，一本書看完了，知道了結局，還有什麼可看的？

「這妳又錯了。」隨風將視線落在我的身上，我開始納悶：「怎麼又錯了？」

「真正的好書不會被人丟棄，而是……好好珍藏。」

心彷彿被什麼撞了一下，變得漂浮不定，我呆愣地看著表情認真的隨風，他的臉上掛著淡淡的笑容。

「妳是一本好書……」他用左側的胳膊撐起了身體，靠近我的臉，憐惜的眼神在他溫柔的笑容下帶出他的溫情，他緩緩揚起右手，骨感的手背輕輕滑過我的臉龐，「只是還沒有人好好珍藏妳罷了。」

呼吸瞬間停止，心沒來由地發酸，我立刻打開了他的手，側過臉低罵一聲：「神經。」

不知為何，我此刻的心很慌亂，我在逃避。是的，我在逃避什麼，逃避自己都不知道是什麼的什麼。但我只知道自己無法再處於隨風的注視下，否則我一定會融化，為什麼？為什麼自己的心會被一個孩子看透？自己最想聽的話，卻在一個孩子口中說出？

「喂，雲非雪。」隨風撞了我一下胳膊，「妳別不說話，妳不說話我會覺得很奇怪。」

「說話……」我深吸一口氣，不想讓隨風再輕易看出我的情緒，想起了最近斐崳的變化，隨口問道：「斐崳最近怎麼了？歐陽緡也怪怪的。」

「他們？哈哈哈……」隨風朗朗地笑了起來，尚未成熟的聲音卻帶著一絲磁性，「他們那天聽見了妳的驚世之言。」

心頭大驚，慌忙拉住隨風的衣擺：「我說了什麼？」

「想知道？」隨風湊過身體，臉上開始布滿邪氣，我有點後悔問他。

「妳求我啊。」

果然！

躺下，閉眼，不理他。

「喂！雲非雪！妳這樣我很沒勁呃……」身旁傳來他幽怨的聲音。

依舊裝睡，說不理就不理。

「呀，火滅了！」

心底一慌，趕緊跳起：「哪裡！哪裡！」看了看，三個飛天燈好好地飛離地面，裡面的火光依舊明亮。

再次咒罵自己一番，怎麼老是鬥不過這個臭小子。

「臭小子！好好看著燈！」我決定拿出我大姊的威嚴，「否則賞你排頭吃！」

「怎麼吃？」隨風坐在地上挑釁地看著我，「妳既打不過我，又說不過我，我倒很想知道妳雲非雪怎麼賞我排頭吃。」

我壞笑起來，蹲在他的面前：「隨風啊，你知不知道在筆電裡有一個隱藏檔案夾？」

「隱藏檔案夾？」隨風的表情立刻變得緊張。

「那裡面……哼哼，可有你連想都不會想到的內容。」

「是什麼？」

「想知道？」看著他漸漸眯起了眼睛，我伸出我的食指勾住他迷人的下巴，「求我啊～」三更半夜，我雲非雪調戲隨風。

「哼！卑鄙，沒想到妳會在電腦裡設機關！」

「這又怎樣？那些是成年人看的，少兒不宜，看了會心驚肉跳，驚聲尖叫，自然不能隨便放在容易找到的地方。不過……」我捏著隨風的臉，「你們這個時代十四歲就算成年，應該可以看，你想不想看？」隨風的臉又軟又嫩，還有很好的彈性，我開始樂此不彼。

「說！用什麼交換！」隨風終於怒了，扣住了我不安分的手，我壞笑道：「很簡單，告訴我斐崳他們到底怎麼了？」

「呼……還以為什麼呢。」隨風放開了我，先揉了揉自己被我捏得已經微微發紅的臉，然後道：「其實就是妳那天喝醉酒，說把斐崳交給歐陽緡，讓歐陽緡好好愛他。」

石化，徹底石化……

「我發現有些事說不得。被妳這麼一說，他們兩人看彼此的眼神就開始越來越不對，斐崳當時就跑了，歐陽緡就追了上去，之後就不知道發生了什麼，因為我還要照顧妳這個醉鬼。」他抬手捏著我的鼻子。

「…………」

「滿意了？」

木訥地點頭，斐崳和歐陽緡居然是被我硬說在一起的……

「那妳可以告訴我那個檔案夾裡是什麼？」隨風的眼神中充滿期待，「少兒不宜究竟是什麼？莫非……雲非雪，妳們那個世界我發現相當開化，男女……咳咳……親熱都會拍下來，實在……」

隨風說的是電視劇裡的吻戲以及健康的激情戲。

「如果是少兒不宜，難道……」兀自在一邊說的隨風忽然臉紅起來，黑白分明的秀目裡出現了盈盈的水光，薄薄的雙唇微微開合，顯示著他心中的驚訝。

他忽然看向我，色眼含春，他抓住了我的雙臂，一臉春意盎然淫蕩地笑：「沒想到雲非雪妳……嘿嘿嘿嘿……也會看這種。」

「這種？哪種？」我故作不知。

「快快快！告訴我，在哪裡？」

哼，十男九色，唯一的一個還是同性戀。

我冷聲道：「那你還不拿來？」

「好！」他一下子消失在我的眼前，在他離開後，我揚起狡黠的笑……

調出隱藏檔夾後，隨風看得咋舌。是的，裡面根本不是他所希望的那些巫山雲雨，而是看得你心驚肉跳，驚聲尖叫的恐怖片……

恐怖片：少兒不宜。

第一次看恐怖片的人是怎樣的？我想應該就是隨風這樣的，害怕得不敢叫，噁心得不敢吐，因為他是個男人，而他的手卻緊緊地抱住我的胳膊，害得我睡著了又被他勒醒。

拖著疲憊的身體還要爬到宮裡去，因為斐崳提醒我，今日是喝解藥的日子，如果我不去，定然會讓對方起疑，為了最後的勝利，還是老實點為妙。

因為要入宮，不得不換上女裝。今天我穿的是以前給上官做的一套淡粉女裝，簡單的設計，流暢的線條，她以前很愛美，幾乎每天都要換身行頭，還有好多新做的都來不及穿便入了宮。

我在皇宮門外徘徊了許久，也不知怎麼進去，上次出來忘記向他們要腰牌之類的。正想著，裡面出來一個人，光溜溜的腦袋上已經長出了短短的黑髮，是曹公公。

曹公公見到我就迎了上來：「奴才參見……」

「免了免了，詔書還沒下來，我也不是雪兒公主，快帶我進去。」我佯裝成很著急的樣子。

「是。」曹公公走在我的身邊，邊走邊說著，「公主殿下，您雖然還沒正式冊封，但無論老太后還是皇上，可都已經把您當作皇室成員，從五國會一開始，就邀請您參加，可沒想到……」

「哦……那些請柬啊……」我面無表情地說著，讓曹公公猜不透我的心思，「我出生寒微，這種大場面我一定會暈場，讓各國貴賓們看笑話就不好了，所以還是……算了……」

「小人也是這麼跟太后皇上說的，太后和皇上也這麼想，因此，在五國會後，請雪兒公主入宮接受皇家禮儀培訓……」曹公公精光閃閃的眼睛含著笑意看著我，我也笑道：「這是自然，讓太后和皇上費心了。」

曹公公不再言語，繼續帶著我前行。

經過一條九曲長廊，行走在池面之上，錦鯉就在腳下嬉戲，這裡我從未來過。

遠處的亭台邊，上官正憑欄餵魚，淡淡的笑意，金縷的衣衫，身旁兩個小宮女正為她搧著團扇，她慵懶地將自己掛在欄杆上，原本如瀑的長髮綰成了某種髻髮，襯托出她修長的脖頸。

她無疑是個美人，讓人看了心神蕩漾的美人。

她緩緩抬手，目光正好與我相觸，她的眼中滑過一絲驚訝，而此刻，我已來到了亭前。

「柔兒可好？」我問道。

她看著我點了點頭，正想說話，曹公公卻插話道：「公主殿下，別誤了喝藥的時辰。」

我百味交雜地看了上官一眼，在彼此的沉默中離去，沒想到到了最後，我連再見都沒機會說。

曹公公將我引進了一座樓閣，我疑惑道：「曹公公，我不是來喝藥的嗎？」

「正是，藥已在皇上那裡，公主進去便可見到皇上。」

原來是他，如此神祕，一定有話要問我。

推門而入，是書樓。一排又一排的書架，讓人驚嘆的數量，淡淡的陽關從窗戶裡撒入，給這些書包上了一層神祕的金色外衣。

「朕一直在研究皇妹的飛天燈。」拓羽的聲音幽幽地從上方傳來，我往上望去，他正坐在梯子上，手中正拿著一本殘破不堪的古籍，「讓朕百思不得其解，皇妹緣何要做如此之大的飛天燈？」

白燦燦的衣袍掠過，拓羽整個人就站在我的面前。

我領首道：「回皇上，【虞美人】的節目名為天外飛仙，既然是仙，舞台自然與眾不同。」

「飛仙？呵呵……皇妹莫不是要飛天？」拓羽微勾的嘴角卻帶著認真，他注視著我，看著我淡然的表情。

「非雪是來喝藥的，請問皇上藥在何處？」我笑著，笑得陽光燦爛。

拓羽收起笑容抬手指向一邊，那邊有一張書桌，藥就在桌上。

我走過去拿起了碗，手腕忽然被人扣住，碗中的藥湯濺在手上，滴落下去。他緩緩俯身靠在我的耳邊，溫熱的氣息吐在我的耳畔：「東風為信，箭似飛星。」

我愕然，側臉看他，他的眼中滑過一抹驚喜：「是妳！果然是妳！」

「什麼是我！」我轉回臉，掙脫了他的手，將藥喝下，「非雪告辭。」

胳膊忽然被他抓住，一股巨大的拉力將我拉回他的身邊，我腳下不穩撞在他的胸膛上：「為什麼？為什麼要這麼幫我？」他忽然伸手從身後環抱住我，臉埋在我的頸窩裡，低啞道：「妳快把我逼瘋了……」心慌了起來，現在這是什麼情況？我一抬腳就狠狠踩在他的腳上，他卻沒放開，反而將我抱得更緊。

「你們在幹什麼？」顫抖的聲音從門口傳來，拓羽立刻放開了我，門口正站著上官，她慘白的臉上盡是憤怒，單薄的身體在門前搖搖欲墜。

我趕緊跑得遠遠的，整理好自己的衣衫道：「皇妹告辭！」接著扭頭就想跑。卻沒想上官跑得比我還快，拓羽複雜地看了我一眼，便追了出去，到最後，反而只剩我一個人在書樓裡，傻愣愣地站著。

離開皇宮的時候，隨風為我撐起了一片陰涼。他走在我邊上沉默不語，我也為剛才的事獨自納悶。看他來接我，就料到他剛才一定也在，問道：「你剛才都看見了？」

「嗯……」他沉聲點頭，眼睛看著地面。

「消息是你給他的？」

「嗯……」依舊是一句有氣無力的回答，今天的他有點怪，莫非在為自己沒有「英雄救美」而內疚？

我撞了他一下胳膊：「別為我擔心，我沒事，拓羽對我沒什麼歹意，只是他一方面想利用我，一方面又因為我幫他而感動，想幫我脫困卻又無能為力，整日活在自己良心的掙扎中，所以……」

「不是的，雲非雪，妳想得太簡單了。」隨風緩緩停下腳步，站在橋邊，眺望著遠方的天空，「自古帝王身邊沒有幾個真心的朋友，身邊的人所做的每一件事都帶著目的，而妳雲非雪卻是例外，妳從不要求什麼，如果妳是男人，那樣幫他便是肝膽相照，可如今，妳卻是個女人。」隨風側過臉凝視著我，「拓羽的掙扎不是因為自己的良心，而是不知如何面對妳，面對心中那份奇怪的，讓他不知所措的感情。」

他說完，幽幽地嘆息了一聲，轉身而去。我愣愣地跟在他的身旁，開始消化他的話，思來想去覺得頭疼，最後還是把拓羽的問題拋出腦袋，反正以後也見不著他了。

飛天燈幽幽地漂浮在【虞美人】的上空，引來了不少路人好奇地觀瞧，一下子【虞美人】門前被擠的水洩不通。

錦娘和福伯眼看攔不住人，索性關了店，對於他們，我將【虞美人】留給了他們，我總不能這麼不負責任的拍拍屁股走人，讓他們從此生計沒有著落。

而院子裡，眾人已經換上表演的衣衫，福伯和錦娘正在檢查是否有什麼需要修改之處。思宇一套嫣紅的舞裙，我十分邪惡的設計成了露臍裝，惹得思宇一臉鬱悶，我還色色地要給她赤裸的腹部畫上玫瑰，她立刻躲到斐崳身後。

斐崳是一身素淨的長袍，白色的衣袍上是淡淡的水鄉畫，黑色的長髮傾洩在身後，飄逸中帶著俊雅。歐陽緡是黑紫色的華袍，突出了他的酷勁和神祕，高高豎起的頭髮更是拔高了他的個頭，原本他就比斐崳高一個頭，此刻斐崳站在他身邊，簡直就是嬌小玲瓏。

唯獨遲遲未出來的就是隨風，更衣室的房門緊閉著，靜靜的房間裡透出詭異的氣息。我偷偷上前，大家和我一樣，趴在門外拚命將自己的眼睛塞進門縫，只見隨風拿著衣服就是長吁短嘆，還不停地說著：「我怎麼能穿這個……我怎麼能穿……」

我忍不住笑了，我給他設計的正是彩蝶紛飛的錦繡華袍，紅色的內襟襯上這花蝴蝶一樣的華袍突出了他的妖冶和魅惑，他這件衣服可是我們幾個當中最難做的衣服，光上面九九八十一的蝴蝶，繡姊們就費了三天功夫。

「哎……這要是穿出去，我一世英名何存……」

身邊的人開始竊笑，斐崳輕提袍袖，將自己雌雄莫辨的臉也深深掩起。

我用力推開了門，隨風正巧在寬衣解帶，深藍色的外衣退至半身，露出裡面白色的裏衣，因為我突然闖入，他一下子愣在那裡，即不穿上也不脫下，這要是女人，非讓男人立刻撲上去把這美人撕碎不可。

我走到他的面前，輕輕撫摸著他呆滯的臉：「乖……這衣服很漂亮的哦，你又這麼美，穿上一定迷死人……」

他依舊木訥地看著我，粉嫩的臉頰開始泛紅。我揮了揮手，斐崳他們立刻閃身進來，我們一起七手八腳地給他換上了衣服，推出門外。

隨風的美帶著霸氣，一身原本妖媚的華袍在他獨特的氣質承托下，反而除卻了妖氣，紅色的衣領從華袍裡凸顯，張揚著血腥的煞氣，而這股煞氣卻又被滿身蝴蝶的祥和之氣淡化，讓隨風猶如一位神祕王國的尊主，讓人敬畏。

「這……是小隨風？」思宇上下打量著隨風，繞著他開始轉圈。

我也被隨風的外貌所吸引，一時說不出話來。

「這若是帶上一個酷一點的面具，簡直帥呆了！」思宇的話提醒了我，無意中看見了斐崳和歐陽緡，他們也是若有所思。

是啊，他們的外貌太出眾，也太敏感，我們此番是逃跑，這若讓沐陽城老百姓，乃至各國使節看清我們的樣貌還怎麼跑。

轉眼正好瞟見飛天燈上的小妖，好吧，既然大家都是美人，乾脆做一窩狐狸精吧！

夜幕在不知不覺中降臨，燦爛的星空下，站著熙熙攘攘的人群，他們正朝著東門挪進，東門邊的酒樓裡、茶館邊、牆上、地上，都聚集著圍觀的老百姓。

舞台邊圍了一圈桌椅，那是給達官顯貴們準備的位置，當然還有樂師。再外面，便是層層的官兵侍衛，將老百姓控制在百米之外。

各國的表演隊伍在黃昏便聚集在西門，我們【虞美人】的舞娘也候在那裡，此番是我帶隊，因為思宇直到舞娘表演結束後，才會跟著斐崳他們從空中而來。

我將小妖面具帶上，遮住自己的一半面容，配上一身百花盛裝，和一條鮮紅的雲錦，整個就是狐媚。前面的人給出了信號，繡姊們將我簇擁在她們之中，大家可以想像昨天她們見到我的神情，簡直如同看怪物一般，沒想到平常那風流倜儻的老闆，卻一下子成了和她們一樣的女人，怎讓她們不驚？

各個表演隊排成特殊的隊形，開始前行。沿街的兩邊都有士兵來控制百姓的秩序。表演的隊伍也會做出各樣的造型，對於我們來說，表演已經開始。

【虞美人】的繡姊們今天統一淡藍色的裙衫，手上拿著白色的綢傘。綢傘的一角繡著一朵大大的銀藍蓮花。她們邊走，邊舞動著綢傘，時而飛轉，時而擺出各種精美造型，思宇實在太有才了！

等我們到達的時候，第一個節目已經完成，現在舞台上正是暮廖的節目——魔術。我仰著脖子看著，望向城樓，高高的城牆擋住了我的視線，基本看不清五個國主的樣貌。掌聲一陣接著一陣，喝彩聲更是蓋過了掌聲，精彩的節目讓人眼花繚亂，樂曲聲起，已經輪到我們的節目，此番我是不用上場的。

繡姊們輕提羅裙，在悠揚的曲聲中婀娜上場，白色綢傘上的銀藍蓮花在燈光下變得眩目，綢傘飛轉，形成了一條白色的雲帶，雲朵隨著藍色裙擺時而匯聚，時而飛散，飄飄揚揚，讓人捉摸不定。

全場變得寂靜，折服於這似夢似幻般的舞姿。

看看時機差不多，我扭頭看向【虞美人】的方向，那裡，三盞飛天燈已慢慢升空，朝這裡緩緩飛來。感謝上蒼，沒有下雨，否則一切玩完。

樂曲收尾，繡姊們排在了一起，半蹲並將手中的綢傘轉得飛快，台下的人露出疑惑之色。

「這舞也跳完了，怎麼還不下去？」

「可能還有。」

「鼓掌！我們還沒鼓掌！」

「對啊，不鼓掌人家怎麼下場。」

掌聲猛然爆發起來，他們定是以為繡姊們沒得到喝彩不願離去。

持續的掌聲依然沒有遣散表演的美人們，她們依舊低身轉著手中的綢傘，就連城樓上的樓主也疑惑的站起身，想看個真切。

就在這時，一道清明的笛聲忽然劃破蒼穹，繡姊們站了起來，重新開始新的舞蹈。

那道笛聲衝破了掌聲和歡呼聲，將它們徹底壓下，場下再次變得寂靜，眾人開始尋找這天籟之音的出處。

「天上！」有人高呼一聲，眾人齊望向天際，只見半空之中，一位紅衣仙子，正吹出那空靈的《蝴蝶泉邊》。

臭丫頭總算來了。

台上的繡姊們開始聚攏，將綢傘罩住了她們的身體，我輕提華袍，躲在了傘下。

一陣水流般的琴聲從天際落下，身上的傘一把接一把移開，我緩緩站起了身，伸手迎接著空中的仙子。仙子落地，紅袖隨著琴聲撒入空中。

是一隻紅色的「狐狸」！

飄揚的紅綢在我面前落下，帶出了悠揚的洞簫。

我望著身邊的思宇，開始歌唱：「我看到滿片花兒的開放，隱隱約約有聲歌唱，開出它最燦爛笑的模樣，要比那日光還要亮……」思宇迴旋著身體，讓我處於她的紅袖之中，那飄搖的的紅綢，如同水波一樣在身周流轉。

「蕩漾著青澄流水的泉啊，多麼美麗的小小村莊，我看到淡淡飄動的雲兒，印在花衣上……」古韻的質樸將人們帶入那遙遠的天際，那神祕的蝴蝶泉邊。

琴聲再起，與洞簫和古塤融為一體。

「我唱著媽媽唱著的歌謠，牡丹兒繡在金匾上，我哼著爸爸哼過的曲調，綠綠的草原上牧牛羊……」

思宇抓住了纖繩，輕巧地翻入空中舞台之上，豔麗的紅袖在空中滑過，她開始在空中曼舞。

「環繞著扇動銀翅的蝶啊，追回那遙遠古老的時光，傳誦著自由勇敢的鳥啊，一直不停唱……」

飛天燈再次緩緩上升，一個秋千從思宇的舞台下垂落，我緩緩走到秋千旁，站了上去，慢慢離開地面。

「葉兒上輕輕跳動的水花，偶爾沾濕了我髮梢，陽光下那麼奇妙的小小人間，變模樣……我哼著爸爸哼過的曲調，綠綠的草原上牧牛羊……」

無數的花瓣從上面落下，如同隻隻翻飛的彩蝶，落入人間，輕輕的東風捲起了花瓣，帶走了所有人的思緒。

「環繞著扇動銀翅的蝶啊，追回那遙遠古老的時光，傳誦著自由勇敢的鳥啊，一直不停唱，一直不停唱……」聲音在我口中漸漸收攏，我們已離開了舞台，沐陽城的夜景展現在眼底，下面的人影越來越渺小。

琴聲不止，紅袖不斷，直到飛離城樓，繡姊們放出了絢爛的煙花，我們隱跡於煙花之中……我們的飛天燈越過城樓，城外廣闊的樹林映入我的眼簾，城樓裡是高呼的人群，城樓外是寂靜廣袤的天地，我就將投入這片天地中，只要東風一起，我們將飛向自由。

心怦怦地跳著，雖然東風尚未到，但也能飄離沐陽，哈哈，這下老太后和拓羽可要鬱悶無比。正在激動的時候，身邊忽然掠過一物，當即纏住了我的秋千，是繩子，嗖！又一根，兩根繩子分別纏在我秋千的兩邊，這到底是怎麼回事？

心懸了起來，回眸間，我立刻驚愕得無法動彈。

外側城樓上站著白衣飄然的拓羽，他的身邊是他最忠心的鬼奴，他們抓著繩子將我們拖回。

秋千靠在城牆上，我與拓羽之間隔著城牆，四目相對之時，我看見他得意的笑，他向我伸出了手：「怎麼皇妹這麼有雅興夜賞樹林嗎？」

他的手朝我的臉龐伸來，緩緩摘下我的狐狸面具，然後出神的看著我。

「非雪——要不要幫忙——」思宇從上面喊了下來，我揚了揚手：「讓我跟他談談。」

我做了一個深呼吸，對拓羽道：「皇上，這只是表演。」

他依舊看著我，眼神裡陰晴不定，不知在想些什麼，我只有再喚他一聲：「皇上！」

他的眼睛眨了一下，然後瞇眼笑著：「真的只是表演？」

「只是表演，天外飛仙……」

「飛仙？雲非雪，妳不要忘記妳曾說過妳是朕的人，就算妳是飛仙，我也要把妳從天上拉下來！」拓羽忽然捏住了我的手，雙眼陡然睜開，不再掩飾裡面熊熊的烈火。

我驚呆了，不可置信地看著他：「皇上，就算我留下來，也只是你的皇妹，水無恨的妻子，男女有別，我無法再做你的兄弟，做你的弄臣！」

「非雪……」他捏住我的手越來越緊，宛如要捏碎我的骨頭，「留下來，相信我，一切都會好的。」

我搖頭，拚命地搖頭

「非雪，妳當真如此無情？」

我點頭，我拚命點頭。

拓羽的神色暗了下去，他忽然另一隻手拽住了我的胳膊：「妳若真的如此絕情，為何處處為我設想，處處幫我？」

我朝著他乾瞪眼。

「東風為訊，箭似飛星難道不是妳提醒朕的嗎？」

他提起這個我想起來了，趕緊道：「皇上，快起東風了，您人派了嗎？」

狂喜滑過拓羽的臉：「果然是妳！朕就知道一定是妳！雲非雪，妳到底還有多少是朕不知道的。」

你不知道的可多了。

我使勁抽了抽自己的手，沒成功，我只有道：「皇上，江山為重，您就別再拽著小女子了。」

我開始考慮要不要踹他。

「妳還是要走！」拓羽的雙手緊緊拽住了我的胳膊，我哀嘆道：「在非雪心裡，拓羽是非雪的朋友，無恨也是非雪的朋友，你這是讓非雪兩難啊。」我定定地看著拓羽失落的臉，他漸漸閉上了眼睛。

一陣微弱的東風掀起了我的長髮和雲錦，帶動著上面的纖繩晃了晃。

風起了，我欣喜若狂，看著依舊拉住我的拓羽笑道：「皇上，您該回去了，前面怕是要開戰了。」

拓羽抬眼望著我，眼裡是一道慎人的精光。怎麼，想用強來的？就在這時，一個鬼奴躍到拓羽身邊，耳語了幾句，拓羽抓住我的手鬆了鬆，寒光滑過他的眼睛，我趁機用力抽回了自己的手，他當即扭頭看我。

我抬腳蹬了一下城牆，整個人借著蹬力和風力迅速離開城牆，拴住我兩邊的繩子再次拉長，然後繃緊。

拓羽嘴角上揚，得意的看著我，可忽然，他的得意消失在他睜大的眼中，他恐慌地看著我身後。身邊寒光一閃，有人砍斷了牽絆我們的繩子，扶住了我的腰，是隨風，而思宇已經順著繩梯爬上原本隨風待的飛天燈，保持三者之間的平衡。

「小心，要起大風了！」他緊緊抓住了一旁的繩子，摟緊我的身體。

猛然間，刮起了一陣強風，我下意識抱住了隨風，在大風下，我們迅速飛離，他的蝴蝶和我的百花一起在風中飄揚。

拓羽的手探向空中，鬼奴們再次甩著繩索，但由於距離太遠，已經無法將我們捕捉，他的龍袍在東風中飛揚，佇立在城樓邊目送我的離去，手裡還拿著我的狐狸面具。

拓羽，不是所有人都能被你掌控的，我雲非雪，就是個例外。

東風來勢迅猛，帶走了我的雲錦，那紅色的雲錦在風中飄飄揚揚，猶如重生的火鳳，在爛漫的星空下遨遊，和那燈火沖天的沐陽城，一起消失在我的眼中。

別了，蒼泯……

【虞美人】的天外飛仙震驚了所有人，讓人更為驚嘆的原因是那些表演者失蹤了？他們如同飛天一般，從那一刻消失在人間。

一時間，天外飛仙成了一個神話，一個傳奇。

由於當時的表演者都面帶狐狸面具，更有人說【虞美人】本就是狐仙所創，否則人間哪有如此精美的服飾，哪有如此神祕的佳人？

與此同時，失蹤的不僅僅是那幾個神祕美人，還有【虞美人】的東家雲非雪和寧思宇。開始有人流傳雲非雪和寧思宇便是那晚的表演者，是女人，因為有人曾見到穿女裝的雲非雪，但在問【虞美人】的成員時，得到的答案卻是：我們的兩個東家都是實實在在的男人。

於是狐仙之說越加可信。

那為何雲非雪和寧思宇的性別一時變得諱莫如深？因為雲非雪的詔書一直沒下，真正知道雲非雪身分和她與水無恨婚事的，也只是朝廷的上層。而寧思宇在人前也從未穿過女裝。再加上【虞美人】成員的刻意隱瞞，於是普通百姓們對於她們的性別便揣測不定。

另一方面，朝廷因為雲非雪的失蹤，而撤銷了詔書，封鎖了消息，否則真成了天下的大笑話。太后和水酇一致認為皇上一開始不下詔書是明智的決定。而拓羽之所以遲遲不下詔書，是因為他不甘心將雲非雪這樣特別的女人送給了一個傻子。

總之，誰也沒想到雲非雪會在中毒的情況下擺了他們一道，讓他們吃了啞巴虧。

雲非雪飛離的當晚，鬼奴們便在姻緣樹上抓到了可疑刺客，使蒼泯與緋夏之間的間隙有所緩解。但隨即帶出的暗流是，是誰在挑撥兩國之間的關係？是誰要攪亂這灘平靜的死水？這個世界的和平是否還能持久……

第二天，各國國主便開始紛紛離城。

蒼泯的國主，也就是拓羽，派出大量人馬沿途秘密追蹤雲非雪等五人，可找到的，僅僅是幾個墜毀的飛天燈而已。

幾天後，在蒼泯與緋夏的國界邊，緩緩行來一輛牛車，牛車上是一些時令貨，以及當地的特產。趕牛的老者頭戴斗笠，嘴含煙管，飄然的白鬚，鶴髮童顏。身邊是他的老妻，和一個黝黑的少年。

黑色的青牛優哉游哉地出了國界，老者只說是到李家村探望出嫁的女兒。這李家村就在國界邊上，屬於緋夏，這裡兩個村臨近，通婚很是平常。

侍衛也沒攔阻，便讓此三人輕鬆過界，就在進入緋夏國界的時候，老婦和少年互望了一眼，幽幽地笑了起來……

天空中，正漂浮著一朵好大……好大的棉花糖……

寂靜的夜裡，卻是她的哀傷，整個【虞美人】都被籠罩在一層濃濃的女人怨念中。

裴崳站在書房門口，歐陽緡依舊站在他的身後，單手支在門框上，而隨風靜靜地靠在另一邊，他們都沒企圖阻止這個女人發瘋。他們都知道，她實在需要一場發洩，一場好好的發洩。

裴崳擔憂的眼神裡是對她的憐愛，在他最需要求助的時候，是她——雲非雪將他帶入了【虞美人】，一個堅強、獨立的女人，卻又需要人疼惜和關愛的女子。

「裴崳……」

她在喚他。裴崳扶住門框的手鬆開了，抬起了腳，手臂卻被人捉住，是歐陽緡，裴崳疑惑地看他，歐陽緡對他搖了搖頭，他只有依舊站在門外看裡面雙目已經茫然的女人。

「裴崳啊裴崳……」她拿著他的畫像哀怨地皺起雙眉，那憂傷的模樣讓裴崳心疼。

「裴崳啊裴崳，為什麼你這麼美麗，這麼聖潔？聖潔得讓我對你一絲邪念都沒有，為什麼？」

裴崳一下子怔愣住了，原來自己在非雪的心裡會是那麼神聖的形象，他呆呆地站著，聽她唸道：「不，我有的，我有邪念，就是總是想看見你跟男人在一起，只有男人才能保護你，更好的愛你。」

心，怦怦地跳了起來，裴崳不可置信地向後退了一步，撞上一直站在他身後的歐陽緡。歐陽緡結實的胸膛讓他慌了一下，他微微靠前，與身後的歐陽緡保持一定的距離。不知為何，他的注意力從雲非雪的身上，開始慢慢轉移。

「而我，只是一個女人，我只喜歡你疼我、寵我，可你看上去比我更需要人守護。你對我來說，只能是大哥，是親人，是我雲非雪需要撒嬌時的物件。我讓你頭疼吧？我總是讓你頭疼，你總是那麼包容我，做好吃的甜湯給我吃，為我解毒，容忍我在你身上哭泣擦鼻涕，你明明是那麼愛乾淨。呵……其實你更像姊姊不是嗎？所以我希望我的姊姊能找到好好愛他的人。」

斐崳此刻真是哭笑不得，說他像姊姊，他難道會高興嗎？曾幾何時，他也想被別人看作一名男子漢，可偏偏這張臉，是這張臉讓他成為眾人的目標。他無法保護自己，更無法保護身邊的人，更可惜的是他連要保護的對象都沒有。

就在他拿起小刀要毀掉這張面容的時候，冥聖出現了，他只對他說：「要保護自己，就要變強。」

他跟了他，成為他的徒弟。每當他問起冥聖為何選中自己的時候，冥聖那雌雄莫辨的臉上就揚起妖冶的笑：「因為你和我一樣，是個美人。」這句話，讓他鬱悶了好久，直到漸漸習慣、麻木，最後到現在會處處注重自己的容貌，他已經被冥聖徹底同化，成為一個愛美的臭屁男人。是的，他曾經就一直在心裡這麼罵他：那個臭屁男人。

他扶住門框的手開始無力，他緩緩靠了上去，其實被人保護，也是一種很好的感覺，之所以喜歡非雪，是因為自己和她是同一種人吧，都是懶人……

身邊射來一束奇怪的目光，斐崳尋著目光望去，正是隨風，他那一副努力忍住笑容的樣子，讓斐崳心裡不爽。隨風見斐崳眼中出現殺機，遂將目光再次收回眼底，但他還是時不時偷偷瞟向斐崳的身後，那個此刻已經笑僵的歐陽縉。

歐陽縉在斐崳的身後早就偷笑不止，一個好好的男人卻被當作姊姊，這讓歐陽縉怎能不笑？不過有一點他不得不承認，斐崳的確美得讓人心動。

他很懷念當初傻子的生活，被斐崳呼來喝去，懷念為他梳髮、為他準備洗澡水、為他整理衣衫；那時也只有他可以親近這個人間仙子。歐陽縉渾身一怔，他居然在對斐崳想入非非。自從他恢復正常後，斐崳便不再讓他照顧他，不再讓他靠近，一張冷淡的臉將他拒之千里，若不是雲非雪的要求，他甚至都不能在斐崳的身邊保護他。他不懂，為什麼斐崳對他和對阿牛的態度會截然不同？

他是在怕嗎？難道怕他對他做出無理的事？呵……歐陽縉心底一陣苦笑，他只想保護他，因為他看上去是那麼需要別人保護。而他，是不是當他也是那些貪色之徒對他另有企圖？目光不由自主地落在了斐崳的身上，他只想好好保護他，靜靜地守護在他的身邊，其他的……他不敢想，也不配去想……

「歐陽縉啊歐陽縉……」歐陽縉愣了一下，雲非雪在喚他？

「不管你以前有多複雜，現在你也自由了……」是啊，自己自由了，可一顆心，卻被人囚禁了，苦澀在心底慢慢化開，看著身前的人，明明離自己是那麼近，卻連一個擁抱，都不可以……

「我把斐崳交給你，你到底喜不喜歡他？」

斐崳和歐陽縉同時僵住，心跳在那一刻，不約而同地停止。

「難道你們之間只是兄弟之情？」斐崳慌了，歐陽縉聽到了！他聽到了！他會怎麼想？他就在自己身後，那麼真實的存在，怎能忽略？尷尬和難堪讓斐崳希望自己能一下子消失，消失在歐陽緒的面前。

他垂下了臉，緊咬著下唇，深吸了一口氣，轉過身就想跑，卻未料正撞在身後歐陽緒的胸膛上，歐陽緒扶住了他，和以往很多次一樣，扶住他這個單薄，總覺得會被風吹走的身體。歐陽緒結實而起伏有點變速的胸膛讓斐崳越發慌亂，他更加不敢抬頭，輕推了一把面前的人，便急速離開。

在斐崳推自己的那一剎那，歐陽緒感到一絲莫名的心痛。被討厭了吧，歐陽緒苦笑著。

「那我可不客氣哦，我會搶哦。」屋裡的人繼續叨叨唸唸。搶就搶吧，歐陽緒這麼想著，雲非雪是個不錯的女人。他撐在門框上的手開始捏緊，除非是雲非雪，其他任何人都不可以搶走斐崳，他這麼想，捏緊的拳頭變得慘白。

「你也見識了我的邪惡，我很難說來個霸王硬上弓哦，像斐崳這種好男人一定會負責的，到時你就哭去吧，哭得雙目失明都沒人同情你，誰叫你不好好珍惜？哎，為什麼人都不知道珍惜呢？失去了才知道痛苦，一旦愛了就要敢愛，畏畏縮縮算什麼男人！」

一字一句砸在他的心裡。是啊，這樣也算男人？他一拳狠狠砸在門框上，轉身就朝斐崳的院子跑去。一旁的隨風挑起了眉，漸漸上揚的嘴角，露出一抹詭異的笑。

漆黑的屋子裡，斐崳坐在地上，懷裡抱著裝有小妖的盒子，這是他第一次不顧及自己的形象，坐在地上，他心如亂麻，滿腦子都是歐陽緒會不會尷尬，會不會從此與他保持距離，或是離開他。

他習慣他的存在，從阿牛開始，他就喜歡和他在一起，耍他、逗他、欺負他……那個傻傻的阿牛只會「哦，哦，哦」的應話。

阿牛是他的人，他一手打造這個聽命於他，不會虛偽的人。他看著自己會臉紅，他看著自己會發呆，木訥但卻真誠。他誠實地展現著他內心的一切，他的喜歡，他的討厭，他的擔憂，還有他的慾望。

而現在，阿牛變成了歐陽緡，冷酷的臉上沒有任何表情，冰霜的眼裡只有對敵時才會透露殺氣，他把他的心掩蓋得很好，嚴密得他再也看不透他的心思。

他說：不許你再進我的房間。他只是淡淡地點頭。

他說：不用你再為我梳髮。他只是淡淡說了聲好。

他說：你自由了。他只是嚴峻地說了一句：我要保護你。

歐陽緡就是歐陽緡，他不會變了，他和自己在一起就像是在執行任務，不離其左右，卻又保持距離。不會再像以前的阿牛，會偷看他洗澡、換衣服，會在他假寐的時候，偷偷摸他的臉。

他被討厭了。是的，斐崳的心有點痛。歐陽緡這麼高傲的人，卻被他當傻子一樣玩，歐陽緡一定恨他，之所以留下來保護自己，是因為自己救了他，他覺得欠了自己一個人情，人情還清，他一定會走，而且是毫不留戀的離開。

「斐崳！」門外忽然傳來敲門聲，讓斐崳慌了神，手中的盒子險些抓不穩。

他將盒子放回床底，本想整理一下衣衫就去開門，卻沒想那人「砰磅」一腳踹開了門。

斐崳當即愣住了，坐在地上，傻傻地看著站在門外的歐陽緡。

歐陽緡注視著坐在地上的斐崳，他幾時也這麼不講究形象？他皺起了眉，昏暗的房間裡，透露著一種莫名的哀傷。他走向斐崳，斐崳的視線隨著他的移動而移動，他來了，他為什麼會來，是不是要跟自己說些什麼？掩藏不住的期盼從斐崳的目光中透露，心開始隨著他的靠近而加快。

他走到自己的面前，蹲了下來，嘆了一口氣，說道：「非雪的話你怎麼這麼在意？她酒後胡言而已……」歐陽緡本來鼓足了勇氣打算揪住斐崳的衣領，問他到底愛不愛他，可當他面對這個一臉迷茫的人兒時，所有的話語咽回肚中。

一盆冷水將心底那一絲期盼徹底澆滅，斐崳的心，瞬即變得冰涼，斐崳狠狠推了一把面前的歐陽緡，歐陽緡被推坐在地。

「出去！我要休息了！」斐崳冷冷地說著。

歐陽緡急了，情不自禁地捉住了欲起身的斐崳，將驚愕的他抵在床邊：「斐崳，我們不能回到從前嗎？為什麼我從阿牛變回歐陽緡後，你的態度變了這麼多？為什麼？」

斐崳的雙臂被歐陽緡牢牢鉗制著，隱隱傳來的熱度讓他心慌，他呆愣的看著歐陽緡英俊卻泛著痛苦的臉，他開始迷茫，他不是討厭自己嗎？

「如果你討厭和現在的我在一起，請把我變回阿牛吧，至少……那樣我不會痛苦。」歐陽緡輕輕將面前依舊發愣的人拉入懷中，深深地抱緊，只要擁有那麼一刻，他也心滿意足。

斐崳睜大著雙眼，下巴靠在歐陽緡的頸邊。他沒有再推開他，確切的說，他不確定自己是否要推開他，彷彿這是他希望的懷抱，很溫暖，讓他覺得安心。斐崳笑了，原來他不討厭自己，他甚至想變回傻傻的阿牛，任他蹂躪。

他找了個舒服的角度，將臉靠在歐陽緡的肩膀上，雙手忍不住環抱住他，感覺到歐陽緡變得渾身僵硬，他笑意更甚。

淡淡的藥香從斐崳的身上傳來，將歐陽縉的神志漸漸喚醒，他不明白，他原本以為斐崳會推開他，然後扔一大堆蟲子在他身上，他起初並沒想那麼多，就做了如此大逆不道的舉動，而此刻，他心底開始發寒，說實話，他很怕斐崳的蟲子。

而這個懷中的人，非但沒有推開他，反而放鬆了自己的身體，環住了他的腰，莫不是要用更加嚴厲的懲罰？

罷了，歐陽縉決定豁出去了，他索性將這個懷抱更加收緊。

「斐崳……」歐陽縉忍不住輕聲問著：「我這樣抱著你，你……不打我？」歐陽縉覺得這樣問好傻，彷彿在提醒斐崳應該狠狠扁他，可他還是忍不住問了。

靜靜的房間裡傳來斐崳一聲輕輕的回應：「嗯……」他將身體越發貼緊歐陽縉，這次整個人都要掛到歐陽縉的身上了。

歐陽縉被斐崳這一動，整個人熱度直線飆升，斐崳身上的藥香不再有讓他清醒的作用，反而越加撩撥著他的情慾。他的心猛烈跳著，呼吸開始變得沉重。他用殺手的理智，努力控制著親吻斐崳的衝動，啞著聲音問道：「為什麼？」

斐崳閉著眼睛輕輕地笑了，呼出的氣撫過歐陽縉的耳邊，揚起了他幾根髮絲。

「沒有為什麼，因為我喜歡你。」斐崳從歐陽縉的頸窩鑽出，欣賞著歐陽縉怔愣的臉，他很開心，他的阿牛又回來了，他傾身向前，吻住了歐陽縉的唇，就在對方要極力索求的時候，他立刻收回了自己的唇，然後陰下了臉，命令道：「給我梳髮。」

……時間在靜謐中流逝。

「哦。」過了許久，歐陽緡才反應過來，一臉苦悶的扶起了斐崳。小腹痛得想哭，但又有什麼辦法呢，他算是明白斐崳有多麼邪惡，邪惡得讓他無可奈何，因為他懼怕他的蟲子……

苦笑一聲，只有乖乖地給這個惡魔般的美人梳髮。他，歐陽緡，成了這個惡魔的奴僕，而且是永遠的奴僕。

國家圖書館出版品預行編目資料

黯鄉魂 / 張廉作. -- 初版. -- 臺北市 : 臺灣國際角川, 2011.08-
冊 ; 公分. -- (Kadokawa fantastic novels)
ISBN 978-986-287-248-2(平裝). --
ISBN 978-986-287-349-6(第2冊 : 平裝)

857.7 100011228

Kadokawa Fantastic Novels DX

黯鄉魂 2

2011年10月19日　初版第1刷發行

作　　者：張廉
插　　畫：Ai×Kira
發 行 人：塚本進
總　　監：施性吉
總 編 輯：呂慧君
副總編輯：蔡佩芬
主　　編：吳欣怡
文字編輯：黃怡菁
美術副總編：黃珮君
美術主編：許景舜
美術編輯：宋芳茹
印　　務：李明修（主任）、張加恩、黎宇凡

發 行 所：台灣國際角川書店股份有限公司
地　　址：105台北市光復北路11巷44號5樓
電　　話：（02）2747-2433
傳　　真：（02）2747-2558
網　　址：http://www.kadokawa.com.tw
劃撥帳戶：台灣國際角川書店股份有限公司
劃撥帳號：19487412
法律顧問：寰瀛法律事務所
製　　版：巨茂彩色印刷品有限公司
ＩＳＢＮ：978-986-287-349-6
香港代理：角川洲立出版（亞洲）有限公司
地　　址：香港新界葵涌大連排道200號偉倫中心第二期20樓前座
電　　話：（852）3653-2804